浅草物語

小幡欣治戯曲集

早川書房

「かの子かんのん」劇団民藝　2000年9月　紀伊國屋サザンシアター
岡本かの子（樫山文枝）［撮影：中野英伴］

「**かの子かんのん**」劇団民藝
2000年9月　紀伊國屋サザンシアター
岡本かの子（樫山文枝）
岡本一平（伊藤孝雄）

「**明石原人**」劇団民藝　2004年1月　紀伊國屋ホール
田近せき（南風洋子）　音（日色ともゑ）　直良信夫（千葉茂則）

「明石原人」劇団民藝
2004年1月　紀伊國屋ホール
直良信夫（千葉茂則）　音（日色ともゑ）

「浅草物語」劇団民藝　2004年12月　三越劇場
鏑木りん（奈良岡朋子）　鈴木市之進（大滝秀治）

「**浅草物語**」劇団民藝　2004年12月　三越劇場
鏑木りん（奈良岡朋子）　鈴木市之進（大滝秀治）

目次

装幀　多田　進

かの子かんのん

二幕

登場人物

岡本かの子（歌人・のち小説家）
岡本一平（かの子の夫・漫画家）
大貫きん（かの子の妹）
京山志保（精神科医）
瓜生浩一（かの子の愛人・医師）
森川安夫（かの子の従弟）
上松高久（牧師）
大沢（看護人）
事務員（女）
看護婦 1
看護婦 2
瓜生庄五郎（浩一の父）
瓜生房（浩一の母）
室田（編集者）
白石（編集者）
とよ（岡本家の女中）
牧村ゆき（安夫の婚約者）

第一幕

（一）

一九一五年（大正四年）初夏。

精神病院の沈静室（個室）と面会室。

暗い中から手毬唄が聞こえてくる。

鉄格子の嵌った高窓から朝の鈍い光が射し込んできて、下手の沈静室が少しずつ明るくなる。

長い髪の毛をお下げ髪にした岡本かの子（二十六歳）が、ベッドの傍らで無心に毬突きをしている。（毬はない）

かの子　ほうほうほけきょの　鶯よ鶯よ
たまたま都へ上るとて上るとて

梅の小枝で昼寝して昼寝して
赤坂奴の夢を見た夢を見た

突然南京錠を開ける音がして、正面の鉄扉から女医の京山志保が、看護人の大沢を伴って入ってくる。かの子は毬を胸に抱える格好で脅えたように見る。
神経障害の末に、自殺を図った彼女は、昨今ようやく常態に戻ってきたが、それでもどうかした弾みに、幻覚や妄想に襲われることがある。

志保　（笑顔で）また毬突きをしていたんでしょう。ごめんなさいね、びっくりさせちゃって。今日はとってもいいお知らせ。今から一般病室へお移りになるのよ。
かの子　……
志保　かの子さんが良い子にしていらっしゃるから、院長先生からお許しが出たの。そればかりじゃないわ。来週に入ったら、御主人にお会いできるかもしれなくてよ。
かの子　ほんとですか。
志保　会わせて下さいって何度もおみえになっているんだけど、あなたのお気持が落着かないのでずっとお断わりしていたの。おやさしい御主人ね。おいでになるたびに、御本やらお子さんの写真やらをお持ちになるんだけれど、お渡しする訳にはいかないので私がお預かりしていたの。嬉しい？
かの子　（にっこりして、頷く）

志保　よかったわね。ちょっと目を見せて。（と両目を見て）はい、結構。
かの子　……
志保　（髪や襟元などを直してやりながら）ねえかの子さん、私、落着いたら一度あなたにお尋ねしようと思っていたんだけれど、あなたは、平塚らいてうさんたちがお出しになっている青鞜という雑誌を御存知かしら？
かの子　（表情が動く）
志保　やっぱりそうだったのね。あなたはあの雑誌に、よく短歌をお出しになっていた岡本かの子さんでしょう。
かの子　……（頷く）
志保　そう。私も三年ぐらいまえから青鞜を購読していたから、どこかで見たようなお名前だなと思っていたの。もっとも私の場合は、医者として働いているから、婦人解放の運動に関心があってね、それで雑誌を読むようになったんだけど、そう、あなたが歌人の岡本かの子さんだったの。
かの子　……
志保　病気さえ治れば、またお好きな歌が作れるようになるわ。行きましょう。
かの子　はい。
志保　（立ち止まって）今度毬をお貸しするから、私にも教えてね、毬突き。

かの子は思わず笑い出す。

沈静室が暗くなり、上手の面会室が明るくなる。

長いテーブルと数脚の椅子が置いてあるだけの簡素な部屋。

正面の壁に「精神救治」の横額が掛かっている。

昼ちかい頃。

椅子に岡本一平と、牧師の上松高久が坐っている。テーブルの上に、一平が持ってきた真赤なバラの花束が置いてある。

上松　（懐中時計を見て）一平さん、妹さんはとうとうおみえになりませんでしたね。
一平　来たいとは言ってたんですが、かの子の病気のことを考えて迷っているんでしょう。

正面の廊下から志保が入ってくる。

志保　お待たせしました。
一平　このたびは、御通知をわざわざ有難うございました。こちらは、私ども夫婦が日頃お世話になっております麴町一番町教会の上松高久先生です。
上松　初めまして。上松と申します。
志保　担当の京山でございます。どうぞお掛けになって。（二人は坐る）……奥様はまもなくおみえになりますけど、おお会いになるまえに、私のほうから一つだけお願いしたいことがあるんです。

一平　……

志保　以前に較べたら随分お元気になって、物事もはっきりおっしゃるようになりましたけど、まだ完全という訳ではないんです。とくに奥様の場合は、感情の起伏が普通の方より激しいようですし、それにここへ入院なさるまえに……（上松を意識して口を噤む）

一平　どうぞ。先生にはすべてお話をしてありますから。

志保　入院なさるまえに、かなりの量のベルナールを飲んでいますから、後遺症が全くないとは言えないんです。そこでお願いというのはですね、お会いになっても、励ましたり元気づけたり、つまり、しっかりしろとか頑張れとか、そういう強い言葉はなるべく避けて頂きたいんです。

一平　励ましてはいけないんですか？

志保　負担を感じてしまうんですよ。それでなくても精神を病んでいる患者さんというのは、手さぐりで夜道を歩いているような状態ですから、健常者の何気ない一言が心を凍らせてしまうんです。叱咤激励はここでは無縁です。百害あって一利なしです。そうお思いになって下さい。

一平　つまり、逆らってはいかんということなんでしょうか。

志保　（苦笑して）まあ、そうですわね。多少辻褄の合わないお話でも、相槌を打ちながら、やさしく聞いてあげるようにすれば、患者さんも安心なさると思うんです。では、お連れしますから。

（立ち上がる）

一平　先生！　退院はいつごろに……？

志保　そうですわね。このまま順調に行けば、一月《ひとつき》ぐらいで……

一平　一月！
上松　一平さん、よかったじゃないですか！　かの子さんも辛かったろうが、あんたもお子さんを抱えて今日まで辛抱したんだ。いや、よかったよかった。
一平　（思わず涙ぐんで）先生ッ、有難うございます！　よろしくお願い致します。
志保　では。（と去ろうとする）

大沢が入ってくる。

大沢　京山先生、面会人です。
志保　どなたに？
大沢　岡本かの子さんです。
志保　かの子さんに？
一平　あの、その人は大貫きんと言いませんでしたか？
大沢　妹さんだとおっしゃってました。
一平　先生、勝手を言うようですが、義妹の面会は、家内に聞いてからということにして頂けないでしょうか。少し訳がありますので……
志保　（大沢に）ひとまず、控室でお待ち下さるようにって。（一平に）奥様をお連れします。

志保と大沢は去る。

上松　折角おみえになったんだから、三人一緒にここでお会いしたらどうなんです。かの子さんだって喜ぶでしょう。

一平　私もそうしたいのですが、入院まえにちょっとした諍いがあったものですから……いえ、折りをみて、なんとかうまく話をしてみます。

かの子が、志保に伴われて入ってくる。

一平は思わず立ち上がる。

志保　御主人よ。久しぶりでしょう。

かの子　（はにかんだように笑い、黙って頭を下げる）

志保　（一平に）お疲れになるといけないので、十分ぐらいにして下さいね。（かの子に）よかったわね。

志保は去る。

一平　元気そうじゃないか。

かの子　（緩慢な動作）済みませんでした。
一平　先生はあと一月もすれば退院だっておっしゃっていた。良かったね、本当に良かった。上松先生、覚えているだろう。
上松　暫くでしたね、かの子さん。あなたがまだ跡見女学院へ通っていた頃、お兄さんの雪之助さんと一緒に、よく麹町の教会へおみえになったでしょう。覚えてますか？
かの子　（微笑んで）暫くでございます。
一平　先生はお前のことが心配だとおっしゃって、わざわざ来て下さったんだ。
上松　亡くなった雪之助さんは、私が教師をしていた頃の教え子でしたから、あなたがご病気だと聞いたときには、胸を痛めました。かの子さん、人間というのは、苦しみから抜け出そうと思っても、自分の力には限界があります。そういうとき手を差し伸べて救って下さるのは神様です。エス様です。退院して、もしお気が向いたら、何時でも教会へお越し下さい。お待ちしています。

志保が花瓶と本を持って入ってくる。

志保　済みません、お話の途中に……（バラの花を見て）あら、お花、まだでしたの？
一平　え？　ああ。
志保　病室へお運びしてもいいんですけど、ほかの患者さんも御一緒ですから、悪戯をされるかもしれないんです。かの子さん、医務室へお飾りしてもいいかしら。あのお部屋だったら、見たいときには何時でも見にこられるでしょう。
かの子　（目を輝かせ）このお花、パパが！
上松　あなたのために持ってきたんですよ。一平さん、なにぐずぐずしているんだ。かの子さんにお渡しするんでしょう！
一平　はあ。（照れて）……あの、お前の好きなバラの花だ。子供たちと一緒に、退院の日を待っているからね。（と渡す）
かの子　（泣き出して）有難う、パパ。
志保　……あとで医務室へお運びするけど、それより、御主人にお祝いをおっしゃるんじゃないの、御本のことで。
かの子　（気が付いて）あら、持ってきて下さったんですか！
一平　（びっくりする）あ、その本！
志保　この間送られてきたので、私も読ませて頂いたんです。探訪画趣《たんぼうがしゅ》とお読みするんですか、漫画と一緒に解説の文章まで添えてあって、とても面白かったですわ。
一平　初めての本なんです。朝日新聞に連載していたら、夏目先生が一冊に纏めたらどうかとおっしゃって下さったんです。かの子にはまだ活字は無理かなと思ったんですが、記念の本ですから、それであの……
かの子　読みましたわ。
一平　読んでくれたの！

かの子　夏目先生に序文まで書いて頂いて、本当に素敵な御本。パパ、おめでとう。
一平　（また照れて）いやァ、そんなふうに言ってもらえるなんて……有難う。
かの子　パパの漫画は、どちらかというと、あまりお上手ではないのよね。でも、文章が良かった。辛辣だけどユーモラスで、表現も的確よ。パパって存外文才がおありになるのね。
一平　厭な褒め方だね。俺はこれでも画家のつもりだよ。絵を貶《けな》されて、文章を褒められたんじゃ立つ瀬はない。

一同は笑う。志保はその間に去る。

かの子　（本に目を落したまま）私が居なくても、パパはちゃんとお仕事をしてたのね。えらいわね。
上松　かの子さんだって、あと一月もすればお宅へ帰れるじゃありませんか。お子さんたちにもお会いになれるし、短歌だって作れるようになりますよ。もう少しの辛抱です。
一平　らいてうさんからもたびたび言付けがあってね、青鞜の読者が待っているから、一日も早く元気になって、以前のようにまた歌を発表して下さいと言ってきているんだよ。
かの子　パパ、子供たちはどうしてる、太郎も豊子も元気にしているのかしら？
一平　二人とも元気だよ。心配することはないよ。
かの子　四月も会ってないから、私の顔なんてすっかり忘れてしまったでしょうね。
一平　そんなことはない。そりゃ豊子はまだ一つだから、覚えてないかもしれないが、太郎は、お前の入院中に数えの五つになったんだ。ママは病気で入院していると言ってあるけど、忘れてなんかいるものか。
かの子　ごめんなさい、パパ。（と嗚咽して）……みんなに迷惑をかけてしまって、本当に済まないと思っているわ。退院したら私、一生懸命みんなのお世話をさせて頂くから、それまでは辛抱して下さいね。女中さんにもそう言ってね。今どういう人が来ているの？
一平　女中はいないよ。
かの子　だって御飯の仕度もあるし、豊子のおむつの面倒だってあるじゃない。パパ一人では出来ないでしょう。
一平　そのことなんだけどね……じつはその、二子のお前の実家から、おきんちゃんが手伝いに来てくれているんだよ。
かの子　おきんちゃん？（すっと顔色が変る）おきんちゃんがなにしに来ているの？
一平　手伝いにだよ。いや、女中も雇うことは雇ったんだが、安い給金で赤ん坊の面倒まではみられないと言って逃げ出してしまうんだ。可哀相に豊子の奴は、ミルクも飲ませてもらえないで……
かの子　（遮って）パパが頼んだの？
一平　頼んだ訳じゃない。昼間は私は新聞社へ行ってしまうから、おきんちゃんは見るに見かねて手伝いに来てくれたんだ。あの通りやさしい人だし、なんといっても肉親だからね、おきんちゃんは親身になって子供たちの面倒をみてくれているんだ。今日だって、もし面会が許されるのなら、お姉さんに会って、ゆっくり話がしてみたい……

かの子　待って！　あの子は結婚したんでしょう？
一平　結婚？
かの子　去年の暮に、母さんと相談をしてお相手の方まで決めたのよ。結婚をしなければ、姉妹の縁を切ると私は言ったのよ。それなのにどうして家へ来るの？
一平　（思わず）馬鹿なことを言うんじゃない！
上松　（慌てて）一平さん、一平さん！
一平　い、いや、お前の気持も分らないじゃないが、しかし結婚するのはおきんちゃんだからね。おきんちゃんにはおきんちゃんの意志というものがある。気が進まないからおきんちゃんは断わったんだ。
かの子　（形相が一変する）そんな勝手なことは許せないわ！　おきんちゃんは手伝いを口実にして、あの人に会いにきているのよ。私の留守を狙って、あの人と会っているんだわ。許せないわ！
一平　（辺りを気にして）ちょ、ちょっと落着きなさい！　かの子、ちょっと落着いて。
かの子　泊っているんでしょう、二人で家へ泊っているんでしょう！　そうよ、そうに違いないわ！
一平　そんなことはない。堀川君はもう東京にはいないんだ。郷里の福島へ帰ってしまったんだ。お前は誤解しているんだよ！
かの子　誤解じゃないわ！　私は見たのよ、二人が会っている所を、この目で何度も見ているのよ。あの女は、私から堀川さんを盗ったのよ！
一平　（狼狽《うろた》えて）かの子、その話はもうやめよう！　お前の言う通りかもしれない、それでいいだろう、そういうことにしよう。
かの子　パパ、（ひたと一平を見据えて）私がこんな病気になったのは、おきんちゃんにも原因があるのよ。あの女は妹のくせに、姉の私に恥を掻かせたのよ。そんな女をどうして家へ入れるの！　どうして子供たちの面倒までみさせるの！　汚らわしいわ！　厭らしいわ！　すぐに二子へ帰して頂戴！
一平　分った分った、お前の言うようにするから落着いておくれ。とにかく坐っておくれ！（坐らせようとする）
かの子　触らないで！（邪慳に振り払い、駆け去ろうとする）
一平　かの子！
上松　かの子さん！

その騒ぎで志保と大沢が現れる。かの子は志保に縋《すが》り付く。

かの子　先生ッ、家へ帰して！　ここから出して！　出して！
志保　どうなさったの？
かの子　（泣きじゃくり）子供に会わせて！　家へ帰して！　ここから出して！　子供に会わせて！

かの子は志保を突き飛ばして、出口のほうへ走りだそうとするのを、大沢がすかさず捕らえて、羽交い締めにする。

かの子　（暴れて）いやいや！　離して！

大沢　静かにしなさい。（志保を見る）

志保　沈静室。

かの子　いや！　沈静室はいや！　家へ帰して！　子供に会わせて！　いや！　いや！

絶叫が廊下の奥へ続き、やがて鉄扉の開閉音と錠をおろす音。辺りはしーんとなる。

一平も上松も竦んだように立っている。

志保　どういうお話をなさったのか知りませんが、残念ですわ。

志保は去る。

一平は虚脱したように椅子に坐る。

一平　（自分に言い聞かせるかのように）……かの子は娘の頃から、一生懸命という言葉が好きでした。一生懸命裁縫をする。一生懸命本を読む、一生懸命歌を作る、一生懸命人を愛す。ですから思い込んだら、脇目も振らずに一生懸命です。思い込まれるほうも災難ですが、そのとばっちりを受けて、弾き飛ばされる人間も災難です。おきんちゃんという子は、そのとばっちりを受けた一人で、ある意味では、かの子の被害者でもあるんです。

上松　妹さんはともかくとして、かの子さんの行状といいますか、男の友達といいますか、耳にしたくないような噂を、私も聞いたことはあります。

一平　短歌で知り合った学生なんです。私が忙しくて構ってやれないものですから、かの子は淋しさをまぎらわすために玩具《おもちゃ》を手に入れたんです。玩具と言ったら語弊があるかもしれませんが、無聊を慰めるため話相手を見つけたんです。そのうちかの子の心が燃え出して、その学生を愛するようになりました。それこそ、一生懸命愛するようになったんです。家へ連れてきて、一緒に暮らすようになったのは、それからまもなくのことでした。

上松　聞いています。しかし、あなたは御主人でしょう、かの子さんの夫でしょう。そんな暮らしをどうしてお認めになったんです。なぜ止めなかったんです。悪いのはかの子さんかもしれないが、あなたにだって……

一平　おっしゃる通りです。そんな乱れた暮らしをするようになったのは、みんな私の責任です。原因は私にあるんです。

面会室の明かりが落ち、沈静室の薄明かりの中で、大沢に押さえつけられたかの子と、その腕に注射を打つ志保のシルエット。ぐったりしたかの子を、大沢がベッドに寝かせる。暗くなり、再び面会室が明るくなる。

一平　（話し続けている）……さっき、忙しくて構ってやれないと言いましたが、忙しいのは仕事だけではなかったんです。外に女をこしらえて、二日も三日も帰ってこない。ひどいときには、十日、半月と家を空けてたまに帰ってくれば酒びたりです。そのくせ鼻持ちならない見栄っぱりで、女房の浮気ぐらいで焼餅を妬くような、俺は甚助じゃない、好きにするがいいと、馬鹿な江戸っ子を気取っていたんです。厭なら別れるまでと、高を括っていたんです。ところがその付けは、去年の暮にどっとやってきました。学生に捨てられたかの子は、おきんちゃんを恨むようになり、そして少しずつ狂い始めたんです。夜も眠れなくなって、ぶつぶつと独り言を言うようになり、神経症が昂じて、薬を飲んだんです。後悔先に立たずと言いますが、せめてあのとき、かの子の一生懸命の真剣さ、半分の愛情が私にあったら、あんなみじめな思いを……人一倍プライドの高いあの女に、味わわせないで済んだんです。（頭を垂れ）……済まないことをしたと思っています。

上松　……一平さん、行きましょう。

一平　御迷惑をかけて済みませんでした。

一平は立ち上がる。その少し前に大貫きんが現れて、黙って立っている。

一平　おきんちゃん！

きん　姉が、私のことを、あんなに憎んでいるとは思いませんでしたわ。今度姉にお会いになったときには、どうぞ伝えて下さい。もう二度とお宅へは伺いません。二子へ帰って結婚しますからって!
一平　おきんちゃん!

一平は、去ったきんの姿を見詰めている。

暗　転

(二)

その年の初冬。

北関東の田舎道にある乗合バスの発着所。粗末なベンチが一つ。少し離れた所に道祖神が祀ってある。

夕暮れが近く、時雨模様の空で頻《しき》りに百舌が鳴く。

一平とかの子が力の無い足取りで現れる。かの子は小さな骨箱を抱えている。

一平　(時刻表を見て)乗合が来るまでにはまだ時間がある、疲れたろう。(とかの子を坐らせてや

る)

百舌が鳴く。

一平　豊子が世話になっていた農家の庭先でも、今朝はうるさいくらいに百舌が高鳴きをしていたね。まさかこんな利根川べりの焼場で、あの子をお骨にしようとは思わなかった。

かの子　……

一平　なにを食べさせられていたのか、腕も足も枯木のように細くなってしまって、おなかだけがふくらんでいた。いくら仕事が忙しかったとはいえ、乳飲み子を人に預けるなんて、取り返しのつかないことをしてしまったよ。

かの子　パパのせいじゃないわ。悪いのは私なんです！　私が病気にさえならなかったら、里子になんか出さないで済んだんです。パパはよくやってくれたわ。いけないのは私なの。私が豊子を殺したようなもんです！（と泣き出す）

一平　（再発を恐れて）そのことはもう言わないという約束じゃないか。豊子には可哀相だが、これがあの子の定命だと思って諦めるんだ。お前だって退院してやっと一週間だ。迎えに行こうって話し合っていた矢先の出来事なんだから、そんなに自分ばかりを責めるんじゃないよ。（骨箱をベンチに置いてやり）……薬を飲むかい、飲むんなら水を貰ってくるよ。

かの子　（首を降る）

一平　焼場の人の話だと、骨あげを済ませた遺族は、帰りにたいがいこの道祖神さんにお参りをするそうだ。道祖神というのは、街道安全の神様だそうだが、豊子が道中迷わず、彼岸へ連れて行って頂けるように、二人でお願いをしよう。

かの子は動かない。一平はしゃがみ込んで道祖神に手を合わせる。

百舌の声。

かの子　パパ。
一平　……
かの子　パパは、豊子のために手なんか合わせることはないのよ。
一平　……
かの子　何時かは言わなければと思っていたんだけれど、おそろしくて、どうしても言えなかったの。言い出す勇気がなかったの。でも、このままではパパはもとより、豊子にも済まないし、成仏出来ないと思うから……私、言います。パパ、ごめんなさいね。豊子は、本当はパパの子ではないの。
一平　……
かの子　豊子の小さな骨を、パパと一緒に箸で挟んで、骨壺に納めようとしたとき、私の手は何度もふるえたわ。おそろしくて、中し訳なくて、パパの顔をまともに見ることはできなかった。もうお分りでしょう、豊子は……あの人との間に出来た子なの。

一平　……
かの子　こうして打ち明けた以上は、私も覚悟をしています。どうぞパパのお気の済むようになさって頂戴。離縁されても当然だと思っています。長い間騙し続けて本当に申し訳ございませんでした。

夕闇が少しずつ周囲を包み始める。

一平　風が出てきたようだな。筑波おろしというのか、この辺りの風は冷たい。駅へ着いたら食堂にでも入って、あったかいうどんでも食うとしよう。
かの子　パパ、東京へ戻ったら、私は太郎を連れて、ひとまず二子の実家へ帰りますから、お話はそのあとで……
一平　（怒りが爆発する）いい加減にしないか！　だれが二子へ帰れと言った、だれが離縁すると言った！　離縁したら、豊子が生き返るとでもいうのか、俺たちの腕の中にあの子が帰ってくるとでもいうのか！　馬鹿なことを言うな！
かの子　パパ。
一平　言うな！（興奮し、涙を流しつつ）豊子は俺たちの子供だ。俺とお前の間に出来た子供だ。そうでなければ、親にも看取られずに独りで死んでしまったあの子が可哀相だろう。二度と言うな！　口が裂けても言うな！　言ったら俺は承知しないぞ！
かの子　（顔を覆って泣き出す）

遠く鉄橋を渡る汽車の音。汽笛。

一平　お前と世帯を持つ少しまえに、死んだおやじから、じいさまの形見だと言われて木彫りの魚を貰ったことがあった。樫の木で作った五寸ぐらいの、なんの変哲もない木の魚だ。つまり木魚だ。

かの子　……

一平　じいさまという人は、上方の人間でね、家が没落したあと、ひどい苦労をしながら諸国を流浪して歩いたんだが、なにしろ貧乏だから満足におかずを買うこともできない。酒の肴なんかとんでもない。そこであるとき、八文とかの銭を出して、道具屋からその木の魚を買ってきたんだそうだ。そしてね、まだ頑是無いおやじをそばに坐らせると、今でこそこんな木の魚を相手に酒を飲んでいるが、俺の夢は岡本家を再興することだ。家名を再興しないことには俺は死んでも死にきれん、そう言いながら、木の魚をカチンカチンと箸で叩きながら、チビチビ酒を飲んでは、毎晩のように酔い潰れていたそうだ。

かの子　……

一平　ところが、じいさまが死んだあと、今度はおやじが全く同じことをやり始めた。まだ小さかった俺をそばに坐らせると、この木の魚にはじいさまの怨念が籠っている。お家再興という思いが籠っている。それだけは忘れるな、そう言いながら、木の魚をカチンカチンと箸で叩きながら、チビチビ酒を飲んでは、毎晩のように酔い潰れていた。形見だといって俺の貰ったのはその木の魚なんだ。
かの子　……
一平　おやじが死んだあと、俺はよっぽど捨ててしまおうかと思ったが、怨念という言葉が気になって、どうしても捨てることができない。第一気持が悪い。思い余って、あるときお寺の坊さんの所へ相談に行ったんだ。するとその坊さんは、黒光りしている木の魚をしげしげと眺めていたが、やがてこんなことを言った。お二人の不幸は、実体のないこんな木の魚にこだわったことだ。執着したことだ。執着心というのは、心の自由を奪うだけで、益することはなにもない。怨念も執念も、所詮は執着心の亡霊のようなものだから、そんなものは捨てなさい。少なくとも三代目のお前さんは、過ぎたことにはこだわらずに、木の魚から解脱しなさい。それがお前さんや岡本家を、束縛から解放することだ。坊さんは、そんなふうに言ってくれた。俺はそのとき、なんとなく納得したような気分になって、山から下りてきたことを覚えているよ。
かの子　……
一平　お前にとっても俺にとっても、この大正四年という年は辛い年だったが、しかし明けない夜というのはないのだから、過ぎてしまったことは忘れるんだな。おたがい、木の魚にはもうこだわらないことだよ。
かの子　有難う、パパ。
一平　年が明けたら、二人そろって上松先生の所へお伺いしようじゃないか。心配して何度も手紙を下さっているんだ。

かの子　勿論お礼に伺うわ。でもパパはさっき、お寺さんへ相談に行ったとおっしゃったわね。どこのお寺さん？
一平　鎌倉の建長寺だよ。
かの子　どうして建長寺を御存知なの？
一平　ああ、それはね、うちのおやじはお前も知っているように町絵師だったからね、仕事に行き詰まると、よく俺を連れて建長寺へ座禅に行ったんだ。ついでに俺も座禅をさせられてね、警策っていうのか、あの長い棒でパーン！……どうして？
かの子　そのお坊様、今でもいらっしゃるかしら？
一平　いるだろう、坊さんは長生きだから。
かの子　私、行きたい！　行ってお話を聞きたい、出来れば座禅もしてみたい！
一平　簡単に言うなよ。
かの子　本気よ！　パパには黙っていたけれど、入院しているときに、私、歎異抄を読んだわ。観音経も読んだみたわ。自分なりにいろいろと考えてみたわ。パパはさっきこだわるなっておっしゃったけれど、冒した罪の意識は、私の心の中にどうしても残るのよ。こだわるのよ。こだわらなかったら、私はこの先一歩も前へは進めないと思ったの。もしパパがおいやなら、私ひとりで行くわ。
一平　上松先生はどうするんだ。
かの子　先生は良いお方よ、私、尊敬しているわ。でも神様を信じて、心からおすがりすれば、きっと救って下さると先生はおっしゃるけれど、私の心の中に、救われたという実感がなかった場合はどうしたらいいのかしら。ええ、こんなことを言うなんて不遜よ、生意気よ。でも私って女は欠点だらけの人間で、あれほどパパに迷惑を掛けたというのに、今でも煩悩が渦を巻いていて、何時また同じような間違いを仕出かすか分らない、良い子になるなんて自信はまるでないのよ。そんな罪深い女が、お祈りだけで救ってもらえるとは、どうしても思えないの。

一平　だから、そのために上松先生の所へ……

かの子　（遮って）パパ、お釈迦様はね、悩みも苦しみも、いいえ、人間社会のもろもろの現象は、すべて因縁生起だとおっしゃっているわね。原因があるから結果が生じる、そういうことでしょう。だから苦しみから脱却したいと思ったら、その苦しみの因《もと》を消滅させるように、自《みずか》らが勤めなさいとおっしゃっているの、自分の力でよ！　人間なんか自分勝手の動物だから、とくに私なんかは我儘で甘ったれで、苦しくなると、なんでも人のせいにしてしまうけど、お釈迦様は、すべては自業自得であって、他業自得なんてことはありえない、種を蒔いたのが自分なら、自分で刈り取る以外に救いはない。それが修行であって、それが自分を救う道でもあるって……つまり、自力本願ということになるのかもしれないけれど、お釈迦様はそうおっしゃっているのね。

一平　……

かの子　エス様と違って、お釈迦様は人間だから、そう言われると、私にはなんとなく判るような気がするの。なによりも、煩悩を抱えたままでも修行に入ることが出来るし、煩悩を抱えたままでも、仏陀のおわします広い道に出られるかもしれない、そしてなによりもね、修行を始めたその日から、自分は救われるかもしれないと実感できるからよ。

一平　……行ってみるか。
かの子　……！
一平　もし地獄というものがあるとすれば、お前ひとりが覗いた訳じゃない。二人一緒に覗いたんだ。久しぶりに、俺も建長寺の座禅堂に坐ってみよう。
かの子　ほんと、パパ！　ああ、よかった。一緒に行って下されば、私、一生懸命修行に励みますからね。ああ、よかった。ああ、嬉しい！……おなかが空いた。
一平　駅まで辛抱できないか。そうだ。

鞄の中から新聞紙に包んだふかし芋を取り出す。

一平　焼場で食った残りだ。冷たくなってしまったけど、一刻の腹ふさぎにはなるだろう（半分にして渡す）……うまいか。
かの子　うまい。（と食べている）

街道はすっかり暗くなる。バスの音が近づき、やがて車内の鈍い明かりを二人に投げかけて、バスは遠去かる。

一平　下りの乗合だから、追っつけこっちもくるだろう。

かの子　パパ。
一平　……
かの子　私、もう一つお願いがあるんだけど、怒らないで聞いてくれる？
一平　……
かの子　あのね、勝手を言って申し訳ないんですけど、当分の間、夫婦であることをやめようと思うんですけど。
一平　離婚はしないよ。
かの子　そういうことじゃないのよ。夫婦のことよ。分るでしょう。
一平　ああ……えッ！
かの子　厭ねえ、そんな声を出して。
一平　しかしお前、藪から棒にそんなことを。
かの子　だから怒らないでって言ってるでしょう。私はこんな体のままではパパには申し訳ないので、お釈迦様におすがりして、すべてのものが洗い浄められるまで、自分の体に罰を与えようと思っているの。勝手な言いぶんだってことは分っているんだけど、このままでは辛いのよ。
一平　そこまで思い詰めなくてもいいと、俺は思うんだが、しかしそれで気が済むというのなら……俺はいいよ。
かの子　大丈夫？
一平　返事に困るような聞き方をするなよ。ま、入院中は一年ちかくも絶縁状態だったんだから、ま

た お前が入院したんだと思えばいいんだ。それよりお前は大丈夫か？

かの子　私は大丈夫よ、私のほうからお願いしたんですから、一生懸命守るわ。どんなことがあっても私、一生懸命守りますから。

一平　そういうことは、一生懸命なんて言わなくてもいいんだよ。

かの子　でも一生懸命……

一平　分った分った、分ったから、喰いな、芋。

かの子　うん。

夫婦は肩を寄せ合うようにして、芋を食べている。

暗転

（三）

一九二四年（大正十三年）秋。

大学病院の廊下。

上手に入退院患者の受付事務室の一部が見え、ガラス窓で仕切られた窓口がある。廊下を隔てた所に待合用の長椅子が置いてある。正面の奥は病棟へ通じている。
下手から果物籠を持ち、丸髷に結ったきんが現れる。

きん　（ガラス窓を開け）ちょっとお尋ねいたしますけれど……こちらの婦人病棟に、岡本かの子という人が入院していると聞いてきたんですが……
事務員（女）　ご面会ですか？
きん　はい。
事務員　（帳簿を見て）岡本さんはですね、今日入院なさる予定なんです。
きん　まだ来てないんですか？
事務員　午前中にお入りになる予定ですから、まもなくおみえになるでしょう。
きん　有難うございます。

病棟の廊下から一平が現れる。

一平　おきんちゃんじゃありませんか。
きん　お義兄さん！
一平　いやァ、よく来てくれましたねえ。暫くです。
きん　お久しぶりでございます。

一平　突然で悪いとは思ったんですが、かの子がおきんちゃんに会いたい、どうしてもおきんちゃんに来てもらってくれって、うるさく言うものですから、思いきって手紙を書いたんです。お忙しいのに済みませんでした。

きん　手術をするって書いてあったから、びっくりしちゃったんです。背中の腫物って、どういうことなの？

一平　腫物じゃないんです。かの子はね、恥ずかしいから、詳しく書かないでくれって言うものですから……（小声で）痔なんですよ。

きん　じ……？

一平　これ。（と尻を押える）

きん　あら厭だ、お姉さん、痔持ちだったの？

一平　痔持ちだか痔主だか知りませんけど、この間から、痛い痛いって七転八倒の苦しみで、大変な騒ぎだったんです。

きん　あれは痛いんですってねえ。

一平　痛いらしいね。なにしろ椅子に坐ろうとして、こんなふうに腰を屈めたとたんに、ううっ！　立ち上がったとたんに、ううっ！　この間なんか、お経を上げながら唸ってましたよ。南無観世音菩薩、ううっ！　罰が当るからやめろと言ってやったら、怒りましたねえ。

きん　（笑い出して）そりゃ怒るわよ、でも、よく手術を受ける気になったわねえ、あの人が。

一平　おきんちゃんの前だけど、まるで駄々っ子ですよ。いい齢をした女が、怖いとか恥ずかしいとか言うのを、宥めすかして、やっとの思いで承知させたと思ったら、土壇場になって急に、二人部屋は厭だから個室にしてくれと言い出したんです。それもゆうべですよッ。仕方ないから、今日は早くから来て、病院側に頼んでいたんです。

きん　お義兄さんも次から次と大変ねえ。今お忙しいんでしょう、お仕事が？

一平　ゆうべもロクに寝てないんです。それにしても遅いな、なにしているんだろう。（と廊下を見る）

きん　私、見てきましょうか、一人で来るんですか？

一平　いや、森川のやっちゃんが連れてくることになっているんです。

きん　やっちゃん？

一平　従弟さんでしょう、鳥取の安夫君。

きん　あら、あの人、まだお宅に居候しているの？

一平　卒業したら出て行くのかと思ったら、そのまま居据っちゃったんです。

きん　呑気坊主だからねえ。そう、安夫さんはまだ居るんですか。

一平　おきんちゃんは、今度の高樹町の家には来たことはありませんよね。もしお差し支えなかったら、かの子に会ったあと、ちょっとお寄りになりませんか。太郎も中学生になりました。

きん　そうでしょうね。こうしてお義兄さんにお会いするのは、私の結婚式以来ですものね。七年よ。

一平　いつも身勝手なことばかり言って、本当に済まないと思っています。おきんちゃんに絶交だと言われても、返す言葉もないくらい酷いことをしたんですから、今さら弁解はしませんけど、出来ればこれを機会に、仲良くしてやってもらいたいんです。かの子もね、強がりを言ってますけど、淋しいんです。頼りにしているんですよ、おきんちゃんのことを。

きん　（気が付く）来たわ。

下手より、バラの花束を抱えたかの子が、従弟の森川安夫に付き添われて、そろりそろりと現れる。安夫はトランクのほかに大風呂敷を抱えている。

一平　おきんちゃんが来てくれたよ。
かの子　ご苦労さまね、おきんちゃん。
きん　暫く。お元気そうじゃない。
かの子　パパから聞いてくれたでしょう。あまり大きな声を出さないでね、響くから。
きん　響くの、声が!?
かの子　脳天につーんとくるの。
安夫　大袈裟なんですよ、お姉さんは。おきん姉さん、暫くです。
きん　大変ね、安夫さんも。
かの子　この人は気が利かなくて困るのよ。（一平に）お部屋はどうなった？
一平　拝み倒して、やっと一部屋空けてもらったよ。掃除が済んだら呼びにくると言ってたけど、荷物だけでも運んでしまったらどうだろう。

安夫　病室はどこですか？
一平　二階の十六号室。ついでにそのバラの花も病室へ持って行ってもらいなさい。だれに貰ったの？
かの子　買ったのよ、私が。安夫さん、坐るから。
安夫　そこに椅子があります。
かの子　お座蒲団よ。
安夫　ああ、そういう意味ですか。（風呂敷包の中から座蒲団を出し）座蒲団持参で入院するのはお姉さんぐらいのものでしょう。どうぞ。（椅子の上に置く）
かの子　（きんに）この人はね、学校で昆虫の研究ばかりしていたからデリカシーがないのよ。（坐らせてもらい）そーっとよ、そーっとね。
きん　大丈夫？　痛くない？（と坐らせてやる）
かの子　有難う。やっぱりおきんちゃんじゃなければ駄目だわ。
安夫　大袈裟なんですよ、お姉さんは。

安夫はトランクと風呂敷包を持つと、病棟のほうへ去る。

一平　今のうちに入院の手続きを済ませてしまうからね。おきんちゃんによくお礼を言いなさいよ。（行こうとする）

かの子　今夜からどこへ寝るの？
一平　だれが？
かの子　おきんちゃんよ。退院の日まで居てくれるんでしょう。
一平　馬鹿なことを言っちゃいけないよ。おきんちゃんはお見舞いに来てくれたんだ。手伝いに来た訳じゃないんだ。
かの子　それじゃ、身の回りのことはだれがやってくれるの？
一平　そのために付添い婦さんを頼んであるんだ。お昼からやってくるよ。
かの子　厭よ、私。
一平　どうして？
かの子　パパも分らない人ね。手術をしたら、私は動けなくなるのよ。食事はともかくとして、見も知らぬ付添い婦さんに、お下の世話をしてもらうなんて、私、恥ずかしくて厭よ、ねえおきんちゃん、あなたもそう思うでしょう。
一平　いい加減にしなさいよッ。おきんちゃんには旦那さんがいるんだ。第一、久しぶりに会ったというのに失礼じゃないか。
かの子　どうして失礼なの。久しぶりに会ったから手伝ってくれてもいいんじゃないのって、私は言っているのよ。
一平　そんな理不尽な！
きん　お義兄さん、ではこうしましょう。主人にも相談しなきゃいけないので、今日のところは一旦帰ります。そしてね、手術の日が決まったら、あらためてお手伝いにくるわ。お姉さん、それでいいでしょう。
かの子　（一平に）そらごらんなさい。話せば分るじゃないの。
一平　おきんちゃん、済みませんね。勝手なことばかり言って。病人の我儘だと思って堪忍してやって下さい。それじゃ。
かの子　パパ。
一平　まだなんかあるのかよッ。
かの子　あとで西洋ローソクにお会いになるでしょう。
一平　西洋ローソク？
かの子　私の先生よ。瓜生先生ッ。
一平　ああ。一応御挨拶だけはしておこうと思うけど、どうして？
かの子　お目にかかったらね、先生はバラの花はお好きですかって聞いて頂きたいの。
一平　（思わず）それじゃ、その花は？
かの子　そう。
一平　亭主の俺に、それを聞けというのか。
かの子　おいや？
一平　おいやと言われても、持ってきてしまったんだから……
かの子　きっとお喜びになると思うの。

一平　分ったよ。西洋ローソクにバラの花か。痔主からのプレゼントと、こういう訳か。

一平は去る。
かの子は吹き出して、派手な笑声をあげるが、痛みが走って、顔を顰める。

きん　響いたんでしょう。
かの子　ずきーんときたの。岡本って可笑しいでしょう。漫画なんか描いているから、まともじゃないのよね、人間が。
きん　どっちもどっちね。（と笑う）
かの子　でも、よく来てくれた。一平はね、おきんちゃんは怒っているから、来てくれる訳はないって言っていたんだけれど、私はそんなことはない、おきんちゃんはそんな人じゃないって言い張っていたの。ね、そんなことはないわよね。怒ってなんかいないでしょう。
きん　怒っていたら来ないわよ。
かの子　そうでしょう。一平は東京の下町で育ったから、周りの人に気を遣いすぎるのよ。
きん　その点、お姉さんは気を遣わないものね。
かの子　そんなことないわ。多少は気を遣うわよ。
きん　多少はね。

二人は笑う。

きん　今だから言うけど、私、手紙を書いたことがあったのよ。

かの子　……

きん　お姉さんはこの春、中央公論に桜の歌を出したでしょう。

かの子　読んでくれたの！

きん　私なんか平凡なお勤め人の女房だから、ここ何年もの間、文芸書なんか読んだことはなかったんだけど、たまたま新聞の広告でお姉さんの名前を見たのよ。桜百首、岡本かの子って書いてあった。本屋さんへ行って、急いで買ってきて、読んだわ。百首と書いてあったけど、本当はもっと多いんでしょう。

かの子　一三九首。約束は百首だったんだけれど、一生懸命作っているうちに、数が分らなくなってしまったの。

きん　お姉さんの歌は久しぶりだったけれど、すべてが桜の歌ばかりで、ちょうど、なんて言うのかしら、歌と歌の間から、春のきらきらした陽光と、桜の香りが匂い立ってくるみたいで、目が眩むようだった。圧倒された。とくに私の心に残ったのはね……覚えているのよ、その歌だけは……桜ばないのち一ぱいに咲くからに生命《いのち》をかけてわが眺めたり。

かの子　……

きん　お姉さんが、桜の花と生命を重ね合せて、一生懸命に詠んでいる姿が目に浮かんできて、感動したわ。素晴らしい歌だと思ったわ。それだけではないの、その歌を詠みながら、ああお姉さんは、昔の、あの暗くて悲しかった境遇を潜り抜けて、やっと陽のあたる所へ出てきたんだな、ぬくもりのある人中へ、やっと出てこられたんだな、よかった、本当によかった。これからは、歌人岡本かの子として、まっすぐの、広い道を堂々と歩いて行けばいいんだわ。……そう思ったの。そんなことを考えているうちに、なんだか涙が出てきちゃってね、その晩手紙を書いたの。でも出さなかった。照れ臭くなっちゃったのね、自分でも。

かの子　（泣き出して）有難う。おきんちゃん、おきんちゃんにそんなに言ってもらって、私、嬉しい。……あの歌はね、一週間と日を切られて作った歌なの。

きん　一週間！

かの子　歌詠みが、期限を切られて作るなんて本来は邪道だと思うの。まして題は桜で、数は百と、否応なしの註文でしょう。私のように不器用な人間にはとても無理だと思ったから、お断わりするつもりでいたの。ところが一平がね、新人のくせに、そんな我儘を言うものではない。相手は天下の中央公論だ、またとないチャンスだ、完成するまでは俺が番頭役になって、雑用一切を引き受けるから、是非書きなさい、かの子、これは因縁だよ、み仏のお諭しだよ。そう言って熱心に勧めるものだから……それでお受けする気になったのよ。おかげさまで評判も良かったから、ほっとしているんだけど、一平に助けてもらわなかったら、とても出来なかったわ。だから今の一平は、私にとっては阿弥陀様のような存在でもあるのよ。

きん　阿弥陀様！

かの子　大乗仏教ではね、悩める人間に、無限の光明を与えて、進むべき道をお示し下さる慈悲深い仏様ということになっているの。ま、多少お世辞も入っているけど、分るでしょう、そう言ったら。もっとも一平は一平でね、私のことを観音様だなんて言ったりするから、おたがいさまって訳ね。
きん　へえー、阿弥陀様に観音様。なんだか人間社会を超越しちゃっているみたいじゃない。
かの子　そうなのよッ。（と笑うが、急に）お宅、セックス、どうしている。
きん　えッ？
かの子　セックスよ、どうしている。
きん　（顔を赤らめて）厭なお姉さん、そりゃ夫婦ですもの。
かの子　そうよね。
きん　なによ、変なことを聞いて。
かの子　うちでは、ずーっと無いの、ここ十年ちかく。
きん　まさか。
かの子　ほんと、二人して仏様の前で誓ったの。
きん　どうして誓ったりなんかしたの。
かの子　どうしてと言われても困るけど、ま、二人がね、仲良くやって行くためには、無いほうがいいと思ったからよ。
きん　仲良くやって行くためには、あったほうがいいんじゃないの。
かの子　そういう人もいるわね。

きん　そういう人が大半でしょう。お姉さんはともかくとして、一平義兄さんがよく平気でいられるわね。
かの子　だから阿弥陀様なのよ。あの人はお酒も煙草もやめて、近頃は仕事の虫みたい。夜はどんなに遅くなっても必ず帰ってくるわ。
きん　信じられない。そんな夫婦ってあるのかしら。
かの子　おたがいに納得し合っていればそれでいいのよ。（きんが何か言いかけるので）そりゃね、夫婦にとって、あれは大事なことだと思うわ。でも、セックスというのは、愛の一つの表現であって、すべてじゃないわよね。あれが途絶えたから愛が冷めたとか、満たされているから愛されているとか、そんなふうに考えるのは、一種の錯覚だと思うのよ。まさか、この齢になって、精神的な愛だなんて女学生みたいなことは言わないけど、錯覚を愛と勘違いして、おたがいを縛り付けることだけは止めようって、一平と約束したのよ。
きん　分らない。
かの子　分らなきゃ分らないでいいけどさ、私も一平も、もう二度と、昔のような辛い思いはしたくないと考えたからよ。人間なんて、どんなに愛し合っていても、おたがいに自我というものがあるでしょう、自我という殻を冠っているでしょう。たとえばさ、愛の恍惚に融け合うだなんてことは、陳腐な表現があるけど、その恍惚の瞬間でも、自分の殻を破って、心身ともに融け合うなんてことは、まず滅多にないと思うの。自分だけは、ちゃっかり自分の殻に閉じこもったままで、相手の殻だけを破らせる、つまり、自分の勝手な愛の中に、相手を取り籠めようとする、神聖な男女の愛というけれど、煎じ詰めると、たいがいそういうものよ。仏教では渇愛と言っているけれど、本来が人間的な、暖かいものである筈なのに、相手を縛り付けてしまう、拘束してしまう、それが愛の正体なの。私も一平も、なんとかして、その呪縛から逃れたいと思ったのよ。つまり自由になりたいと思ったのよ。

きん　分らない。

かの子　たとえばね、怒らないでよ、おきんちゃん。お宅の旦那さんがね、夜、おきんちゃんを抱きながら、なにを考えているか、おきんちゃんには分らないでしょう。おきんちゃんだってそうよ、旦那さんに抱かれながら、ひょっとすると、べつのだれかのことを考えていることだって、あるんじゃないの。

きん　お姉さん！

かの子　私はそれを不倫だとか、不道徳だとか言っている訳ではないの。人間であるかぎりは自我は捨て切れないと言っているの。

一平が急ぎ足で戻ってくる。

一平　かの子、君は京山先生を覚えてないか、むかしお世話になった女の先生。

かの子　志保先生でしょう。命の恩人みたいな先生ですもの、忘れる訳がないじゃないの。どうして？

一平　今聞いてびっくりしたんだが、ローソクは京山先生の弟さんなんだって。
かの子　本当!?
一平　診察室でそう言われたんだ。二、三日まえに京山先生に会ったときに、たまたま俺たちの話が出たんだそうだ。世の中は広いようで狭いですねえって、ローソクのやつ、顎を撫でながら笑ってた。
かの子　そう、志保先生の弟さんだったの。因縁ねえ、御縁があるのねえ、不思議ねえ。

安夫が現れる。

安夫　岡本さん、十六号の個室というのは、入院していた患者さんが、今朝早くに死んだんですってね。
かの子　えッ。
安夫　それで急に空いたんですって。
かの子　パパ！
一平　余計なことを言うんじゃないよ！　掃除は済んだのかい。
安夫　済みました。
一平　それを先に言いなさいよ。（かの子に）亡くなったといっても八時間もまえの出来事なんだ。消毒もしたし、すべて新しく取り替えたんだ。心配することはないよ。

かの子　でも、気味が悪い。
一平　気味が悪いと思ったら、お念仏を唱えなさい。亡くなったお方は、これからお浄土へいらっしゃるんだ。生あるものは必ず滅す。さあ、よかったら行こうか。

廊下に、看護婦二人を伴って瓜生浩一が現れる。

瓜生　ここにいらっしゃったんですか。
一平　先程はどうも失礼しました。
瓜生　こちらこそ。奥さん、如何です、お痛みになりますか。
かの子　（すっかり緊張している）はい……あの、多少は……
安夫　さっきまで唸ってました。
きん　安夫さん！
瓜生　（笑って）お昼からもう一度検査をしますけど、手術のときには麻酔を使いますから、左程痛まないと思います。大丈夫ですよ。
かの子　よろしくお願い致します。
一平　お願いします。
瓜生　御主人からお聞きになったと思いますが、姉の連れ合いというのが、うちの病院の外科医でしてね。そんな関係でちょいちょいやってくるんですけど、この間たまたまお二人の話が出ましてね、びっくりしてました。
かの子　京山先生には、その節は大層お世話になりました。
瓜生　姉は喜んでいましたよ。御主人も近頃はすっかり有名になられたし、奥さんのお名前も雑誌でよく拝見するようになった。お会いしたら、くれぐれもよろしくと申しておりました。では。（去ろうとする）
かの子　あの……

かの子はバラの花束を差し出す。

かの子　どうぞ。
瓜生　え？　いや、それは……
かの子　ご迷惑でしょうけど……
瓜生　しかし、頂戴しても飾るところはありませんし、それに、まだ仕事中ですから。
かの子　でもございましょうけど、どうぞ。
一平　先生ッ、貰ってやって下さい。家内は先生のために買ってきたんです。
看護婦1　先生、時間がございません。
瓜生　（止むなく）では、一応、お預かりします。

瓜生は花束を受け取って去る。
かの子は放心したような表情で見送っている。

一平　ローソクが照れてたね。（かの子を見て）どうした。
かの子　おきんちゃん、行きましょう。

かの子はきんに介添えされて歩き出す。
安夫は果物籠を持ってそのあとに続く。
一平も後を追おうとするが、椅子の座蒲団に気づいて、抱えて去る。

暗転

（四）

同年の暮。午後。
岡本家の居間。
応接間を兼ねている和洋折衷の部屋。

下手は玄関へ、上手は台所へ通じるドア。正面の上手寄りに階段の昇り口が見える。椅子に坐った安夫が、算盤を弾きながら帳簿を付けている。傍らに手焙りが置いてある。

きんが洗濯物を抱えて入ってくる。

きん　お洗濯物に鏝《こて》を当てといたけど、どこへ置いたらいいかしら。

安夫　その辺に置いといて下さい。済みませんね、なにからなにまで。

きん　お台所も片付けてあげようと思って、さっき覗いてみたら、お釜の中にお米が入っているの。ついでだから磨《と》いどいたわ。

安夫　かの子姉さん、喜びますよ。あの人はお米を磨ぐのが苦手なんです。

きん　どうして。

安夫　水が冷たいじゃないですか。だからおしゃもじで、こうやって掻き回すだけなんです。

きん　あの人らしいわね。（と笑い）遅くなるといけないから、私、これで失礼するわ。

安夫　そうですか。今、岡本さんを起こしてきます。

きん　いいわよ、徹夜でお疲れになっているんだから。それよりここに（と紙片を出して）今度の引越し先の所番地を書いておいたから、かの子姉さんが帰ってきたら、渡しといて頂戴。定期検診と言ってたけど、退院したあと、べつに、どこか異常があるという訳ではないんでしょう。

安夫　え？　ええ、元気です。

きん　そう、いずれ落着いたら、あらためて御通知はしますからって、そう言って頂戴。
安夫　（見て）……藤沢ですか、遠くなりますね。
きん　今まで住んでいた川崎には、十年以上も暮らしていたから、余所へ移りたくはなかったんだけれど、なにが気に入らないのか、主人が急に勤め先を辞めてしまったの。困っちゃったわ。
安夫　おきん姉さんも大変ですね。そうだ。（財布を出して）二十円と言ってましたね、いいんですか、二十円で。
きん　悪いわね、随分考えたんだけど、ほかにお願いするところがなかったもんだから。その代わり、年が明けたら必ずお返しにあがりますから。
安夫　気にしないで下さい。どうせ僕のお金じゃないんですから。どうぞ。
きん　あの、お借りして、こんなことを言うのは勝手かもしれないけど、姉にだけは内証にしといて。お願い。
安夫　岡本さんにも言いませんよ。お二人ともお金には無頓着だし、家計は僕が握っているんですから、心配しないで下さい。
きん　有難う、助かるわ。（と金を貰う）
安夫　……じつは、前から一度、聞いてみたいと思っていたことがあったんですけど、いいですか。
きん　なあに。
安夫　お姉さんは、死人の恋という小説を御存知でしょう。七、八年まえに、中村星湖という人が文章世界に発表した作品です。

きん　……

安夫　かの子姉さんと、昔の恋人との生活を描いた、ま、一種のモデル小説ですね。僕は図書館に勤めている関係で偶然読んだんですけど、そのなかに、おきん姉さんと思われる女性が出てきて、恋人をめぐって、姉と妹が三角関係に発展するという小説です。お読みになったことはありますか。

きん　（頷く）

安夫　結局は悲恋に終るんですけど、お姉さんは、その恋人のことをどう思っていたんです。

きん　どうしてそんなことを聞くの。

安夫　興味がありますから。

きん　……好きだったわ。出来ることなら一緒になりたいと思っていたわ。

安夫　ところが、小説の最後のほうで……かの子姉さんと思《おぼ》しき女性がおきん姉さんと思しき女性を評して、妹は、その恋人を本当に愛していた訳ではない、その証拠に、彼女はまもなく、人格も趣味も、あまり高くない男と結婚した、と書いています。勿論作者が勝手に書いたんですけど、でも、どうなんです、その男性というのが、今の御主人なんですか。

きん　他人さまは、随分と勝手なことを書くものね。でも、当たらずといえども遠からず、ということかしら。

安夫　……

きん　子供のときから、かの子姉さんだけは別だったの。女王様だったの、いえ、タイラントだったわ。逆らっても、到底勝ち目がないのよ、あの人には。私たち姉妹は、そういう星の下に生まれてきたみたいね。（と笑って）もうこれ以上はいじめないでね。それじゃ汽車の時間があるから、これで失礼するわ。
安夫　済みません、変なことをお聞きしちゃって。
きん　いいのよ、過ぎてしまったことだもの。それより、女は体の変り目がひどいというから、この際よく検査をしてもらうようにって、姉にそう言って頂戴。もしどこか悪いところがあったら……そんなことはないと思うけど、もし異常があったら、ちょっと知らせてね。都合をつけて、なるべく来るようにしますから。それじゃ、有難く拝借するわ。一平義兄さんによろしくね。（と去ろうとする）
安夫　おきん姉さん！
きん　……
安夫　定期検診というのは嘘なんです。本当は、瓜生先生に会いに行ったんです。
きん　……
安夫　言おうか言うまいか、さっきから考えていたんですけど、これ以上嘘を吐く訳にはいかないので、はっきり言います。退院してからそろそろ二月になりますけど、あの人は今、瓜生先生に夢中なんです。それこそ三日にあげず病院通いです。近頃では近所の花屋が御用聞きにくるほどなんです。
きん　どうして。
安夫　バラの花を持って行くからですよ！

きん　会っているの、お二人で!?

安夫　逃げ回っているんですよ、向うは！　いくら逃げたって、そんなことに頓着するようなかの子姉さんじゃありませんからね、懲りずにというのか、飽きずにというのか、とにかく、必死になって追い掛け回しているんですが、近頃では、持って行ったバラの花を、そのまま持って帰る日が多くなってきたようです。

きん　一平義兄さんは知っているの。

安夫　知ってますよ。

きん　なんにも言わないの。

安夫　言ったって聞くような人じゃありませんから、黙っています。

きん　そうだったの。入院しているときから様子が可笑しいとは思っていたんだけど、困った人ね。

安夫　……

きん　死ぬほど苦しい思いをしたというのに性懲りもなく、また繰り返すんだわ。あの人はね、人を好きになると、あとさきのことはまるで考えなくなってしまうの。

安夫　そこがまた、かの子姉さんの良いところでもあるんじゃないんですか。純粋なんです、芸術家なんですよ。今日も、あの齢でですよ、ごてごてと飾り立てて、似合うか似合わないかよく分からないような真っ赤なコートを着て、真っ赤なバラの花束を抱えて颯爽と、当人はそのつもりでしょうけれど、どすどすと出掛けて行くんです。行くときは、いつも光り輝いたような顔をしているんです。帰ってくるときは分りませんけどね。しかし普通の人には、なかなかあの真似は出来るものじゃありません。
きん　あなた、感心しているの。
安夫　気持は分ると言っているんですよ。ましてあのときは、病気が病気でしたからね、だってそうでしょう。他人には決して触れられたくない、ま、言ってみれば、一種の恥部ですからね。その恥部をですよ、如何に医者と患者とはいえ、ある時期共有した訳ですから、かの子姉さんのなかに、濃密な感情が生じたのは、ごく自然の成り行きだと思うんです。

突然玄関のほうで、かの子のヒステリックな声。

かの子（声）　安夫さん！　安夫さんはいらっしゃらないの！
安夫　はっ、はい！
かの子（声）　金魚鉢に水をおやりなさい！　金魚が死にそうよ！

ドアが開いて、バラの花束を持ったかの子が荒々しく入ってくる。

かの子　（興奮して）無礼だわ、ほんとうに失礼しちゃうわ！　一体あの人たちは、私のことをなんだと思っているの。私はただ瓜生先生に会いに行っただけなのよ。それなのに、今日は先生はお休みですって嘘を吐いているの。会わせてくれないのよ。看護婦にそんなことを言う権利があるの！

安夫　お姉さん、おきん姉さんです。
かの子　（素っ気なく）いらっしゃい。私が一体どんな悪いことをしたっていうの。お目にかかって、お花をお渡しするだけなのよ。それなのに看護婦たちときたら、さもさも穢らわしそうに私の顔を見て、用もないのに迷惑だって吐《ぬ》かしやがったの。中には聞こえよがしに、私のことを白豚だと言った奴がいるの。白豚が赤い化を持ってきただなんて、ああ口惜しい！　あの病院は、看護婦たちに一体どんな躾をしているのかしら。あんな病院に居たのでは、瓜生先生がお気の毒だわ！　バカ、畜生！（と花束を叩きつけて）パパ！　パパ！
安夫　駄目ですよ、寝ているんですから！
かの子　うるさいわね。パパ！

かの子は階段を上ろうとする。
玄関で呼び鈴の音。きんは安夫と顔を見合せて、玄関へ去る。

かの子　私だったら出ないわよッ。
安夫　原稿だったらどうするんです。禅と生活社が夕方までに取りにくることになっているんです。
かの子　明日の朝、私がお届けするわ。
安夫　ほかの方じゃありませんよ。山田霊林先生ですよッ。さっきから何度も電話が掛かってきているんです！

かの子　お届けすると言ってるでしょう！

きんが入ってくる。

きん　お姉さん！　瓜生先生ッ。
かの子　えッ。
きん　お玄関に来ていらっしゃるの。お姉様も御一緒よ。
かの子　志保先生も！
きん　折り入ってお話をしたいことがあるんですって。
かの子　まあ、どうしましょう。お二人お揃いでいらっしゃるなんて、どうしよう。安夫さん、急いで片付けて！　おきんちゃん、御案内して頂戴、失礼のないようにね。パパ、起きて頂戴！　パパ！

かの子はコンパクトを出して急いで顔を直す。一度去ったきんが、志保と瓜生を案内して再び現れる。

きん　こちらでございます、どうぞ。

志保と瓜生が入ってくる。

志保　失礼いたします。

かの子　まあ、志保先生、お懐かしうございます。その節は大層お世話になりまして有難うございました。

志保　お久しぶりね、かの子さん。

かの子　一度御挨拶にと思っていたのですが、忙しさに取り紛れて、ついつい失礼を致しまして……瓜生先生、ようこそお越し下さいました。散らかっておりますけど、どうぞお坐り下さい。おきんちゃん、お茶をお出しして。

志保　どうぞお構いなく。お話が済んだら、すぐに失礼させて頂きますから。

かの子　そんなことをおっしゃらないで下さい。せっかくお越し下さったんじゃありませんか。パパ！　なにしているの、パパ！

寝巻の上に、綿の食《は》み出たよれよれの丹前を引っかけた一平が、二階から急いで下りてくる。呼びに行った安夫がそのあとから続く。

一平　いやァ、これはお珍しい！　まさかお揃いでいらっしゃるとは思いませんでした。志保先生、その節はいろいろとお世話になりまして……

志保　暫くでございます。
一平　御蔭様でかの子も、今ではすっかり元気になりましたが、先達て瓜生先生から、御姉弟だと言われたときには本当に驚きました。ねえ、かの子。
かの子　パパ、そんな格好では失礼でしょう。すぐに着替えてらっしゃい。
一平　着替えが見当らないんだ。
志保　あの、私たちでしたら、どうぞお気遣いなく。それより今日突然お伺いしたのは、かの子さんのことなんです。（きんと安夫を見て）少々立ち入ったことをお訊ねするかもしれませんけど……よろしいでしょうか。
一平　（怪訝な顔で）……二人とも身内の者ですから。
志保　御主人様にはお気の毒なので、本当はかの子さんと三人だけでお話がしたかったんですけれど……（促すように瓜生を見る）
瓜生　あとでいいよ。
志保　今お出ししなさい。

瓜生は渋々鞄の中から封書の束を出す。

志保　かの子さん、これ、御存知ですわね。
かの子　……

志保　ここ二月ほどの間に、あなたが弟にお出しになったお手紙です。
一平　（驚いて）全部ですか？
志保　どういう内容のものか、むろん私は、一通たりとも読んではおりませんけど、弟は困り果てて、私のところへ相談に来たんです。あなたがお書きになったものに間違いございませんわね。
かの子　（頷く）
瓜生　姉さん、もういいじゃないか、かの子さんに失礼だよ。
志保　あなたまでが疑われるのよ。（かの子に）構いませんわね、御主人ですから。（と手紙の束を一平の前に押しやる）
一平　（躊躇って手を出さない）……こんなに沢山書いたとは思わなかったけど、おおよその見当はついてますから、ま、見ることもないでしょう。
安夫　ちょっと拝見。（手を伸ばす）
一平　君はいいんだよ。（その手を叩く）
志保　では、確かにお返し致しました。そこでですね、かの子さん。お手紙もさることながら、あなたは弟に会うために、殆ど毎日のように、病院へお通いになっていると聞きました。
一平　毎日？　私は三日に一度ぐらいと聞いていますけど。
志保　御存知だったんですか。
一平　一応は。
志保　そうですか、それでしたらお話がし易いですわ。かりに三日に一度であろうと五日に一度であろうと、弟はまだ独り身なんです。将来のある人間なんです。あらぬ噂を立てられて迷惑するのは弟のほうなんです。それだけは分ってやって頂きたいんです。
一平　あらぬ噂とおっしゃいますと、たとえばどんな噂を。
志保　お気を悪くなさらないで下さいませね。いずれ弟は、かの子さんに責めたてられて結婚するであろうと——
一平　結婚！　私は亭主ですよ。
志保　ですから、離婚ということになるんじゃございませんの。
かの子　私、岡本と離婚なんか致しません！　とんでもない噂でございます。
志保　私も是非そうであるように願っておりますけど、しかしかの子さん、あなたがそれほどまでに岡本さんのことを想っていらっしゃるのでしたら、なぜ弟に、こういうお手紙をお出しになったのです。歌人であるあなたが、御専門のお歌まで添えてお出しになれば、若い弟ですから、多少は動揺も致しますわ。
一平　先生は一通も読んでないとおっしゃいましたけど。
志保　えッ？　ええ、読んではおりません！　弟に聞いたんです。読んだりなんか致しません。（瓜生に）あなたも黙ってないで、なにか言いなさい。迷惑だから、もう二度と病院へは来ないで下さいと、みなさん方の前ではっきり言いなさい。
瓜生　かの子さんの……
志保　奥さんと言いなさい。

かの子　かの子がいいです。
瓜生　かの子さんの……（志保に）そう言っているのですから。……かの子さんのお気持は大変嬉しいと思いますけど、あなたが昼間おいでになると、看護婦や患者さんたちが騒ぎ出して、仕事が全く手につかなくなるんです。僕が迷惑だと申し上げるのはそういうことなんです。
かの子　では、昼間でなければよろしいのでしょうか。
志保　（癇癪を起こし）そういうことを言っているんじゃないでしょう！　あなたは岡本一平さんの奥様ですよ。その奥様がですね……お怒りにならないで聞いて下さいね、その奥様が、こともあろうに、火遊びのお相手に、主治医だった弟を選んだんです。
かの子　火遊び？
志保　火遊びでしょう。
瓜生　姉さん！　それはひどい。かの子さんはそういう人じゃない。
一平　かの子の名誉のために申し上げておきますけど、それは志保先生の誤解です。間違いです。
志保　なにが間違いです。
一平　かの子はですね、この女はですね、火遊びだなんて、そんな器用なことの出来る人間じゃないんです。人を好きになるときには一生懸命です。ただひたすら、脇目も振らずに一生懸命好きになるんです。長年連れ添ってきた亭主の私が言っているのですから、これほど確かなことはありません。（かの子に）な。
かの子　一生懸命でございます。

一平　当人もそう言っております。
志保　随分可笑しなことをおっしゃいますのね。それでは岡本さんは、かの子さんがなさっていることをお認めになっているんですか？
一平　いや、私だって男ですからね、亭主ですから、多少は腹も立つし、妬ましいとも思ってますよ。しかし隠れて、こそこそやっているのでしたら話はべつですが、おおっぴらに堂々とやっているものですから、私としては、振り上げた拳の遣り場に困っちゃうんです。
かの子　岡本の愛でございます。岡本は大きな愛で私を包んでくれておりますので、瓜生先生のことも認めてくれております。
志保　おふざけにならないで下さい！　私は真面目に申し上げているのよ。
かの子　私も真面目にお答えしております。
志保　御主人がいらっしゃるのに、弟も好きだというお答えが真面目なんですか。あなたは近頃は、女流の宗教研究家として、雑誌などでよく仏教のお講義をなさっているようですが、人間として、道を踏み外さないように教え諭すのが仏教でしょう。矛盾をお感じにならないんですか。
かの子　矛盾？
志保　あなたのなさっていることに就いてですよ。
かの子　解釈が違いますわね。先生は、道を踏み外すとか、教え諭すとかっておっしゃいますけど、仏教というのはそんな堅苦しいものではございませんの。発想はもっと自在で、自由です。融通無碍です。矛盾なんて全然感じません。

志保　では、不倫も不道徳も、あなたの仏教はお認めになるの？
瓜生　姉さん、いい加減にしなさいよ。
志保　あんたは黙ってらっしゃい！
瓜生　僕の問題だよ。僕とかの子さんの問題だよ。もうやめましょうよ。
きん　そうですわね、瓜生先生もお姉様も御迷惑をなさっていらっしゃるんだから、ねえ、かの子姉さん、素直にお詫びをしたら。
かの子　（構わず）あなたの仏教と今おっしゃいましたけど、私などは修行中の未熟者ですから、仏法を心の拠りどころとしながらも、未だに、無明の野をさまよい歩く愚か者です。でも、この世を人間らしく生きるということに就いてなら、私はひとつの祈りを持っております。覚悟を持っております。先生は、こういうお経の文句をお聞きになったことはございませんかしら。（低く唱え始める）……如蓮体本染《じょれんていほんぜん》、不為垢所染《ふいこうそぜん》、諸欲性亦然《しょよくせいえきぜん》、不然利群生《ふぜんりくんせい》。……理趣経というお経の中の一節です。
志保　……
かの子　お世話になった病院を出たあと、岡本と私は、参禅のために、鶴見や鎌倉のお寺を何度となく訪れましたが、あるとき、応接された導師のお方が、まるで心中にでも行くような顔だとお笑いになりながら、この経文を唱えて下さいました。……如蓮体本染、如蓮というのは、赤い蓮華の花のことですが、蓮華の花が赤いのは、汚れてそうなった訳ではない。この世に生まれてきたときから赤いのである。それと同じように諸欲性亦然……人間の、もろもろの欲望というものも、生死輪廻には拘わりなく、この世に生を享けたときから、本来備わっているものだ。恥じることはない、避けることはない、まして忌むべきものでは決してない。むしろ積極的に肯定すべきである。経文は、このあとまだ続きますけれど、私なりに要約すれば、人が人を好きになることも、好きになったがゆえに苦しむことも、また呪うことも、愛に溺れることも、すべては人間本来の姿であって、その姿こそが自然である。私はそのように解釈をしておりますし、不倫、不道徳と、身に覚えのないお言葉で批難された先生への、私のお答えでもございます。

志保　あなた、本気でそう思っていらっしゃるの。

かの子　むろん本気でございます。

志保　なにをお信じになろうと、あなたの御自由かもしれないけど、今伺っていると、あなたは仏教の経文を隠れ蓑にして、御自分のなさっていることを正当化しようとなさっているんじゃないの。

かの子　隠れ蓑とはなんですか！　いくら先生でも失礼じゃございませんの。

志保　あなたのお話を伺っていると、初めから終りまで自己中心的で他人への愛情が完全に欠落しているのよ。そればかりじゃないわ、御自分の行為に就いての反省も批判も、いえ、抑制すら、あなたのお説からは感じられないの。精神医学の立場からするとね、信ずるあまりに、他者を顧みないような独善的な考え方は、一番問題なのよ。病的だと言わざるを得ないのよ。

かの子　ひどいことをおっしゃいますわね。私はたまたま、経文の一節だけを御紹介しただけで、百字の偈《げ》と言われる理趣経の大意すら申し上げた訳ではないんです。先生は今、自己中心的だとおっしゃいましたけど経文の前段には、そのことがちゃんと記されているんです。それはこういうことです。欲等調世間《よくとうちょうせかん》、令得浄除故《れいとくせいちょこ》、有頂及悪趣《ゆうていきゅうあくしゅ》、調伏尽諸有《ちょうふくしんしょゆう》。……つまり欲望は制御すべきであり、制御することのできるものは、世の中に清らかさを齎す。そのことによって、生死輪廻の絶頂から底辺まで、すべての生存を意のままにする。仏法の修行は、常に己を凝視するところから始まります。反省も抑制も当り前のことですから申し上げなかっただけで、それを忘れたら、鳥や獣となんら変ることはないじゃありませんか。

志保　あなたはどうして御自分のことばかりおっしゃるのかしら。そりゃ人間ですから、心の中でなにを考えようと、どんなことを思い浮かべようと、そのこと自体は悪いとは言いませんよ。問題なのは、それを言葉や行動で表わすかどうかということなんです。まさか健常者と病者の違いとまでは言わないけれど、あなたの、その無邪気な幼児性が、相手を傷つけているのだということだけは、よく覚えておいて頂きたいわ。

かの子　幼児性は失礼でございましょう！　私が御説明している欲望を肯定するというのは、欲にあって欲を離れる、つまり煩悩に即して煩悩を断ち切る煩悩即菩提という大乗仏教の思想を申し上げているんです。

志保　仏教は結構。あなたの言葉でお話になって下さいよ。

かの子　これが私の言葉でございます！

志保　あなたは、人間本来の姿だなんて得々としていらっしゃるけど、相手の立場や気持というものを少しはお考えになったことがおありになるの。私が申し上げたかったのはそのことよ。

かの子　（憤然として）分りました。もうなにもおっしゃらないで下さいませ。このことは、瓜生先生と私との二人だけの問題でございますから、いずれ日を改めて、お詫びに伺わせて頂きます。……幼児性とおっしゃいましたけど、私はこれでも一家の主婦でございます。一児の母親でございます。これ以上の立ち入ったお口添えは、御無用に願います。迷惑でございます。おきんちゃん、先生方をお見送りして。

きん　お姉さん！

一平　それはいけないよ、かの子！

かの子　私の言う通りにして頂戴！

かの子は、言い終えると、志保たちに背を向けてしまう。一同の間に気まずい沈黙が流れる。

志保　なるべく穏便にと思って、お伺いしたのですが……残念ですわ。お話合いが、こういう結果になってしまったので……どうしても、聞いて頂きたいことがございますの。

瓜生　姉さん！

志保　弟も私も、言わないつもりで来たのですが、止むを得ませんわ。……じつは弟は、来年の春、転勤することになりました。

一平　（驚愕する）ど、どこですか？

志保　（躊躇っている瓜生に）……言いなさい、はっきりと。

瓜生　北海道です。
一平　北海道！
かの子　（蒼白になっている）北海道のどちらでございます？
瓜生　岩見沢です。うちの病院の付属病院がそこにあるんです。
かの子　あの……私のことが原因でしょうか。
瓜生　（笑顔を作り）そんなことはありません、定期の異動です。
志保　弟はそう言っているのですから、そうお思いになったほうがいいと思いますよ。お邪魔をしました。

志保と瓜生は去る。
かの子も一同も茫然としている。

幕

注（青山高樹町への移転は大正十五年の夏頃だが、舞台進行上、設定をこの場面からとした）

第二幕

(一)

一九二五年（大正十四年）初秋。
鎌倉・雨安居。
暗い中から、かの子の唱える観音経が聞こえてくる。

かの子（声）若有衆生　多於婬欲　常念恭敬　観世音菩薩　便得離欲　若多瞋恚　常念恭敬　観世音菩薩　便得離瞋　若多愚痴　常念恭敬　観世音菩薩　便得離痴　無尽意　観世音菩薩　有如是等大威神力　多所饒益　是故衆生　常応心念。

建長寺の寺内にある参禅堂（雨安居）が次第に明るくなり、一人坐ってお経を唱えているかの子の姿が判然する。

周囲は深い杉木立。降るような蟬の声。
夕暮れが近い。
境内を通って一平が現れる。立ち止まり、無言で、かの子を見ている。

かの子　（気が付く）あら。
一平　邪魔をして悪かったね。迎えにきた。
かの子　もうそんな時間？
一平　明日の仕度もあるから、そろそろ山を下りないと……
かの子　ここに居ると、自然の中に溶け込んでしまっているみたいで、時間の観念はもちろん、自分の存在すら忘れてしまうくらい。パパも御一緒に如何。
一平　同じことを今、老師に言われたよ。
かの子　祖岳導師様にお会いになったの。
一平　そこの知客寮の前でね。せっかくですが、今日は座禅に来たのではございませんと申し上げたら、老師は不思議そうな顔をして俺を見てね、奥さんは、明日北海道へお立ちになるそうだが、本当かとおっしゃるんだ。はい、そうですと申し上げたら、ますます不思議そうな顔をして、好きな男が北海道に居るので、会いに行くのだと言っておるのだが、それも本当かとおっしゃるんだ。君はなにを喋ったんだ？
かの子　お世話になっている導師様ですもの、嘘は言えないわ。今までのことを包み隠さずお話をしたわ。どうして？
一平　老師は俺の顔をじーっと見てね、あなたは偉い御亭主だ、近頃見上げた料簡だ、どうしたらそういう心境になれるのか、愚僧にも教えてもらいたい。そりゃ、あべこべだよね。（と笑う）
かの子　（吹き出す）
一平　喉が乾いたろ。飲むかい、ラムネ。
かの子　どうしたの。
一平　門前の茶店で買ってきた。（と手拭に包んだ二本のラムネを出す）ぬるくなってしまったけど、ま、いいだろう。
かの子　そのままでは飲めないわ。栓ぬきが……
一平　（芝居の口調で）そこにぬかりがあるものか。まんまと宝蔵に忍び入り、盗み取ったるラムネの栓ぬき！
かの子　盗んできたの？
一平　借りてきたんだよ。（と栓ぬきを出してラムネを開ける）お飲み。
かの子　ねえ……パパは昔、浅草の芝居小屋で、かっぽれの芸人さんたちに交じって、お芝居をやっていたことがあるんでしょう。
一平　太郎が生まれた頃だ。あの頃は、家には殆ど帰らずに、毎日のように遊び歩いていた。十六年はひと昔、夢だ夢だってね。
かの子　私、パパのかっぽれ、見たい！

一平　（ラムネを吹き）脅かすなよ。

かの子　話には聞いていたけど、まだ一度も見たことないんですもの。ねえ、お願いだからやってみて。

一平　ここをどこだと思っているんだ。建長寺の座禅堂だぞ。

かの子　いいじゃないの、だれも見てないんだから。ねえ、お餞別の代わりだと思って、ちょっとやってみて。パパ、お願い！

一平　呑気なことを言っている場合じゃないだろう。早く帰って、明日の仕度をしなきゃあ間に合わないぞ。俺は上野駅までは送って行くけど、あとは君が一人で北海道まで行くんだ。分っているね。

かの子　青森まで来て下さるんじゃないの？

一平　どうして俺が青森まで行くんだよ。

かの子　夜行列車は淋しいから、青森までなら一緒に行ってやってもいいって、パパはおっしゃったじゃないの。

一平　言葉の弾みでそんなことを言ったかもしれないが、しかし考えてもみろよ。どこの世界に、好きな男に会いに行く女房に付き添って、青森くんだりまで行く亭主がいるか？　認めているだけでも、かなりの馬鹿だぞ。

かの子　そこがパパの良いところなのよ。

一平　ふざけるんじゃないよ。それより、あとで紙に書いておいてやるけど、午後一時の急行が青森に着くのは、明くる朝の六時頃だ。それから青函連絡船で海を渡って函館へ行って、さらに汽車を乗り継いで岩見沢へ着くのが、夜の九時か十時頃だ。宿はともかくとして、電報だけでも打っておいたほうがいいんじゃないのか。
かの子　いや。
一平　どうして。
かの子　逃げられてしまったらどうするの。
一平　逃げるかね？
かの子　いきなり行ったほうが、私はいいと思うの。
一平　瓜生先生も大変な女に見込まれたもんだ。とんだ安珍清姫だ。
かの子　そんな言い方をしないでよ。私だって悩んでいるのよ。悩んでいるからここへ来たんじゃないの。私ね、先生には勿論お会いしたいけど、また左遷されたらどうしようかしらって、そんなことも考えているの。
一平　北海道が駄目となると、あとは千島か樺太だな。じゃ、諦めるか？
かの子　……
一平　（笑って）そのときはそのときだ。俺は玄関で待っているから、仕度をして出ておいで。

一平は境内より去ろうとする。

かの子　パパ。

一平　……

かの子　パパはどうして怒らないの、行くなと何故おっしゃらないの？

一平　……

かの子　私の身勝手さは今に始まったことではないけれど、北海道へ行って、もし先生にお会い出来たとしたら……どういうことになるか、私には自信がないのよ。それでもパパはいいの？

一平　……

かの子　執着だ、煩悩だって、理性では分っているんだけど、私の心が納得しないのよ。昨日も導師様から、人間は思うがままにならないことを、思うがままにしようとするから苦しむのだ。そもそもこの世というのは、思うがままにならないものだと諦めることが人事だ。それが心を解放すると教えて下さったのだけど、欲張りなのか、へそ曲りなのか、私はどうしても自分の思うがままにしたいのよ。

一平　だったら、行けばいいじゃないか。

かの子　だから苦しんでいるのよ！

一平　だったら、よせばいいんだッ。後悔しなければね。

かの子　……

一平　あとで七転八倒、狂ったように大騒ぎをして、とどのつまりは汽車へ飛び乗って、君は北海道へ行くだろう。目に見えているから、俺はなにも言わないんだ。

空が次第に暮れてきて、ひぐらしが鳴き出す。

一平　若い頃、俺はこの世には、遊ぶために生まれてきたのだと思って、厭なことには目を向けないようにしていた。遊ぶために生まれてきたのだから、迎える世の中のほうだって、おもしろ可笑しく俺をあしらってくれて当然だろうと、ま、虫がいいと言えば虫がいいけれど、そんなふうに考えていた。だから厭なことは人に押し付けて、面白いことだけを、俺は選んだ。君を貰うときもそうだった。もちろん好きではあったけど、本音はね、結婚というのが面白そうだったから、怒るなよ。君と一緒になったんだ。ところが、すぐに詰まらなくなった。そこで厭なことは、全部そっちに押し付けて、俺はまた、面白そうなものを探して歩くようになった。その結果が、君の入院だった。

かの子　……

一平　ところが五年、十年と経つうちに、俺の意識の中から、面白いものと面白くないものとの境界が、何時のまにか消えていることに気が付いた。そんなものを分けて考える必要もないくらいに、俺の毎日が面白いものになってきたんだ。そしてその原因というのがね、ま、照れずに言えば、一緒に暮らしている俺のかみさんだってことに、なんとなく気が付いたんだな。

かの子　……

一平　この雨安居へ初めて修行に来たとき、二人で約束したことがあったな。俺たちが泥沼に嵌まり込んだ大きな原因は、よくある男と女のそれだった。だからもし本気で、永遠の愛に生きようと思ったら、肉体というのは、現世に於ける借り物だと心得て、愛とか欲とかの煩悩から解放される以外には救われる道はないって。……今思えば、随分とキザな、随分と思いきった約束をしたものだと思うけれど、しかし俺たちはそれを信じて、今日まで曲りなりにも暮らしてきた。

かの子　……

一平　世間では俺のことを、一平は嘘吐きだ、偽善者だ、お体裁ばかり言いやがって、その実、裏ではなにをやっているか分ったもんじゃない、とんだ悪党野郎だなんて、ひどいことを言っている連中もいるらしい。だが、言いたい奴には言わしておけだ。俺はね、今のままで充分に楽しいんだ。面白いんだ。だから、喜んで送り出すという訳にはいかないけど、戻ってきてさえくれるのなら、俺は構わないよ。

かの子　……行けなくなっちゃった。

一平　俺はいいと言っているんだよ。

かの子　パパに悪いもの。どうしよう、どうしよう私。

一平　もう一晩、ここへ泊めて頂くか？

かの子　同じことよ。どうしよう、どうしようパパ。

一平　ちょっとお待ち。どうしよう、どうしようって言うけど、瓜生先生は、君を迎え入れるとは言ってないんだよ。追い帰される場合だってあるんだぞ。

かの子　そうか！　そうね。

一平　そうだよ。

かの子　どうしよう。

一平　こんな話があるのを知っているか。ヘボのくせに、将棋が大好きという人間がいたんだ。

かの子　パパと同じね。

一平　うるさい。そのヘボが、あるときヘボ仲間と将棋を指した。盤上に駒をならべ終えてね、まずそのヘボが指す番になった。ところがこのヘボ、盤をじーっと見詰めたままで、なかなか指さない。相手が痺れを切らしてね、なにを考えているんだ、君の番なんだから早く指しなさい。言われてもこのヘボはまだ指さない。相変らず盤を睨んでいるんだが、見ると、口の中でぶつぶつと、なにか呟いている。えーと、俺がこう指す。すると向うがこうくる。そこで俺はこっちへ逃げる。すると相手はこう指してくる。指されては大変だから、俺はこいつを取る。取ったとたんに、相手はピシリ。おそれ入りました、負けました！　一手も指さないうちに、降参しちゃったの。似ているだろう。

かの子　（笑う）

一平　さてと、行くか行かないかは分らないが、餞別代わりに、俺がかっぽれを踊ってやろう！

かの子　ほんと！

一平　その代わり、帰ってくるだろうね？

かの子　はい。

一平　きっとだよ。

かの子　きっと！

一平　では、かの子姐さんの御注文もございますので、今宵はひとつ、梅坊主師匠直伝のかっぽれを御覧に入れましょう。

かの子　（手を叩く）

一平　一平兄さん、お仕度がよろしければ、お賑やかにかっぽれと参りましょう。あいよ！　かっぽれ　かっぽれ　甘茶でかっぽれ　よいとな　よいよい。

一平は手拭を向う鉢巻にすると、「深川」を歌いながら踊り出す。

かの子はラムネを飲みながら楽しそうに見ている。

暗　転

(二)

一九二九年（昭和四年）秋。

岡本家の居間。

舞台は初め無人。午後。

二階から安夫が、雑誌社の室田と一緒に額入りの絵を持って階段を下りてくる。額には覆いがしてある。

安夫　おとよさん！　布巾を持ってきて下さい、台布巾！（テーブルに運んで）済みません、ここでいいでしょう。

老女中のとよが布巾を持って出てくる。

とよ　お手伝い致します。
安夫　僕がやるからいいです。それより、奥さんにも見てもらいたいので、ちょっと呼んできてくれませんか。
とよ　はい。（と去る）
安夫　（テーブルを拭きながら）久しぶりの油絵なので、岡本さんも緊張していましたよ。外部の方にお見せするのはあなたが初めてです。
室田　光栄でございます。

安夫は慎重に覆いを解く。絵は「吉祥天にかたどれるかの子の像」である。

室田　（感嘆して）これでございますか。
安夫　これですよ。

室田　浄瑠璃寺の吉祥天女像は、私も拝観したことはありますが、さすがによく描けておりますね。
安夫　顔、分るでしょう。
室田　かの子先生で……
安夫　実物はこんなに可愛くはないけど、画家の主観の問題ですからね。岡本さんにすれば、かの子女史こそ吉祥天女の再来だという想いがあるから、この絵を描いたんでしょう。
室田　麗しき夫婦愛ですね。すると、これを写真版にして、かの子先生の御本に……
安夫　今度お宅から出して頂く散華抄の口絵に、この吉祥天女像を使いたいというのが、お二人の希望なんです。

とよが戻ってくる。

とよ　奥様は今、瓜生先生と御一緒に、今夜の放送のお打合せをなさってていらっしゃいます。
安夫　そうか！　今夜はＡＫから仏教講座の放送があったんだな。
とよ　初めての放送なので、今から練習をするとおっしゃっています。まもなくこちらへおみえになると思います。（と去る）
室田　あの、瓜生先生とおっしゃる方も、やはりお身内のお方で？
安夫　どうして？
室田　いつ伺っても、こちらさまにいらっしゃるものですから。

安夫　ま、身内のようなものです。それより腕のたしかな写真屋さんを寄越して下さいよ。岡本さんは写真に添えて、短い文章を書くと言っておりますから。
室田　心得ております。

奥の部屋から、かの子を追って瓜生が現れる。

瓜生　かの子さん、後にしなさいよ！
かの子　だって気になるもの、私。（と、出てきて）安夫さん、ゆうべ谷崎さんから電話があったって本当？
安夫　え？
かの子　谷崎潤一郎さんよ。おとよさんから今聞いたのよ。あったんでしょう。

とよがお茶を運んでくる。

とよ　ゆうべ十一時頃でした。私が出たのですが、お話がよくわかりませんので、安夫様に……
かの子　どうして今まで黙っていたの？　あの方には以前からお願いしていたことがあったのよ。わざわざお電話を下さったのに、知らん顔をしているなんて失礼でしょう。どういう御用件だったの。
安夫　い、いや、それがですね、あの……

室田　（雰囲気を察して）では、私はこれで……（去ろうとする）
安夫　いいですよ。（意を決して）お姉さん、興奮しないで下さいね。

安夫は戸棚の開き戸を開けて、中から小包を出す。

安夫　今朝谷崎さんから送られてきたんです。
かの子　そらごらんなさい。うっかりしていたじゃ済まないのよ。（包みを解きつつ、瓜生に）あの方はね、亡くなった雪之助兄さんとは一高時代からの親友で、二子の実家にもよく遊びに……なにこれ、反物？　あら、原稿じゃない！
安夫　お姉さんが送ったんでしょう。谷崎さんはね、作品が良ければ中央公論の小説特集に推薦しようと思ったけど、原稿と一緒に反物が送られてきたので不愉快になった。だから送り返すって、電話口で怒っていました。どうせ岡本さんの差し金でしょうけど、選りに選って、なんで反物なんか送っちゃったんです。
かの子　いいじゃないの、昔からのお知合いなんだから。ふん、なにさ、今でこそ有名におなりになったけど、あの人は若い頃から私のことを、着物の似合わない野暮テンだとか、白粉をごてごて塗りたくって、まるで夏蜜柑に天花粉をなすり付けたみたいだとかって、ひどいことばかり言っていたの。あの人には、女性の本当の美しさなんて分らないのよ。
安夫　この際だから言っておきますけど、お姉さんにしろ岡本さんにしろ、家へやってくる青臭い文学青年や雑誌の編集者におべっかを使い過ぎます。
瓜生　安夫君、もういいじゃないか。
安夫　歯がゆいんですよ、僕は。作品を褒められれば、ニコニコして舶来のウィスキーを飲ましちゃうし、雑誌に載せましょうと言われれば、洋服生地を持たせて帰すし、そのくせただの一度も雑誌に載せてもらったことはないじゃありませんか。
かの子　私の小説は、まだほんの一部の人にしか分ってもらえないのよ。
安夫　だったら、分ってもらえるまで気長に勉強すればいいじゃありませんか。
かの子　（癇癪を起こし）私は来年はもう四十一よ！　吉屋信子さんは若くして一家を成したわ。林芙美子さんは放浪記でデビューなすったわ、何時までものんびりしていられないのよ！
瓜生　しかしですね、小説はともかくとして、かの子さんは今や仏教界のスターです。原稿の注文だってどんどんくるじゃありませんか。
かの子　お二人ともどうして分って下さらないの！　私は小説家になりたいのよ。仏教はもう沢山なの！
安夫　谷崎潤一郎がどう逆立ちしたって、仏教の放送は出来ませんよ。
かの子　今夜の放送はやめるわ！（去ろうとする）
安夫　そんな罰当りな……
瓜生　冗談じゃありませんよ！　理由もなしに放送をキャンセルしたら、かの子さんの信用問題になります。まして初めての放送じゃありませんか。機嫌を直して、ちょっとここへ坐って下さい。

かの子　どうしてもやらなければいけないの。
瓜生　（原稿用紙の束を示して）原稿はこうしてお書きになったけれど、放送の時間内に収まるか収まらないか、問題は話のテンポなんです。どの講演者も、事前にみんな練習をしてくるとAKの担当者も言ってましたから、やったほうがいいです。ほんの四、五分です。
かの子　その代わり、愛宕山まで御一緒に来て下さるわね。
瓜生　血圧の薬も鎮静剤も持って行きます。（安夫と室田がこそこそ逃げ出そうとするので）ああ駄目ですよ、逃げちゃあ。一緒に聞いて下さい。おとよさん！　奥さんに水を持ってきて下さい。（と台所へ声をかける）……この茶碗を、一応マイクロホンに見立ててお願いします。全国放送だというので、全国に聞こえるような大きな声を出した人がいるそうですが、声の調子は普通でいいです。ただ仏教の講演ですから、普段よりは少しゆっくりお話になったほうがいいと思います。では、よかったら。

瓜生、懐中時計を見る。その間にとよがグラスの水を運んでくる。

かの子　（話し出そうとするが）……あなた、室田さんとおっしゃったかしら？
室田　（緊張して）室田でございます。
かの子　悪いけど、もう少し右へ寄って下さらない。
室田　は？

かの子　ほんの少しで結構なの。あなたがそこにいらっしゃると、光線の加減で私の顔がみっともなく見えてしまうの。そう、それでいいわ。
安夫　写真を撮る訳じゃないんですから、光線は関係ないでしょう。
瓜生　気分の問題なんですよ。
かの子　そうなのよ。この人はデリカシーがないの。では始めます。（咳ばらいなどをして原稿を読み始める）……仏教は古臭い宗教であると、まだ多くの人々に思われているようですが、古いどころか、常に新鮮です。生命の根底を持たない新しさは直きに萎《しぼ》んで、すたれて古くなるけれども、永遠の真理から出発した仏教の新しさは、いつになっても滾々《こんこん》と尽きない、融通無碍であります。ただ、この地下水を噴き上げる掘抜き井戸のような仏教に、多くの人々が気づかないだけなのです。要するに仏教は無限を基礎とする智慧であり、科学であり、芸術なのであります。いいの、こんな調子で？
瓜生　結構です。

かの子の話は次第に熱を帯びてくる。
安夫と室田は居眠りを始める。

かの子　徳川幕府の時代は封建鎖国の時代であります。人智を閉鎖し、ひたすら暗い太平の空気に浸らした時代であります。人間性が箱の中でもやしのようになって、自然性が脆弱に歪められた時代であります。この時代の民衆を教化するには、現実生活の欲望を薄くする因果律の支配を説いて、不幸をあきらめさせること、未来に光明を望ましめること、こういう教化の方法が必要でした。たとえば近松門左衛門の戯曲をみると、それがよく分ります。因果の道理今ここに、因縁づくとあきらめて。こういう言葉で近松は、仏教の因果律を説明しようとしています。

瓜生　やっぱりそこなんですよ、問題は！　徳川時代も近松もいいのですが、大事なのは、今何故仏教かということでしょう。何故多くの人たちが、仏教に関心を持っているのか、その点を冒頭に持ってくるべきだと僕は思うんです。

そのとき、玄関で呼び鈴の音。

瓜生　おとよさん、お客様！

室田　私が出ます。（立ち上がる）

瓜生　大事な話なので、ちょっとの間廊下で待っていて下さるようにって。済みません。

室田　（鞄を持って、これ幸いと去る）

かの子　あなたはさっきもそうおっしゃっていたけど、仏教講座である以上は、多少専門的になっても止むを得ないのよ。

瓜生　それが悪いというんじゃないです。その前に、最近の異様とも思える宗教熱はなにが原因なのかという点について、一応の解説があったほうがいいと言っているんです。

かの子　そんなことまで私には出来ないわ。
瓜生　どうしてです。
かの子　仏教というのは、独り独りの心の中の問題なの。
瓜生　しかし放送は、不特定多数の聴取者が相手ですよ。たとえば今の世の中ですが、不景気で失業者が街に溢れています。大学を出ても三人に一人は就職出来ない。おまけにあっちこっちで労働争議が多発してて、自殺者まで出ているんです。心の救いを宗教に求めようとしている人だっている筈です。その点を少し掘り下げていけば、宗教熱の説明にもなると思うんです。
かの子　そんなことしたらアカじゃないの！
瓜生　アカ！　アカはないでしょう。
安夫　かの子姉さんの仏教というのは、あまりにも閉鎖的なんですよ。
かの子　偉そうに言わないでよ、居眠りをしていたくせに！
瓜生　かの子さんだって新聞なんかで御存知でしょう。最近、新興宗教というんですか、新しい教団が次々と結成されて、ひとつの社会現象として話題になっているでしょう、七、八年まえには、大本教が不敬罪で弾圧されたけど、そのあと生長の家だとか、創価教育学会だとかいう新教団が名乗りをあげて、多くの信者を集めているんです。
安夫　うちのおとよさんも、神霊統一教の信者です。
かの子　そんなものは宗教ではないの！　信仰すれば、見返りに、すぐにこれこれの物が手に入るという、安っぽい現世利益を売りものにしているのよ。お金が目的の邪教です。そんなものと正統仏教を一緒にしてもらいたくないわ！

瓜生　邪教と斬り捨ててしまうのは簡単です。しかしそういう教団に沢山の人たちが集まってきているんです。根は深いんです。だから僕は、今何故仏教かと言っているんです。かの子さんが面倒だとおっしゃるんでしたら、僕が下書きを作ります。放送の前段の部分に、それを入れるか入れないかで、ラジオを聞いている人たちの受け止め方は随分ちがうと思うんです。ねえかの子さん、そうしましょう、ほんの二、三分です。かの子さんがいいとおっしゃれば、僕はすぐに原稿を書きますから。（仰天する）姉さん！　お父さん！

少しまえに、志保を先頭にして、父親の庄五郎と母親の房の三人が下手のドアより入ってきて、この場の様子を黙って見ていた。

庄五郎　（怒りに震えて）馬鹿者！　なにがお父さんだ。お前はこんな所で一体なにをしているんだ！

志保　（制して）突然お邪魔をしてごめんなさい。じつは弟に会いたいと言って、父と母が岐阜から出てきたんです。（両親に）岡本かの子さん。

かの子　お初にお目にかかります。岡本かの子と申します。

志保　弟が北海道の病院を辞めて、江戸川の大塚病院に移ったことは、私も手紙を貰って承知してましたけど、まさかこちらさまで暮らしているとは思いませんでした。（瓜生に）昨日病院へ電話したら、瓜生先生は三月まえに職員寮を引き払って、こちらへ移っているって教えてくれたのよ。どうして今まで黙っていたの。
かの子　そのことに就いては、私からも御説明いたしますけど、お父さまもお母さまもどうぞお坐りになって下さいませ。
庄五郎　かの子さんとかおっしゃったな。
かの子　はい。
庄五郎　あんたは、伜とはどういう間柄になっておるんだ。
かの子　どういうとおっしゃいますと？
庄五郎　伜の、あんたは一体なんだと聞いておるんだよッ。
瓜生　お父さん。
かの子　……恋人でございます。
庄五郎　あんた気はたしかか。あんたには岡本一平さんという有名な御主人がいるじゃないか。御主人がいるのに恋人とはどういうことだ。
かの子　岡本は広い愛情で私たちのことを認めてくれております。
庄五郎　よいか、かの子さんとやら、儂の家は御一新まえから代々御典医を勤める家柄で、国では少しは名前も知られておる。その瓜生家の跡取り息子が、去年の暮、突然北海道の病院を辞めて、あんたの男妾におさまったという噂が儂の耳に入ったんだ。儂はな、男妾にするために、伜を大学へ上げて医者にしたのではない！

かの子　あの……お願いでございますから、男妾だなんて、そんな穢れた言葉はお謹み下さいませ。
庄五郎　あんたが穢れておるから儂は言っとるんだ。
瓜生　お父さん。
庄五郎　お前は黙っとれ。そもそも女というものは、嫁しては両夫にまみえず、夫をもって天となすと、女大学にもあるように、貞淑であることが女子の命だ。男が家の外に妾を作るのは、これはまあ男の甲斐性だから仕方ないとしても、女子の分際で、そんな不倫なことが許される訳はない。
志保　弟が、こちらさまへ移るようになったのは、かの子さんの御希望ですか。
かの子　私のほうからお願いしました。それというのも、私は神経からくる心臓病を持っておりますので、うりちゃんがそばに居て下さると、とても心強いんです。
庄五郎　うりちゃん？
かの子　うっかりしておりました。私どもでは、瓜生先生のことをうりちゃんとお呼びしているんですの。
庄五郎　（激怒して）なにがうりちゃんだ！　倅には儂の付けた浩一という立派な名前がある。（瓜生に）またお前もお前だ！　うりちゃんなどと犬っころみたいな名前を付けられて、恥ずかしいとは思わないか！　帰るんだ、儂と一緒に帰るんだ！
かの子　お父様！
庄五郎　すぐに荷物をまとめなさい！

下手から慌しく一平が帰ってくる。そのあとから雑誌編集者の白石が入ってくる。

一平　ただ今！
かの子　お帰りなさい。
安夫　お帰りなさい。
一平　かの子、えらいことになったぞ、大ニュースだ！（気付いて）あ、志保先生。
志保　（会釈する）
かの子　先生のお父様にお母様です。
一平　これはこれは、気が付きませんで。岡本です。息子さんをお預かりしておりながら、御挨拶にも伺いませんで申し訳ございません。
安夫　大ニュースってなんですか。
一平　決まったんだよ、決まったの！（庄五郎たちに）済みません。（一同に）例のロンドンの軍縮会議に、特派員として新聞社から派遣されることに決まったんだ。
かの子　ほんと！
安夫　いつですか。
一平　今年の暮。そればかりじゃない。かの子も太郎も安夫君も、それからうりちゃん、君も一緒に行けるんだッ。
瓜生　僕もですか！

一平　滅多にない機会だから、強引に新聞社に頼んでみたんだ。仕事が終ったら、みんな揃ってヨーロッパ一周だッ。

かの子　まあ、素敵！　パリへ行けるのね、本当にパリへ行けるのね！（二階へ）太郎さん！　学校から帰ってきているの？　帰ってきているのならちょっといらっしゃい！　太郎さん！

庄五郎　（とんと杖を突き）母さん、失礼しよう。（瓜生に）お前も荷物をまとめなさい。儂と一緒に帰るんだ。

かの子　それはいけません。それは困ります。パパ、お引き止めして。

一平　どうしたというんだ。あの、家内がなにか失礼なことでも申し上げたんでしたら私がお詫びします。うりちゃん、どうしたの？

瓜生　いえ、あの……お父さん、ちょっと坐ってよ。岡本さんも折角お帰りになったんですから。ね、ちょっと坐って。

白石　あの、おとりこみの御様子なので、私は御用件だけ申し上げて失礼いたしますから。

一平　ああ、こりゃどうも済みません。かの子、文藝書房の白石さんだ。いま表の通りで御一緒になったんだ。（瓜生に）うりちゃん、訳を話して下さい。どうしたの。

かの子と安夫は、一平たちと離れたところで白石と話を始める。

白石　せんだっては大乗仏教に就いてのお原稿を有難うございました。おそくなりましたが、これは原稿料です。
かの子　まあ、わざわざ恐れ入ります。安夫さん、領収書にハンコをお願いするわ。済みませんね、お忙しいのに。
白石　それからですね、(鞄の中から大型封筒を出し)このまえ、編集長がお預かりしたこのお原稿なんですが、うちには小説欄のスペースが少ないものですから、今年は、ちょっと掲載の見通しがつき兼ねるので、ひとまずお返しするようにと、編集長から言われてきたんです。まことに申し訳ないのですが……
かの子　やっぱり駄目でしたの。
白石　済みません。
安夫　(領収書を返しながら)どういう所がいけなかったんでしょう。僕は面白いと思いましたけどね。
白石　僕もよく纏った小説だと思ったのですが、なにぶん小説欄のスペースが……
安夫　しかし、かの子女史に小説を書かないかと勧めたのは、お宅の編集長ですよ。初めての小説を、是非うちの雑誌に頂きたい、そうもおっしゃった筈ですよ。
白石　そうかもしれません。
安夫　そうかもしれませんだなんて、そりゃあんた、無責任だよォ。
瓜生　(気になって近づいてくる)あの、その原稿を清書したのは僕なんです。届けたのも僕なんです。そのときお宅の編集長さんは、たしかに頂きますとおっしゃったんです。

白石　ですから頂いたんです。
瓜生　頂くということは載せるということでしょう。
白石　いえ、受け取ったということです。
瓜生　詭弁ですよ、それは。かの子さんには、必ず雑誌に載りますからと僕は言ってしまったんです。それじゃ、かの子さんが可哀相じゃありませんか。
一平　（気になって、これも近づいてくる）良い小説だと思いましたけどね、僕は。文章も抑制が利いていて、老婦人の生涯がしっとりと描かれた好短編でしたよ。一体どこがいけなかったのか、参考のために聞かせて頂けませんか。
白石　い、いや、僕のような青二才が……
安夫　感じたままでいいんです。その点が分れば、女史だって納得すると思うんです。
瓜生　教えて下さい。
白石　（男三人に詰め寄られてたじろぐ）いや、その……かの子先生の場合はですね、まあ、中条百合子さんや窪川稲子さんとは、おのずから次元が違うとしてもですね、もう少し生活者が描かれてもいいんじゃないかと……
瓜生　生活者？
白石　僕が言っているんじゃないんです。編集長がそう言っているんです。つまりですね、ま、端的に言ってしまうと、出てくる人物はどれもこれも、生活の匂いが感じられない有閑人ばかりだと……

瓜生　それは少し片寄った見方じゃないんですか。いくらプロレタリア文学が全盛だといっても、作家にはそれぞれ個性があるし、世界観だって違う筈ですよ。描かれた人物の職業がどうあろうとも、かの子さんの小説には、宗教人として、人間の根源的な存在にまで筆が及んでいると僕は思いますけどね。
白石　その点は僕も同感なんですよ。ただね、僕個人の感想としては、老婦人が最後に息を引き取りますね、あの場面で引っかかっちゃったんです。
安夫　くどいんじゃないの？
白石　そうなんですよ！
安夫　やっぱりそうなんだッ。あすこは岡本さんが手を入れたところなんだ。
一平　えッ。
安夫　やめなさいと言ったのに、岡本さんは勝手に直したでしょう。かの子女史はあとでべそを掻いてましたよ。
かの子　そうなのよ。パパがこうしたほうが、作品に深みが増すとおっしゃるものだから。
瓜生　（詰め寄って）僕もあの場面は可笑しいと思ったんだ。どうしてそんなことをしたんです。いくら御夫婦でも作品はべつですよ。
一平　い、いや、私はよかれと思って……
瓜生　大体ですね、漫画漫文のセンスで、純文学に手を入れるなんて飛んでもない料簡です。折角の女史の芸術が、岡本さんの粗雑な文章のために通俗に堕ちたんです。

白石　（得たりとばかり）おっしゃる通りです！　文体があすこでガラっと変わっちゃったんです。
安夫　いくら漫画の仕事が減ってきたといっても、他にやることはあるでしょう。
瓜生　そうですよ。
一平　（ついに爆発して）なにを言ってるんだ、君たちは！
庄五郎　（更に爆発して）なにを言ってるんだ、お前さんたちは！

一同はびっくりして庄五郎を見る。

庄五郎　たかが女が書いた小説のことで、大の男があぁでもない、こうでもないと、なんたる醜態だ！　ここの家の人間は、みんな頭がどうかしておる。腐れきっとる。浩一、お前がどうしても帰らんというのなら、親子の縁も今日かぎり。お前を勘当する！
かの子　お父様、それだけはどうかお許し下さいませ。私がいけなければお詫びを致します。お願いでございます。
庄五郎　あんたには関係ない。浩一、帰るのか帰らんのか、どっちだ。（瓜生は動かない）この親不孝者！　志保、失礼しよう。
志保　私、お邪魔でなければ、かの子さんと二人でゆっくりお話をしてみようかと思いますの。
庄五郎　なに。
志保　ことの理非はべつとして、浩一だって思慮分別をわきまえた大人ですから、お父様に勘当されてもこちらさまに居たいというのでしたら、それはそれで仕方のないことだと思います。

庄五郎　お前！　そ、それでは話が違うじゃないか。お前はどうあっても浩一を……

志保　私は今でも、かの子さんのなさっていることは理解できません、また理解しようとも思いません。ただ私は……自分のことで申し訳ないのですが、長い間、医者である夫と共働きの生活をしてきました。おたがいに忙しい毎日でしたけれど、家へ帰れば家事一切は妻である私がやらなければなりません。世間一般、どこの家でも当りまえのことですから、私も不服など言わずに続けてきましたけれど、年をとるにつれて、さすがに体に堪えるようになりました。そこで夫と話し合った結論は、仕事を取るか、家庭に入るか、そのどちらを選択するかということでした。随分悩みましたけど、医者の仕事は若いときからの天職だと思っていましたので、悩んだ末に夫と別れました。かの子さんのなさっていることが善いことか悪いことか、こういう不思議な人間関係は私には到底理解できませんけど、ただ同性の立場からすれば、羨ましいと、思わない訳でもございません。

庄五郎　なにが羨ましいのだ！　浩一ばかりか、お前までが、こんな女にたぶらかされて……じつに、なんとも情けない。儂は東京へ恥を掻きに来たようなものだ！　母さん、帰ろう！

房　私も、もう少しこちらさまに……

庄五郎　な、なに？

房　あなたは先程、外に女子を作るのも、男の甲斐性とおっしゃいましたが、そのために私が、どれほど辛い思いをしてきたことか。出来ることなら私だって、このお方のように、殿方にやさしくして頂きたいと思いますよ。あなたは、むごうござんすからねえ。

庄五郎　（真っ赤になって）どいつもこいつも沙汰の限りだ。こんな化物屋敷に居たら儂の頭まで可笑しくなる！　お前ら勝手にせい！（と去る）
瓜生　お父さん！
かの子　お父様！　お父様！

と追うが、見詰めている房に気が付く。

房　（笑って）おもしろいお家ですねえ。

暗　転

(三)

一九三八年（昭和十三年）初夏。
夕暮れの室内。一平が先程から緊張した面持ちで電話に向っている。
ラジオから「別れのブルース」が聞こえてくる。

一平　御趣旨はよく分っておりますが、なにぶんにも家内が、目下締切の原稿に追われておりまして、それが一段落いたしましたら家内とも相談をして……はい、は？

瓜生が一枚の紙を持って奥から現れる。

一平　ラジオ、ラジオ！
瓜生　（気付いてラジオを消す）
一平　一両日中にはなんとか御返事を……え？　いえ、決してそのようなことはございません。身にあまる、大変光栄なお話だと感激しております。御期待に沿うべく家内にもよく申し聞かせますので……はい、承知いたしました。どうもたびたび申し訳ございませんでした。失礼いたします。
（受話器を戻し）内閣情報部。どうしよう？
瓜生　従軍作家の件ですか。
一平　出発は九月の中旬で、行先は中国大陸の漢口だそうだ。相手はなにしろ軍だからね、下手に断わって、あとで睨まれでもしたら取り返しのつかないことになるからね。
瓜生　断わったほうがいいですね。
一平　どうして。
瓜生　僕の推測ですけど、かの子さんに白羽の矢が立ったのは、支那事変が始まってからこの一年の間に、時局感詠集とか、南豆陥落の歌といった戦時短歌を発表する一方、ついこの間は文藝春秋に、出征軍人の妻に贈る言葉というエッセイまで書いてますね。見渡したところ、今の女流作家の中では、かの子さんが最も戦時態勢に協力的、というよりは、積極的な姿勢を示している芸術家だと思うんです。その上知名度もあるし、仏教の研究家でもある。軍にすれば願ったり叶ったりの作家ですから、そのへんを勘案しての人選じゃないかと思うんです。

一平　まさにその通りだ。情報部のお役人が言うには、かの子さんのお書きになったものが、銃後を守る婦人たちの戦意をどれほど鼓舞しているか分らない。お忙しいのは重々承知の上だが、お国のためだと思って御承諾頂きたい。そこまで言われると私も日本人だし、かの子だってきっと感激して、是非行かせてくれって……

瓜生　いや、やっぱり……

一平　そうかね。

瓜生　短歌やエッセイはかの子さんの本心から出た熱いメッセージですから、僕なんかがとやかく言う訳にはいきませんけど、戦地へ行って、もし従軍記を書かされた場合、いや必ず書かされるでしょうけど、あの人は戦場の生々しい光景、皇軍兵士の果敢な姿に感動して、感動をそのまま文章に綴るだろうと思うんです。それこそ一生懸命書くだろうと思うんです。従軍記とは本来そういうものですから、それはそれで構わないかもしれないけど、問題は帰国して小説を書く場合です。戦場の硝煙を身につけたままで机に向えば、あの人のことですから、感動をもう一度作品の中に再現させるだろうと思うんです。そういう小説を書くんじゃないかと思うんです。

一平　それがどうしていけないの？　現代の作家として当然のことじゃないか。

瓜生　疵になったらどうするんです。
一平　疵？
瓜生　一昨年《おととし》発表した鶴は病みきと言い、去年の母子叙情と言い、流麗な文体と、独特の心理描写で評判になりましたよね。小説家としてやっと認められてきた今が一番大事なときです。そりゃ戦争文学を書けば当局は喜ぶでしょうけど、一般の読者はどう思いますかね。まるで水と油、資質が全然違うんです。小説を本業にするというのなら、先行きの評価ということも冷静に考えるべきだと思います。
一平　しかし断わって、もし非国民だなんて言われたら。
瓜生　病気ということにしましょうよ。
一平　病気？
瓜生　僕は医者ですから診断書を書きます。事実かの子さんは、二年まえに脳充血で倒れていますからね、無理は禁物です。
一平　君がそこまで言うのなら、もう一度考えてみるけど、しかしうりちゃんとは時局に対する認識が大分違うようだね。
瓜生　（苦笑して）済みません。
一平　ところで、私に話とはどういうこと。
瓜生　うっかりしてました。これなんです。（と紙を見せる）
一平　（見る）なに、この歌？

瓜生　短歌研究に発表する原稿の写しです。いつもは僕が清書をするのですが、このときに限って、何故か断わられたんです。瞬間可笑しいなと思ったんです。それで悪いとは思ったんですが、かの子さんが留守のときに原稿を探して、大急ぎで写したんです。
一平　うりちゃんもやるねえ。
瓜生　冗談ごとじゃありませんよ。題を見て下さい。恋です。
一平　（読む）……わが命絶ゆるばかりも恋ひにつつ街に手伝ふ千人針を。恋ふべからざる人を恋ふよはわが命戦《いくさ》の場《には》にまづ裂かれてん。かくばかり苦しき恋をなすべくし長らへにけるわれにあらぬを。……おだやかじゃないね。
瓜生　心当りはありませんか？
一平　うりちゃんじゃないことだけは確かだね。
瓜生　新しい男ですよ。僕はもう過去の人間です。
一平　ひがんじゃいけないよ。
瓜生　岡本さんはなんとも思わないんですか。
一平　何度も経験しているからね。しかし女史が如何に情熱の歌人と言われても、来年は五十ですよ。しかも原稿に追いまくられて外出すらままならない有様だからね。察するところこの一連の恋歌は、女史の心の中の戦火想望俳句じゃないかと思うね。
瓜生　なんですか、それは？
一平　最近一部の若い俳人たちの間で頻りに詠まれているんだそうだ。つまり自らは戦場に赴かずに、内地に居て戦場の情景を詠む。だから戦火想望俳句だ。果してそれが正統の俳句と言えるのかどうか、素人の私には分らないけど、女史の恋歌も発想はそれと同じじゃないかと思うんだ。
瓜生　架空の人物だとおっしゃるんですか。
一平　彼女にとって恋と生命は同意語でもあるし、創作上のパッションでもあるんだ。まして今書いている小説は、彼女自身、自分の代表作にとまで言っているくらいなんだから、普段とは意気込みが違う。つまり恋歌は炎です。炎を燃やすことによって彼女は小説を書き進めている。私はそう解釈しているね。
瓜生　甘いですね、岡本さんは。
一平　なにが甘い？
瓜生　実在の人物だから、これだけ烈しい恋の歌が生まれるんです。戦火想望だとか炎だとか、そんな能天気なこと言っているから、岡本さんはコキュだなんて言われちゃうんです。
一平　コキュは失礼だろう、犯人は君じゃないか。
かの子　（声）おとよさん！　麦茶を持ってきて下さらない！
二人はぴたりと争いをやめる。奥から断髪姿のかの子が、原稿を持って悠然と現れる。
かの子　上がったわ。
瓜生　老妓抄、出来ましたか！

かの子　枚数が少し超過してしまったけど、ま、いいでしょう。
一平　おめでとう。
瓜生　おめでとうございます。早速清書をして、僕が中央公論社へ届けます。
一平　ちょっと見せてもらってもいいかね。
かの子　どうぞ。（原稿を渡し、瓜生に）十一月号の小説特輯って聞いていたけど、私のほかにどういう方がお書きになるの。
瓜生　はっきりは分りませんけど、宇野千代さんとか円地文子さんとか、五、六人だそうです。
かの子　競作は厭ね。とくに女の作家ばかりというのは気が重いわ。
一平　君の今の実力をもってしたら巻頭まちがいなしだ。いや、御苦労さまでした。（瓜生に原稿を渡す）
瓜生　お疲れになったでしょう。少しお臥《やす》みになったほうがいいですよ。
かの子　安夫さんは今日はお勤めかしら。ここ二、三日、お顔を見せないわね。

とよが麦茶を運んでくる。

とよ　今、お客様でございます。
かの子　あら、いらっしゃるの？
一平　（周章てて）安夫君はね、あとで君に話をしたいことがあると言っているんだが、それより今夜はみんな揃って、賑やかに脱稿祝いをやろうじゃないか。ねえうりちゃん。
瓜生　お祝いも結構ですが、まず睡眠です。あとで血圧を計ります。

瓜生は原稿を持って去る。

かの子　変ね、なんだか。
一平　なにが？
かの子　一緒に暮らしているのに、パパと二人きりでお話をするのは久しぶりだもの。
一平　世の中はよくしたものでね。私の漫画が売れなくなったとたんに、君の小説が売れ出した。帳尻は合っているんだよ。
かの子　でも、お寂しいでしょう。
一平　多少はね。しかし人間なんて、何時までも同じ状態のままで居られる訳はないのだから、盛りを過ぎたら寂しくなるのは当りまえさ。その点家族だって同じだろう。どんなに仲の良い家族でも、時が経てば、何時かは別れなければならなくなる。愛別離苦、人生なんてそんなものだろう。
かの子　パリにいる太郎のことをおっしゃっているの？
一平　もちろん太郎のこともあるけどね、いや、そんなことより、ゆうべ暇つぶしにお茶の間の押入れを整理していたら、がらくたに混じって、こんなものが出てきたんだ。

一平は書棚の引出しから木魚を出す。

一平　分るかい、これ。

かの子　木の魚！

一平　（頷く）

かの子　それだったの。

一平　捨てた覚えもないかわりに、どこかへ仕舞ったという記憶もない。言わば忘れていた亡霊がいきなり目の前に立ち現れたような気がしてね、しばらくの間、ぼんやり眺めていた。……君に木の魚の話をしたのは、二十三、四年もまえのことだと思うが、豊子の野辺の送りを済ませたあと、利根川べりの停留所で、冷たい川風に吹かれながら、乗合を待っているときだった。百舌の奴がうるさいくらいに高鳴きしていた。

かの子　（うつむいたまま）……田舎道を歩いてくる途中、両手に抱えた小さな木箱の中で、骨壺がカタカタ音を立てていたわ。あの音だけは今でも忘れない。（嗚咽して）生きていれば、年頃の娘になっていたのに……

一平　豊子も可哀相だったが、今思うと、じいさまもおやじも哀れだったよ。こんな木の魚に、家名再興というつまらぬ夢を託したがために、一生を不遇のうちに終ってしまった。こうして見ているとね、二人の呻き声が聞こえてくるような気がして、見付け出したものの、さてどう仕末したらよいか、正直戸惑っているんだ。

かの子　家霊よ。
一平　家霊？
かの子　二子の私の実家は、昔から何代も続いた旧家だったけれど、一族だけが、ただ這い松のように横に延びただけで、長い間、家の生命というか霊というか、そういったものが、暗い旧家の奥深くに閉じ込められたままだったわ。雪之助兄さんは、そうした家の声を世間に表現しようとして文学の道に進んだけれど、途中で倒れてしまったの。
一平　……
かの子　家名再興だなんていうと、パパは照れて、そんな大時代はやめてくれとおっしゃるかもしれないけど、でもパパの代になって、岡本家に日が当るようになったわ。世間に出られるようになったわ。おじいさまもおとうさまもきっと喜んでいらっしゃるわ。私が家霊だと言ったのはそういう意味なの。
一平　供養してやるか、二人で。
かの子　そうよ。私たちの生活は、あのときパパが、木の魚の話をして下さったときから始まったのよ。大事にしなければいけないわ。
一平　偶然とはいえ、君の小説が出来上がった日に、こいつがひょっこり顔を出しやがった。活字になったらゆっくり読ませてもらうけど、あらためて、脱稿おめでとう。バラの花を用意すべきだったね。
かの子　（急に感情がこみ上げてくる）……おかげで、私もなんとか小説家になれましたわ。パパ、

有難う。（と泣き出す）

一平　なにを言っているんだい、世界の文豪の列に加わろうという人間が。まだ歩き出したばかりじゃないか。

かの子　それもそうね。

一平　あとで君に話をしたいことがあるんだが、とにかく少し休みなさい。

かの子　人間って不思議なものね。

一平　……

かの子　人生ではもう欲しくないときに、それがやってくる。売れないときには歯ぎしりしながら原稿を書いていたのに、今は誉められることすら大儀になってきたわ。

一平　……

かの子　これからは少しは人の面倒もみましょうね。

一平　ああ、そうしよう。

玄関で呼び鈴の音。

一平　私が出るから君は二階へ行きなさい。

かの子は去ろうとする。玄関へ出て行った一平が急ぎ足で戻ってくる。

一平　かの子、おきんちゃんが来てくれたんだ！（振り向いて）どうぞお入り下さい。

きんが入ってくる。

かの子　まあ、おきんちゃん！　よく来てくれたわね。手紙を出しても返事がないから、どうしているのかと思って心配していたのよ。
きん　ごめんなさい。筆不精でね、ついつい失礼しちゃったの。
かの子　筆不精の上に、あなたは出不精なのよ。藤沢からなら一時間もあれば来られるじゃないの。
一平　会うそうそう、そんなにぽんぽん言うもんじゃないよ。おきんちゃん、済みませんね。
きん　お姉さん、なんだかとてもお元気そうね。
一平　かの子はですね、たった今、仕事がひとつ上がったばかりなんです。
きん　そう！　それじゃ好いときに来たんだわ。
かの子　好いときに来てくれたの。久しぶりだから今夜一緒に御飯を食べましょう。そうだ！　泊っちゃいなさい、今夜！
一平　無茶を言うんじゃないよ。ご主人はお元気ですか。
きん　ええ、まあお蔭様で。
一平　そう。今お茶を持ってきますから。

一平は部屋の電灯を点けて、去る。

きん　やさしいわね、お義兄さんは。
かの子　阿弥陀様も近頃は年をとってきたから、角が取れて丸くなってきたのよ。
きん　おかげでお姉さんはお仕事がどんどん捗るんでしょう。いつぞやの新聞に、最近の岡本女史は執筆に追われて、睡眠時間が一日三時間って書いてあったわ。
かの子　三時間は少し大袈裟だけど、書きたいものが次から次と出てくるものだから、頼まれる仕事は全部受けてしまうのよ。そのたびに一平ははらはらして……そうそう！　おきんちゃん、丁度いいときにきたわ。四、五日まえに出来たばかりの私の本。（書棚から抜き取り）創作集としては四番目になるの。題はね、「やがて五月に」。よかったら、あとで署名してさし上げるわ。
きん　（本を手にする）……堀川さんのことでしょう。
かの子　（一瞬言葉が詰る）……読んだの？
きん　今年の初め頃だったかしら、文藝という雑誌で。
かの子　……
きん　いくら昔のこととはいえ、まさかお書きになるとは思わなかったわ。
かの子　人物の名前もシチュエーションもすっかり変えてあるのよ。
きん　読む人が読めば分りますよ。私はすぐに分ったんですもの。

かの子　あなた、まだこだわっているの？
きん　こだわってなんかいませんよ。私はただ小説家はいいなと思っただけなの。
かの子　どういう意味？
きん　小説家は自分の主観で書くから、知らない人はその通りだと思ってしまうじゃない。
かの子　ちょっと待ってよ。そりゃ確かに、この小説は堀川さんをモデルにしているわ。でも小説というのはね、事実をそのまま書く訳じゃないの。人物も含めて、一度作家の頭の中ですべてを再創造して――
きん　そんな難しいことは私には分らないわ。ただね、私の感想としては……新聞の批評にもちょっとそんなことが書いてあったと思うけど、主人公のこの楠瀬頼子という女性、多分お姉さんのことだと思うけど、少し美化し過ぎているんじゃないかしらと……
かの子　（顔色が変る）美化？　私が自分自身を美化し過ぎているとでもおっしゃるの！
きん　感想よ。そう言えばそうかなと思っただけなの。
かの子　やっぱりこだわっているんだわ！　だからそんな読み方をするのよ。おきんちゃん、あなたまさか、それが言いたくてわざわざ来た訳じゃないんでしょうね！
きん　なに言っているのよッ、私は今日はお祝いに来たのよ！
かの子　お祝い？
きん　そうよ。安夫さんが結婚するというから、こちらへ来る途中丸善へ寄って、お祝いに万年筆を買ってきたのよ。安夫さん、お留守なの？

かの子　結婚するってだれに聞いたの？
きん　あら厭だ、安夫さんが手紙をくれたのよ。

その少しまえに一平がお茶を持って出てきたが、二人の話で足を止める。

かの子　安夫さんが結婚するって本当!?
きん　あら、お姉さんは……
かの子　パパは御存知だったの？
一平　君の仕事が一段落したら、ゆっくり話をしようと思っていたんだ。
かの子　（いきなり大きな声で）安夫さん！　お話をしたいことがあるからちょっといらっしゃい。すぐに応接間にいらっしゃい！
一平　安夫君は前から君に話をしたいと言っていたんだが、私が止めていたんだよ。
かの子　なぜ止めたりなさったの。私の仕事なんかよりは安夫さんの結婚のほうがずっと人事じゃない。私はね、あの人の姉代わりになって今まで面倒をみてきたのよ。その私が、どうしておきんちゃんから結婚の話を聞かなければいけないの。可笑しいじゃない！
きん　うっかり喋ってしまった私がいけなかったかもしれないけど、安夫さんはね、私のことを気に掛けてくれて、何度か藤沢にも来てくれたし、手紙も下さっていたのよ。まさかお姉さんが御存知ないだなんて、私、そんなことは……

かの子　（遮って）安夫さん！　なにしていらっしゃるの！　すぐにいらっしゃい！

奥から安夫が、婚約者の牧村ゆきを伴って現れる。

一平　晩めしのときにゆっくり話をしようと思ったんだが、私の手落ちで、そうもいかなくなってしまってね。
かの子　（ゆきをぴたりと見据えて）……その方、どなた？
安夫　牧村ゆきさんと言います。のちほどお話をしますが、僕たち婚約をしました。
ゆき　初めておめにかかります。牧村ゆきと申します。
かの子　（にこやかに）岡本かの子です。おめでとう。よかったわね。
安夫　（感激して）有難うございます。

とよが出てくる。

とよ　奥様、お風呂のお仕度が出来ました。
かの子　（反射的に）だれがお風呂へ入るなんて言いました！……ゆきさんとかおっしゃったわね。私、安夫さんと二人でお話がしたいので、悪いけど、少しの間席を外して下さらない。
ゆき　（安夫と顔を見合わせて、奥へ去る）

かの子　パパもおきんちゃんも……ううん、ちょっとの間だけ。お願い。

一平ときんは仕方なく去る。

かの子　（昂ぶる気持を抑えて）安夫さん、お坐りなさい。
安夫　（坐る）
かの子　よかったわね。おとなしそうで良いお嬢さんじゃない。
安夫　お姉さん、本当にそう思ってくれますか！
かの子　私はあなたの姉代わりになって、今日まで一緒に暮らしてきたのよ。安夫さんがしあわせになることなら、私はどんなことでもして差しあげようと思っているのよ。その私がどうして嘘なんか吐いたりするの。
安夫　有難う、お姉さん。僕が一番心配していたのは、お姉さんがあの人のことをどう思うかということだったんです。この先もなにかとお世話になるのですから、お気づきの点があったら、なんでも遠慮なくおっしゃって頂いて……
かの子　そうなのよッ。私もね、安夫さんの先行きのことを考えると心配でならないの。分るでしょう！　そりゃね、そりゃあのお方は、おとなしそうで良いお嬢さんよ。お利口さんのお顔をしていらっしゃるわ。でも、どちらかというと私の好きなタイプじゃなくってよ。ううん、本当は安夫さんだってあまりお好きじゃないと思うの。いえ、そうよ、そうに違いないわ！　あなたがあんな人を好きになるなんて可笑しいわ。ナンセンスよ。安夫さんは人が良いから、きっと変てこで安っぽい人情にほだされて、御自分の理想や美意識を裏切ってしまったのよ。よくないわ、本当によくないわ！　どんなに辛くても、お断わりするときには毅然たる態度で相手に臨まなきゃ駄目よ。お断わりしてらっしゃい。（一気に言う）

安夫　そんなこと出来ません。

かの子　どうして出来ないの。好きでもない人と一緒になって、あなたしあわせになれると思っていらっしゃるの？

安夫　好きです。

かの子　……

安夫　僕はあの人を愛しています。

かの子　……

安夫　出来ることなら、このままお姉さんのそばに居て、お仕事の手伝いをして差しあげたかったんですが、僕も四十を過ぎました。この辺で身をかためて、国の両親を安心させてやろうと思ったんです。それに今ではお姉さんも、僕なんかの手伝いを必要としないくらいの立派な作家になりました。僕は本当に嬉しいんです。

かの子　……あなたは、私からあの方へ愛を移したのね。

安夫　なにを言うんです。夫婦の愛とお姉さんに対する愛は別ですよ。僕は今でもお姉さんが好きです。尊敬しています。だからこそ二十年ちかくも一緒に暮らしてこられたんじゃありませんか。

かの子　どんな形の愛にしろ、あなたは私以外の人に気持を移したのよ。あの人と暮らすようになれば、あなたの心の中から、私という人間の姿は次第に薄れて行くわ。そして何時かは消えて行くわ。これでもう、はっきりと他人だわ。

安夫　（泣き出さんばかりに）そんなひどいことを言わないで下さいよ。お姉さんが実の姉のような気持だとおっしゃるのなら、僕のこんなちっぽけなしあわせを認めてくれてもいいじゃありませんかッ。

かの子　出てお行きなさい！　顔も見たくないわ！

安夫　僕が一体どんな悪いことをしたというんです！　今までにただの一度でもお姉さんに逆らったことがありますか。ひどい目に合わせたことがありますか。僕は身内の人間の一人として、お姉さんの才能を誇りに思っているんです、今だってその気持に変りはありませんよ！

かの子　聞きたくないわ！　出て行って！（木の魚を摑むと、いきなり投げつける）

安夫　お姉さん！

かの子　（狂気の形相になり）あなたは私を裏切ったのよ。私を嫌いになったのよ。そんな人間とは一日だって一緒に暮らす訳にはいかないわ！　今日かぎりで縁切りよ。勝手に結婚するがいいわ！

安夫　（激昂して）いい加減にして下さい！　あなたはどうして人の話を聞こうとしないんです。一から十まで自分、自分、自分！　なんでも自分中心だ。あなたは前にもそうやって、おきん姉さんを突っつき回して無理矢理結婚させたんでしょう。おきん姉さんはね、ついこの間、旦那さんと別れたんです。御存知ですか！

かの子は衝撃を受けてその場に釘付けになる。少しまえに、二人の争いに気付いた一平ときんが入ってきていた。

きん　安夫さん！　そんなことはあなたには関係のないことじゃないの。余計なことは言わないで頂戴！

一平　(流石《さすが》に驚いて) おきんちゃん、本当なの？

きん　済んでしまったことですからお気になさらないで下さい。それよりお姉さん、ほかのことじゃないんだから、喜んで安夫さんを送り出しておあげなさいよ。お姉さんは今日までの長い間、一平義兄さんと瓜生先生と安夫さんの、お三人の愛に支えられて沢山の良いお仕事をしてきたわ。身勝手と言われようがなんと言われようが、それが偽りのない岡本かの子の姿だったんだから、片身を殺がれる思いがして、安夫さんの結婚を宥《ゆる》せなかったんでしょう。私にはなんとなく分るような気はするけど、でもこんなことが何時までも続く訳はないわ。

かの子　……

きん　お姉さんは昔、私と久しぶりに会ったときに、人間の愛について、こんなことをおっしゃったことがあったわね。人間というのはだれでも、自我という殻を冠っているから、心身ともに愛し合うということはまず滅多にない。自分だけはちゃっかり自分の殻に閉じこもったままで、相手の殻だけを破ろうとする。つまり自分の勝手な愛の中に相手を取り籠めようとする。そうおっしゃったわね。本来が人間的な、暖かいものである筈なのに、相手を縛り付けてしまう。お姉さんたちはそれが分ったから、その束縛から解放されたいから自由な道を選んだのだ、そうもおっしゃったわね。当時は私もまだ若かったから、人ごとのように聞き流していたけど、年をとるにつれて、夫婦生活を重ねるにつれて、少しずつ理解するようになったわ。

かの子　……

きん　むろんお姉さんは、男と女のことをおっしゃったんでしょうけど、形を変えれば安大さんの場合も同じでしょう。（かの子を見据えて）このままでは安夫さんは、心の中に疵が残って新しい生活に入るのはとても辛いと思うの。たった一言お姉さんが、おめでとうと心から言ってあげれば、安夫さんは救われるのよッ。自由になれるのよ、しあわせになれるのよ！　お姉さんが口癖のように言っている仏の心とはそういうことではないの？

かの子は無言で去ろうとする。

安夫　待って下さい！

かの子　どいて頂戴！

安夫　お姉さん！（腕を摑み）こんな別れ方をしようとは思わなかったんです。（泣き出して）僕はね、一緒に暮らした二十年をちっとも後悔なんかしてませんよ。素晴らしい二十年でしたよ。かけがえのない僕の青春でしたよ。お姉さんを嫌いになる訳がないじゃありませんか。それだけは分って下さいね。

かの子は一瞬安夫を見てなにか言いかけるが、やがて踵を返して奥へ去る。

一同は黙って見詰めている。

暗転

(四)

同年の暮。

暗い室内に先程から電話が鳴り続けている。舞台が明るくなり、上手より、外出の仕度をしたとよが出てくる。

とよ　(受話器を取る) もしもし、岡本でございますが……は？　はい、少々お待ち下さいませ。(奥へ向って) 瓜生先生、湯ヶ島温泉が出ました！

奥から瓜生が現れる。

とよ　藤の井旅館です。

瓜生　（代わって）もしもし、藤の井さんですか。夜分に済みません。こちらは東京の岡本と申します。前にも何度かお世話になったことがある岡本一平の……ええ、そうです。いえ、こちらこそ。あの、つかぬことをお尋ね致しますけれど、そちらに作家の岡本かの子が泊っておりませんでしょうか？　は？　はあ、そうですか。いえ、それでしたら結構なんです。どうも失礼しました。（と受話器を戻す）やっぱり電報をお願いしましょうか。

とよ　藤沢の奥様だけでよろしいのですか。

瓜生　無駄だとは思うのですけど、一応これに住所と電文を書いておきました。（と紙片を渡す）渋谷の郵便局がいいでしょう。

とよ　（読む）カノコソチラニオウカガイシテイルヤヘンマツ　イツペイ

瓜生　雪が降ってきたようですから気をつけて行って下さい。

とよ　行って参ります。

とよは急いで玄関に去る。

一平が奥から現れる。

一平　電話、どこから。

瓜生　湯ヶ島温泉です。（と首を振る）

一平　念のために女史の書斎を調べてみたんだが、べつに変った様子はない。ただ、これがね、机の引出しに仕舞ってあったんだ。（小袋の中から御守を出す）

瓜生　聖観世音ですね。

一平　美しいお顔をしているだろう。昔、高村光雲さんのお弟子さんに彫ってもらったんだ。彼女は面食いだからね、観音様が美男でなかったら自分は信仰しなかったと、罰当りなことを言ってたんだ。もっとも仏様というのは、男でも女でもない中性だから、美男は可笑しいのだが、彼女の意識の中では、あくまでも男だったんだろう。

瓜生　どうして置いていったんでしょう？

一平　それだよ。どこへ行くにも、肌身離さずこの白檀の御守を持って行くのに、今度に限って置いていったというのが、なんとも奇異な感じがしてね。

瓜生　どうでしょう、警察へ一応届けてみては……。

一平　……

瓜生　新年の歌を詠むからと言って家を出たのは一昨日の昼過ぎですよ。そのときだっておとよさんに告げただけで、岡本さんも僕も知らなかったんです。無断で二晩も家を空けるなんてどう考えても可笑しいですよ。

一平　私もそうは思うけど、もう少し様子をみてから。

瓜生　そんな悠長なことを言っててていいんですか。万一ということだって……

一平　うりちゃん、女史は今、文壇でもっとも注目されている作家ですよ。先月の中央公論に老妓抄が発表されてからというもの評価はますます高まるばかりで、世間的にも有名人だ。もし失踪だなんて妙な噂が流れでもしたら、格好の新聞種になるからね。それだけはなんとしても避けたいし、また、彼女の名誉を守ってやるのは、ま、亭主の勤めでもあるからね。もう一晩待ってみよう。
瓜生　……お茶でも淹れましょうか。
一平　安夫君には問合せてみたの。
瓜生　しません。あんな別れ方をしたんですから、かの子さんだって連絡はしないでしょう。それより四、五日まえに会いましたよ。
一平　安夫君に会ったの。
瓜生　元気そうでしたよ。久しぶりに酒を飲みながら夜おそくまで喋ったんですけど、そのときたまたまかの子さんの話になったんです。かの子さんというのは一体どういう女性なんだろう、あの人をどう理解したらいいのだろう。可笑しいですか？
一平　（首を振る）
瓜生　安夫君、珍しく神妙な顔になりましてね、一緒に暮らしていたときには、なんとも天真爛漫、邪気のない、可愛い女性だと思っていたけど、離れてみて分ったのはそんな単純な女性じゃない、あの人の中には、人の運命をも左右する呪術師のような不思議な力が潜んでいる、だからこそ岡本さんや僕なんかが魅きつけられるのであって、言ってみればエーゲリアのような存在じゃないかと言うんです。

一平　エーゲリア？
瓜生　ギリシャ神話に出てくる女性だそうです。安夫君の受け売りですけどね、エーゲリアというのは、ヌマ王という王様の奥さんで良き忠告者だったそうです。たとえばナポレオンに対するジョセフィーヌとか、秀吉に対する淀君といったように、男にある種の憧れと生命力を与えて、運命的な導きをする女性の力を指してエーゲリアともいうんだそうです。聞いてて、なるほどなと思いましたけど、導かれた一人としては、背中のあたりがなんとなくむず痒くなりましたね。
一平　エーゲリアか。
瓜生　（腕時計を見て）お疲れのようなら少し横になったらどうです。
一平　君は。
瓜生　おとよさんが郵便局へ行ってますから、待っています。
一平　じゃ、お先に。（と立ち上がる）

電話のベルが鳴る。二人は顔見合せる。

瓜生　（受話器を取る）もしもし、岡本ですが、ええ、その岡本です。え？　なんです？　油壺！　はい。ちょっとお待ち下さい。岡本さん、油壺ホテルです！
一平　油壺？
瓜生　三浦半島の油壺ですよ！

一平　居たの⁉

瓜生　(頷いて受話器を渡す)

一平　もしもし、岡本です。岡本一平です。はい、え？　間違いありませんか。当人だということがどうして？　はい。ちょっとお待ち下さい。うりちゃん！　急いで外套と襟巻と帽子！

瓜生　どうしたんです。

一平　倒れたんだよッ、急いで！

瓜生　一緒に行きます！(と駆け去る)

一平　もしもし、どうも済みません。それであの、お医者さんは？　先程お帰りになった？　そうですか。では今から伺います、急げば横須賀線の最終に間に合うと思いますので……はい、え？　そうですか。勝手を言って申し訳ございませんが、どうか御内聞にお願いします。はい、よろしくお願い致します、御迷惑をおかけして本当に申し訳ございません。すぐに参ります。

瓜生が外套などを持って出てくる。

瓜生　東京駅まで車で行ったほうがいいでしょう。タクシーを呼んできます。(と行きかけるが、一平の様子に気付いて)どうしたんです。

一平　……一人じゃなかったんだ。

瓜生　……

一平　若い学生と一緒だったらしい。しかもその野郎は、かの子が倒れたとたんに姿を消したそうだ。（怒りがこみ上げてくる）馬鹿な奴だ、なんて馬鹿なことをしやがったんだ。岡本かの子ともあろう人間が、若い男に騙されて捨てられるなんて、哀れで哀れで俺は涙も出やしない！　せめて一言俺に言ってくれれば、冬のそんな寒い海岸にお前を行かせはしなかった。命を安売りした上にお前は馬鹿な女に成り下がったんだ。馬鹿野郎！　なにが観音だ！

握り締めた御守を床に叩きつけようとするが、見つめている瓜生と目が合う。

瓜生　……二度と言っちゃいけません。僕も聞かなかったことにします。
一平　……
瓜生　車を呼んできます。（と去る）
一平　（呟くように）……なむかんぜおん、なむかんぜおん、なむかんぜおん……

一平は放心した表情で御守を見ている。
舞台は暗くなり、暗い中からかの子の歌う手毬唄が聞こえてくる。
油壺の荒海を背景にして、断髪のかの子が毬突きをしている。（毬はない）

かの子　ほうほうほけきょの　鶯よ鶯よ

たまたま都へ上るとて上るとて
梅の小枝で昼寝して昼寝して
かんのんさんの夢を見た夢を見た

幕

明石原人

――ある夫婦の物語――

二幕

登場人物

直良信夫（考古学者）
直良音（その妻）
直良美恵子（その娘）
田近せき（田近家の隠居）
田近謙三（玉枝の夫）
田近玉枝（せきの娘）
田近夏子（せきの孫）
大谷史郎（夏子の夫）
松宮雄一（東大助教授・考古学者）
倉本（民間研究者）
番場（民間研究者）
冬木（新聞記者）
弓川（教師）
天野（教師）
村木（編集者）
相沢忠洋（岩宿遺跡発見者）
田辺（東大大学院生）

千代（直良家の女中）
看護婦
学生　1
その他

第一幕

(一)

一九三〇年（昭和五年）春。

明石市内にある田近家の門。

舞台に見えるのは黒板塀の一部と門。

道に灌木と庚申塚。

早朝の町を、汽笛を残して列車が通過して行く。

鳥打帽をかぶり、着古した背広を着た村中信夫（のちに直良と改姓）が、旅行鞄を下げて現れる。見回りの巡査が胡散臭そうに信夫を見て、去る。信夫は再び門に近寄る。門の中で「行って参ります」の声があって、羽織に紫紺の袴を穿いた直良音が出てくる。

信夫　失礼ですが、直良音先生ですね？

音　（思わず身構える）どなたです？
信夫　とつぜんで申し訳ありません。むかし、大分県の臼杵小学校でお世話になった村中信夫です。
音　ああ、切通しのやん信君！
信夫　お久しぶりです。
音　まあ、暫くね。いきなり声を掛けられたから、てっきり不良青年だと思ったわ。
信夫　済みません。
音　でもまあ、餓鬼大将の信夫君がこんなに立派になっちゃったんですもの、分らない筈だわ。明石へはいつ？
信夫　今朝の汽車で着いたんです。
音　お手紙はときどき頂いていたけど、よく私の下宿が分ったわね。
信夫　去年の秋にお手紙を頂いたことがあるんです。播但日報の切抜きを、先生は送って下さったことがあるでしょう。
音　ああ、象の化石のこと？
信夫　明石の海から、旧象の頭骨が発見されたという記事です。
音　そうそう、あの新聞を読んだときにね、ふっとあなたのことを思い出したのよ。信夫君は東京で働きながら化石の研究をしているって聞いていたから、なにかの参考になればと思って。ではそれを調べにいらっしゃったの？
信夫　いいえ、大分へ帰る途中なんです。

音　大分へ？
信夫　おやじが体の具合が悪いというものですから、思いきって東京を引揚げてきたんです。
音　そうだったの。
信夫　お伺いしようかどうしようか随分悩んだんです。とつぜんですからね、きっと御迷惑だろうと思って、汽車が明石の駅へ着くまで決めかねていたんです。ところが海沿いを走っていた汽車が町中へ入って、駅が近づいてきたら、急に窓の外に小さな明石城が見えてきたんです。城跡でしょうけれど、ぼくは初めて見たんです。その白壁に朝日が当ってキラキラ輝いていました。美しいというよりは荘厳な感じがしました。それを見ているうちに、もしこのまま通り過ぎてしまったら、二度とお会い出来ないんじゃないか、たとえ行き違ってお会い出来なかったとしても、後悔するよりはいい。そう思ってホームに降りたんです。
音　有難う……思い出して下さっただけでも嬉しいわ。私もゆっくりお話がしたいけれど、学校の時間が……
信夫　いえ、もうこれで……
音　お待ちなさい。せっかくおみえになったんだから、私が帰るまで待ってなさい。朝御飯はまだなんでしょう？
信夫　はあ。
音　頼んであげるわ。なんだったら二、三日泊っていきなさい。
信夫　いいえ、そんな。

音　遠慮することはないわ。明石の海岸でね、あなたと同じように化石の研究をしている人達が、最近珍しい化石をいくつも発見しているって話よ。
信夫　本当ですか？

門より女学生の夏子が走り出てくる。

夏子　先生！　急がないと遅刻ですよ！（信夫に気づいて、行きかけて立ち止まる）
音　すぐ行くわ。いらっしゃい。
信夫　はあ。
音　おなか空いているんでしょう。早くいらっしゃい。いらっしゃい！
信夫　はい！

音と信夫は門内に去る。
夏子は戻ってきて怪訝な顔で門内を覗く。

暗転

（二）

田近家の台所。

囲炉裏のある板の間と土間で、上手の廊下は奥座敷に通じ、土間の下手は入口である。

上がり框に化石類の入ったパイスケが置いてある。

前場より半月後の午後。

女教師の天野が腕時計を気にしながら土間に立っている。入口から夏子が駆け込んでくる。

夏子　お待たせして済みません。お婆ちゃんはどこにもいないんです。

天野　困ったわね。どうしよう。

夏子　荷物だけなら私が持って行きますけど。

天野　お目にかかってお伺いしたいこともあるのよ。それじゃちょっと待たせて頂こうかしら。

夏子　その間に荷物をまとめたらどうでしょう。

天野　そうね、音先生のお部屋は？

夏子　奥の離れです。

天野　いいかしら、無断で？

夏子　いいですよ、私も一緒なんですから。お蒲団も運ぶんですか？

天野　着替えと身の回りの物だけでいいの。

二人は奥へ去る。

入口から信夫が、倉本と番場と一緒に入ってくる。信夫はズックの鞄を肩から下げ、手には薬缶と鍬を持っている。

信夫　足場が悪い上に、風が吹くたびにばらばらっと土が落ちてくるでしょう。いつ崖が崩れるかと思ってひやひやしてました。
番場　そのわりには平気な顔をして掘っていたじゃないか。
信夫　平気じゃありませんよ。足踏み外したら海ですよ。ザブーンですよ。
倉本　その話はあとで伺うとして、とにかくアカシ象の牙というもの見せてもらおうじゃないの。
番場　ほんとにあるの？
信夫　ありますよ。納屋に。
番場　納屋？
信夫　縁起が悪いとか言って、がらくたと一緒に納屋に放り込んであるんです。気に入ったら持って行っちゃって下さい。
倉本　居候がそんなことを言っていいの？
信夫　その代わり重いですよ。

番場　いいねえ。
信夫　重い上に大きいですよ。
番場　ますますいいねえ。君が海岸に現れてから、みんなの目の色が変ってきたよ。
信夫　まさか。こっちです。
倉本　ちょっと、これ、瑪瑙じゃない？（パイスケの中から取り出す）
番場　瑪瑙？
信夫　昨日見つけたんです。泥を拭き取っているうちに石の面がキラッと光ったんです。嬉しくってね、思わずベロで舐めちゃいました。
番場　奇麗だね。どこで見つけたの？
信夫　今日と同じ西八木の海岸です。発掘もこれで最後だと思ったから、夕方暗くなるまで掘っていたんです。そのうち竹ベラの先にカチンと当ったような気がして。
倉本　君、この瑪瑙は片側をなにかで叩いた打裂の跡があるね。
信夫　分りますか！
倉本　只の瑪瑙じゃないね。人の手が加わっているんだ。凄い物を見つけたじゃないか。
番場　どれどれ。
信夫　掘り出した瞬間、普通の石ではないと思ったんです。ひょっとすると一万年前、いや、三万年前、いや、遡って旧石器の時代まで行くんじゃないかって、夢みたいなことまで考えてたんです。明石での発掘の記念と言ったらなんですが、これだけは持って帰ろうと思ってます。納屋はこっちです。

表から老婆のせきが入ってくる。

せき　ただ今。
信夫　お帰りなさい。
せき　まだ居たのね。今日明日には帰るって……どなた？
信夫　海岸で知合いになった友達です。
二人　（頭を下げる）
せき　あんたらもがらくた掘ってるの？
信夫　化石です。
せき　鍬担いで出て行けば、この辺の人達はたいがい畑に行くと思うよ。たまには小判でも掘ってきたらどうなの。
信夫　小判よりは化石のほうが価値があるんです。
せき　音先生の手前もあるから今まで黙っていたけど、近所の人があんたのことをなんと言ってるか知ってるかい。ポチって言ってるよ。
信夫　ポチ？
せき　ここ掘れわんわんのポチよ。

信夫　（笑う）
せき　笑いごとじゃありませんよ。二、三日の約束が五日になり、五日が十日になって、今日でそろそろ二十日だよ。そりゃね、賄いのほうは音先生が出して下さっているけど、うちには先生といい孫といい、嫁入り前の娘が二人もいるんだからね、変な噂でも立てられたら困るのよ。
信夫　分ってます。明日帰ります。
せき　本当だね。
信夫　約束します。

奥から荷物を持った夏子が天野と一緒に出てくる。

夏子　お婆ちゃん、帰ってたの！
せき　なんだい、その荷物は？　おや、天野先生。
天野　お留守中に済みません。音先生のお荷物を取りにきたんですの。
夏子　学校で倒れたのよッ。
せき　なんだって？
信夫　どうしたんですか？
天野　いいえ、たいしたことはないんです。授業中にね、ちょっと御気分が悪いとおっしゃられて。
夏子　急に吐いたんですって。それで病院のほうへ……

天野　あなたね、お部屋へ戻って、先生のお化粧の道具を持ってきて下さらない。分るでしょう、鏡台の前にあるから。急いで。（と去らすと）病院じゃないんです、医務室なんです。少し目眩がするとおっしゃるものだから、取りあえず医務室で休んで頂いているんです。多分過労が原因じゃないかと思うんですの。ほんとにたいしたことはございませんから、どうか御心配なく。

せき　わざわざ済みませんでした。（信夫に）疫病神って言葉知ってる？

信夫　（倉本達と去る）

せき　（見送ると）なにがあったんです？

天野　びっくりなさらないで下さいませね。流産なんです。

せき　流産！

天野　午後の授業が始まってから、急に気分が悪いとおっしゃるものですから、取りあえず医務室で休んで頂いたんです。ところがどうも様子が可笑しいので、私が付き添って天神町の三崎病院へお連れしたんですの。そうしたらお医者様が……

せき　そうだとおっしゃったんですか？

天野　まさかと思いましたよ。だって男の方のお噂なんて今まで聞いたことはございませんでしょう。ですから私、お見立て違いではないかって、お医者様に申し上げたほどなんです。お医者様は絶対に間違いはない、流産だとおっしゃって、すぐに手当をして下さったんです。

せき　それで、学校の先生方は？

天野　とんでもない。そんなことが知れたら大変なことになります。今もこちらへ来る途中、夏子さんにも堅く口止めをしておきました。ただね、困ったことに、お医者様はうちの学校の校医先生でいらっしゃいますでしょう。流産は堕胎と違って罪にはならないが、医者としては、一応御主人に会ってお話を聞きたいとおっしゃるんです。

せき　御主人？

天野　お相手の男性ですよ。ところが音先生は、そんな必要はないとおっしゃってお名前も言わないんです。間に入って私も困りましてね、それで御相談に上がった訳なんです。どうしたらよろしいでしょう。

夏子　（奥から出てきている）

天野　あの……お婆ちゃまは御存知でいらっしゃいますか？　いえ、お聞きしたからといって、私は絶対に他言は致しません。

せき　もし校長先生のお耳にでも入ったら。

天野　お気の毒でも、お辞めになる以外には……お婆ちゃま、御存知なんですね？

せき　その荷物は私が持って行きましょう。

夏子　私が行くわよ。

せき　お前はお父さんに電話をして、役所が跳ねたら、寄道しないで急いで帰ってくるようにって。それから信夫さんのことだけどね、今夜は表へ出すんじゃないよ。

夏子　どうして？

せき　お婆ちゃんがあとで話があるからって。いいね。

夏子　そういうこと！
せき　なにがそういうことだい？
夏子　ううん、分った。
せき　（天野に）御心配をおかけして済みませんでした。では。（と行こうとする）

表から「ぶつかる、ぶつかる！」「気を付けて下さい」と言いながら、衝立を抱え持った信夫と番場が入ってくる。倉本が続く。衝立は煤で汚れ、足用に嵌め込まれたアカシ象の牙も黒くなっている。

信夫　大丈夫ですか。取りあえずここに……（気付いて）お婆ちゃん、まだいたの。
せき　どうするの、それ？
信夫　え？　いえ、あの、お二人がね、衝立のこの虎の絵を、明るいところでよく見たいと言うものですから、それで今納屋から……お婆ちゃん、お見舞いに行くんですか？　行くんならぼくもお供をします。
夏子　駄目！
せき　こんなときに何故そんなものを出してきたの。その衝立はね、座敷へ出すと……
信夫　縁起が悪いとかって……
せき　病人が出たり怪我人が出たり、ロクなことがないのよ。用が済んだらすぐに戻して頂戴ッ。

信夫　象が怒っているんじゃないでしょうか？
せき　どうして？
信夫　まさか自分の牙を衝立の足に使われるとは思わなかったでしょう。だれが作ったんです？
せき　死んだ亭主。
信夫　発想はよかったんですよねえ。でも象にすれば面白くないですよ。こんな、たかが虎ごときに踏みつけにされているんですから、怒り心頭です。象の祟りです。こんな物はだれかに上げてしまったほうがいいですよ。
せき　大きなお世話よ！　すぐに戻しなさい。
信夫　はい。
せき　（天野に）済みませんでした。（夏子に）頼んだよ。（と去る）
夏子　はい！　行ってらっしゃい。
信夫　先生によろしく言って下さい。（送り出して、夏子に）どこが悪いの？
夏子　いい気なもんだわッ。（奥へ去る）
信夫　……今お茶を淹れますから、上がって下さい。
番場　（板の間に上がる）音先生というのは、明石女学校の？
信夫　あの娘の担任です。そのずーっと前はぼくの担任でした。（お茶を淹れながら）しかし不思議ですね。去年発見された旧象の頭骨も牙も、明石の海の底から引揚げられたものでしょう。他にも旧象の化石がいくつも見つかっているって聞いてますが、どうして明石の海岸にばかり集中しているんでしょう。
倉本　象の化石なら、ぼくも見つけたことがあるんだ。多分、下顎の臼歯の部分じゃないかと思うんだ。
信夫　場所はどこです？
倉本　西八木海岸の崖の途中。
信夫　やっぱり。
倉本　あの辺は粘土層になっているだろう、その粘土層の中に埋もれていたんだ。じつはそのことに就いて、君はこの間から、西八木の海岸を根気よく精査したら、ひょっとすると人骨が出てくるんじゃないか、その可能性があるんじゃないかって言ってたでしょう。なにか根拠でもあるの？
信夫　根拠だなんて、ぼくは倉本さん達と違って、ほんの行きずりの人間ですから。
番場　しかし君は、東京で十年近くも遺跡の調査をやってきたんだろう。東京帝大の松宮博士からも直接教えを受けたっていうじゃないか。ぼくらと違って本格的だよ。
倉本　難しく考えないで。思いついたままでいいから。
信夫　問題は象の化石ですよ。昔は大陸と日本は地続きになってましたからね、食物を求めて沢山の象が日本に渡ってきた。これは一般論ですよね。では何故明石の海の底から象の化石が発見されたのかというと、多分、突然の地殻変動でしょう。そのため陸地は埋没して、象は海に沈んだ。おそらく百万年、いや、もっと前かも知れない。そのころ人間が居たかどうか分りませんけど、昨日、打裂痕のある瑪瑙を見つけたとき、動物の化石とどこかで結びつかないかと思ったんです。いや、大胆な推論ですけど、ぼくの瑪瑙の他に、剝離痕のある石塊が何点か見つかっていると聞いてましたから、ひょっとすると旧石器時代の人間が、あの西八木海岸で暮らしていたのではないか、その可能性だって捨てきれないと思ったんです。

番場　日本版北京原人だね。

信夫　三年前でしたか、中国の周口店というところで北京原人が発見されたのは。大陸で発見された以上は日本でも出る筈だなんて、そんな無茶なことは言わないけど、しかし可能性としては……

倉本　出たんだよ。

信夫　出た？　ど、どこで……。

番場　東江井という海岸なんだ。

信夫　本当ですか？

倉本　五年ほど前のことだけどね、田中良一君という同志社の学生が、西八木の少し先の海岸で見つけたんだ。確認はされてないんだが、多分、類人猿の前頭骨の一部ではないかって、みんなは言ってるんだ。

信夫　見たいなあ！　それ見たいですねえ。なんとかなりませんか？

倉本　頼んであげようか。

信夫　お願いできますか。

倉本　すぐという訳にはいかないけど、取りあえず明日連絡をとってみよう。

信夫　済みません！　よろしくお願いします……そういう訳にはいかないんだ。

番場　二、三日延ばしたら？
信夫　これ以上はもう無理です。国へ帰って仕事も探さなきゃなりませんから。済みませんでした。
倉本　残念だね。では、ぼくたちはこれで。
信夫　衝立はどうします？
番場　持って行っていいの？
信夫　いいですよ。
番場　婆さんに怒られたらどうする？
信夫　明日は居ませんから。それよりどうやって持って行きます？
倉本　君が欲しいと言ってたんだから、君が運びなさい。
番場　一人で？
信夫　一人のほうが運びいいでしょう。紐を出しますから負ぶって行ったらどうです。
倉本　うしろからぼくが支えるよ。
信夫　（紐を渡し）紐をぐるっと回して。そうそう、二宮金次郎の要領でやればいいんですから。大丈夫ですか？
番場　祟るようなことはないだろうね。
信夫　何事も研究のためです。
番場　（立ち上がる）一人だと重いね。
信夫　虎と象が乗っかっているんですから。歩けますか？

番場　なんだか夜逃げみたいだな。
倉本　明石へ来たときは声をかけて下さい。
信夫　お世話になりました。
番場　お元気でね。さようなら。
信夫　さようなら。

二人を入口まで見送った信夫は土間に入ってくる。夏子が奥から出てくる。

信夫　音先生は学校の医務室だと言ってたね。ちょっと行ってくる。
夏子　駄目！
信夫　心配だから様子を聞きに行くんだよ。
夏子　あなたが行ったら余計悪くなるわ。
信夫　どうして？
夏子　分らないの？
信夫　分らんね。どうして？
夏子　不良！（奥へ駆け去る）

信夫は唖然としている。

暗転

（三）

前場より数日後の夜。

囲炉裏端に夏子と母親の玉枝が坐っている。土間に下りて夕飯の仕度をしていたせきが箱膳を持ってくる。

せき　（玉枝に）筍が美味しく煮えたから、一口でも食べて下さいと言ってな。

玉枝　夏子、あんたが運びなさい。

せき　一度ぐらい顔を出したらどうなんだい。退院はなさったけど、まだ本復という訳じゃないんだよ。

夏子　私が運ぶわ。（箱膳を持って去る）

せき　お前が先生を嫌っているのは知ってるよ。でもね、病院でさんざん辛い思いをしてきたというのに、うちの者にまでつんけんされたら、先生は身の置きどころがないじゃないか。

玉枝　自業自得でしょう。

せき　そんな言い方はないだろう。かりにも夏子の先生だよ。
玉枝　だから私は言ってるのよ。人に言えないような、そんなふしだらなことをして、なにが女学校の先生よ。そんな先生に教えられて、将来もし間違いでも起したらどうするの。
せき　馬鹿なことをお言いでないよ。自分の娘を信用しなさい。
玉枝　お婆ちゃん、少しは世間体ということも考えて頂戴。もし噂が広まったら迷惑するのは私達なのよ。音先生には気の毒だけど、この際どこか別の下宿に移って頂くのが一番いいと思うの。
せき　そんな無慈悲なことは私には出来ないね、大体こんなことになったのは、謙三さんに原因があるんだよ。あんたの亭主が変な男を紹介したから、こういうことになってしまったんだ。あんたら夫婦にも責任はあるんだよ。
玉枝　悪いのは先生でしょう。話にならないわ。勝手にして頂戴！（立ち上がる）
せき　玉枝！

　　　いきなり戸が開いて謙三が入ってくる。

せき　お帰りなさい。どうでした？
謙三　（黙って上がり框に腰をおろす）
せき　会えなかったんですか？
謙三　出張から帰ってきたところをやっと摑まえたんですが、こちらの話をまともに聞こうとはしないんです。いい加減なことばかり言って逃げているんです。さすがに私も腹が立ちましてね、一体どうやって責任をとるつもりなんだと言ったら、覚えがないのに責任なんかとれない。相手はほかの男だろう……

せき　まあ。

謙三　聞いて、信夫君が怒りましてね、思わずそいつに摑みかかって行ったんです。

せき　信夫さんも行ったの？

謙三　話を聞きたいから一緒に連れて行ってくれって。

せき　どこにいるの？

謙三　井戸端です。

せき　井戸端？

謙三　あべこべに殴られちゃったんです。

玉枝　そんな男をあなたが紹介したからいけないのよ。だから私までがお婆ちゃんに嫌味を言われるんじゃないの。

謙三　私は善かれと思って紹介したんだ。港湾課の主事だし、独り者だし、それに大阪の大学も出ているから、音先生にはお似合いだと思ったんだ。しかもそいつは、私にははっきりと結婚するとまで言ったんだ。

入口から信夫が入ってくる。

せき　御苦労さんだったね。どこを殴られたの？
信夫　いえ、たいしたことはありません。
せき　みんなおなかが空いただろうけど、その前に少し相談したいことがあるのよ。ま、上がっておくれ。（玉枝に）あんたも居なさい。（一升瓶から茶碗に酒を注ぐ）
一同　（囲炉裏端に坐る）
せき　今さら謙三さんを責めてみても始まらないし、そうかといって、相手を訴えてみたところで埒が明く訳じゃない。かえって音先生の名前が明るみに出るだけだ。
玉枝　自分が悪いんでしょう。
せき　（酒を飲んで）そこでね、相談というのは、音先生のこれからのことなのよ。私らがいくら隠していても、狭い町のことだからいずれ噂は広まる。そうなったら学校は勿論だけど、明石の町にもいられなくなる。（信夫に）あんたは教え子として、そんな先生をお気の毒だと思わない？
信夫　思います。先生は被害者なんですから学校を辞めることなんかありません。
せき　信夫さんは先生思いの優しい人だねえ。好きでしょう、あの方を？
信夫　好きです。
せき　そうだと思ったわ。ま、一杯お飲みなさい。（と酒を注ぎ）私は入院と聞いたときに、咄嗟にあなたのことを思い出したのよ。いえ、相手の男は分っていたから、そういう意味ではなくて、まさかのときには、信夫さんに力になって頂こう、それ以外に方法はない、そう思ったの。

信夫　力になると言いますと？
せき　結婚よ。
信夫　だれと？
せき　きまっているじゃありませんか、音先生よ。
信夫　冗談じゃありませんよ！
せき　冗談でこんなことは言えません。お二人が夫婦になれば変な噂は自然に消えます。先生だって
　胸を張って学校へ行けるようになります。
玉枝　それ、いいわねえ。
せき　いいだろう。
信夫　よくありませんよ！
謙三　割れ鍋にとじ蓋ってこともあるからね。
信夫　ぼくはナベですか！
謙三　蓋だよ。
信夫　どっちだって同じです。
せき　まあま、そう興奮しないで。
信夫　先生はぼくの恩師ですよ。ぼくは生徒ですよ。変ですよッ。
せき　男と女に変りはないでしょう。
信夫　し、しかし、年が違います。先生は十一も年上なんです。

せき　十一ぐらいがなんですか。音先生は小柄だし、可愛い顔をしていらっしゃるから年の差なんか全然感じません。
玉枝　私もそう思う。
せき　そうだろう。
謙三　たしかに、今は感じないけど、これで二十年も経って信夫君が四十四、五になった場合は、音先生はうちのお婆ちゃんぐらいになってしまうんだからね。男としては考えるね。
玉枝　あなたは黙ってなさい。
せき　私だってね、よくせき考えた上でのことなのよ。二人が夫婦になれば、かりに流産の噂が明るみに出たとしても、ああ、あの赤ン坊は、信夫さんの子だったのかと世間は納得する訳よ。
信夫　そんな馬鹿なことって。
せき　じゃ、先生が学校を辞めさせられてもいいの？　お世話になった先生に、生徒として今こそ御恩返しをするときではないの？　ま、もう一杯どう。（注ぐ）
謙三　御恩返しに結婚するなんて……
せき　うるさい。もしそれでも、あんたが不承知だと言うのなら、ほんの一、二カ月でいいから、この家で一緒に暮らしてもらいたいの。ううん、夫婦の真似事だけでいいの。そのあとは大分へ帰ろうが東京へ行こうが、あんたの好きなようにすればいいわ。
信夫　先生はどうなるんです？
せき　悪い男に騙されて捨てられたのよ。そうなれば同情されるでしょう。

信夫　ぼくの立場は全然無いじゃありませんか。
せき　逃げちゃった男の立場なんかどうだっていいのよ。
謙三　それじゃ信夫君が可哀相ですよ。一緒になれば赤ン坊の父親と言われ、逃げれば悪い男と言われる。立つ瀬がないじゃありませんか。
せき　私はなにも音先生のためだけを思って言っている訳じゃないの。あなたにとっても、よかれと思って考えたことなのよ。信夫さんは化石が好きなんでしょう。
信夫　……
せき　大分へ帰ったら出来ないんでしょう。
信夫　……
せき　もし一緒になれば、先生は喜んで面倒をみてくれる筈よ。お給料だって、うちのお父さんよりはずっと多いのよ。
謙三　そんなことありませんよ。
せき　炊事、洗濯、家の中の拭き掃除、全部済ませたら、行ってらっしゃいと音先生を送り出したあとは、海岸で一日中穴掘りしてたって、だれにも文句を言われない。暮らしのほうは先生がみて下さるから、きっと良い化石だって見つかると思うよ。
謙三　いいですねえ。
せき　いいだろう。近所の人達だって、そうなればポチだなんて絶対に言わなくなるわ。
謙三　花咲爺ですね。いいなあ。

信夫　いい加減にして下さい！　黙って聞いていれば勝手なことばかり言って。なにが花咲爺です！　みなさんは親切のつもりでしょうけど、音先生もぼくも人形遣いの人形じゃないんです。心がありますよ、感情がありますよ。まして先生は病人です。噂だとか世間体だとかいう前に、まず傷口を癒してあげることが先でしょう。そのあとどうなさるかは先生がお決めになればいいことです。引き合いに出されたぼくも迷惑ですが、それ以上に先生に対して失礼ですよ！（去ろうとする）

音が廊下より入ってくる。

せき　先生、お体は大丈夫ですか？
音　御心配をおかけして済みません……勝手を言うようですが、信夫君と少し話をしたいことがあるんです。
せき　（信夫を残して、謙三達と去る）
音　お坐りなさい。
信夫　（坐る）
音　せっかく来て下さったのに、私のことから帰るのがおくれてしまって、その上、厭な思いまでさせてしまって、申し訳ないと思っているわ。御免なさいね。
信夫　……
音　信夫君はさっき、あとのことは先生が決めればよいとおっしゃったわね。引き合いに出されたら迷惑だともおっしゃったわね。その通りよ。いくら教え子でも、私なんかに同情することはないわ。ましてや結婚だなんて……私はね、同情されるよりは、軽蔑されたほうが気が楽だわ。

信夫　……

音　浅墓だったと言われればそれまでだけど、初めから意に染まぬ相手だったら断わればよかったの。御主人にどんなに薦められても、厭なら厭とはっきり言えばよかったのに、結婚という言葉に心が動いたのね。嗤うかもしれないけれど……三十六よ。縋りつくような思いだった。言われるままに付き合いが続いて……気がついたら、いつのまにか私の前から消えていたわ。

信夫　……

音　突然の入院ですべてが明るみに出てしまったけれど、私は初めから、もし身籠ったら産もうと思っていたの。たとえ父《てて》なし子と言われようとも、出雲へ帰って産もうと思ったの。それが……私がしてあげられるただひとつの償いだと思っていたのに……可哀相に死んでしまったわ。

信夫　……

音　久しぶりに会えたというのに、こんな形でお別れするのは本当に辛いんだけれど、大分へお帰りになったら、負けないで化石の勉強を続けてね。私は自分の教え子の中に、考古学の勉強をしている子がいるのを素晴らしいと思っているわ。誇りに思っているわ。もし新しい化石でも発見したら、手紙で知らせてね。ここに出雲の実家の住所が書いてあるわ。（と紙片を出す）……御迷惑をおかけして御免なさいね。お元気で。（と去る）

信夫は思わず後を追おうとするが、やがて渡された紙に目を落とす。
夏子が少し前に現れて無言で立っていたが、信夫と目が合う。

夏子　（坐ると）この間は疑ったりして済みませんでした。私は音先生が好きなんです。しあわせになってもらいたいんです。
信夫　……
夏子　お願いですから、音先生と結婚して下さい。お願いします！

それだけ言うと、夏子は泣きながら駆け去る。

暗　転

（四）

西八木海岸。
スライドに、昭和初年の明石市から西八木海岸付近の地図が写し出される。
さらに「明石原人」の発見現場である西八木海岸（一九三一年六月当時）の写真数葉が

写される中で、信夫のナレーションが入る。

信夫　下り山陽線の列車が明石の市街を出はずれたところに、西方一帯に低い丘陵の発達しているのが見られる。この台地が西八木海岸で、晴れた日には遠くに小豆島から四国の山々を見ることが出来る。洪積層の台地は崖となっていて海岸に露出しているが、私は雨が降っても風が吹いても、いや、風が吹けばなおさらのこと、一日も欠かさず、この崖下を歩いた。風が吹けば崖が崩れて、化石がよく見つかるのである。しかし海が荒れると崖が崩壊するために、化石の採集は困難を極めた。昭和六年四月十八日。前日の嵐の余波で、瀬戸の海は大きくふくれ上がっていた。私は背中に波音を聞きながら、崖の前にしゃがみ込んでいた。夕日が落ちかかっていた。

崖の前の台地で一心に竹ベラを使っている信夫。やがて泥まみれの人骨をゆっくりと手に取る。

夏子が瓦職人の大谷と近づいてくる。

夏子　やっぱり信夫さんだ。なにしているの？

信夫　（チラッと見るが夢中で泥を拭いている）

夏子　そろそろ日が落ちるんじゃないの。先生は疾うにお帰りになったわよ。

大谷　なんですか、それは？
信夫　人骨。
大谷　人骨？
信夫　人間の骨。
夏子　（キャーと叫んで大谷にしがみつく）
信夫　化石だよ、大昔の。（言って、初めて二人に気がつく）
夏子　あの、この人、すぐそこの瓦工場で働いている大谷さん。ねえ、もう帰ろうか。
大谷　お邪魔しました。
夏子　（行きかけて）お婆ちゃんには黙っててね。お願い。（と二人は去る）

信夫はすぐとまた人骨を拭き始める。手に取って見ているうちに感動がこみ上げてくる。手拭の上にそっと人骨を置くと、バケツを持って急いで崖を下りる。やがて海水を一杯入れたバケツを下げてきたが、地面へ置くのももどかしく、いきなり人骨をバケツに浸けて泥を落し始める。そのうち傍らにあった荒縄を拾うと、ごしごし擦る。

信夫（声）　土の中から顔を出している人骨を見た瞬間、興奮して体の震えがとまらなかった。夢ではないかと、自分の目を疑ってもみたが、人類のものだと私が確信したのは、それが腰骨という特徴的なものだったからである。この現場付近からは、アカシ象という二万年以上も前の動物化石が見つかっているだけに、私が発見した人骨は原人か、それでなければ旧人のものに違いないと思った。だが、いくら動転したとはいえ、証拠となるべき土を洗い落すというミスを私は犯した。小さなミスであったが、明石原人の運命を象徴するかのような出来事でもあった。

スライドに「明石原人」の腰骨と、その腰骨を説明するための人体模型が写し出される。

(五)

田近家の離れ。

正面は濡縁のある八畳の坐敷。上手は母屋へ通じる渡廊下。

前面は庭で、下手に木戸がある。音の部屋が現在は夫婦の新居になっている。

座敷には天野と教頭の弓川が坐っている。母屋のほうから手拍子も賑やかに石切唄が聞こえてくる。

廊下より音が急ぎ足で現れる。

音　お待たせして申し訳ございません。

天野　お賑やかね。
音　お断わりしたんですが、お祝いだとおっしゃって。教頭先生、お休みのところをわざわざ恐れ入ります。
弓川　今朝早くに校長先生からお電話がございましてね。音先生の御主人はなんてお名前だって、いきなりおっしゃるんですの。ですから旧姓は存じませんが、御結婚後は先生の御実家の関係もあって直良姓を名乗っております。そうでしょう？
音　私が跡取りですから。
弓川　そうしたら校長先生ったら、やっぱり間違いはない。あなた、急いで大阪朝日新聞をごらんなさい、大事件ですとおっしゃるんですの。なにしろ起きぬけでしたから一体なにごとだろうと思って、新聞をみたのですが、まあ、驚きました、大きな活字で……
天野　これでございます。（新聞を出す）
弓川　そうそう、これですよ。（読む）三、四十万年前の人体の骨盤現る、骨盤という表現は、なにか生々しくて、剥き出しで、厭でございますねえ。
天野　でも大昔の人骨ですから。
弓川　問題はこの後ですよ。日本では最初の発見、直良学士が明石海岸で。御主人もお偉いけど、やはりなんと言っても音先生の内助の功ですよ。明日の朝礼のときには、全校生徒にそのようにお話をしようと思ってますの。
音　発見したと言っても化石の年代は推定なんです。まだ正式に認められた訳ではないんです。

天野　でも、新聞にこの通り書いてあるんですから。ねえ教頭先生。
弓川　学校にとっても大変名誉なことです。いずれ校長先生とも御相談をして、御主人に臨時講師をお願いしようと思っているのですが、学校はどちらですの？
音　大分県の臼杵です。
弓川　いえ、大学よ。どちらの御出身？
音　臼杵の小学校です。
弓川　中学は？
音　小学校だけです。
弓川　初めて伺ったわ。失礼だけど、音先生はたしか奈良の……
音　女子高等師範です。
弓川　それなのに、よくまあ思いきってそういう方と。
音　考古学の世界では独学の方は多いんです。拘束されないで自由に勉強が出来ますから、主人も私も学歴のことなんか考えたことはございません。
弓川　そうはおっしゃるけど、学問の世界というのは、やはり学歴がねえ。お大変ねえ。

番場が母屋のほうから現れる。

番場　奥さん、御主人はまだ戻りませんか。（弓川達に）お邪魔をして済みません。

音　まだなんです。
番場　待ちくたびれて、みんな酔っぱらっちゃったんです。明石高女の先生ですよね、母屋へいらっしゃいませんか。男ばかりでしてね、女は婆さんが一人なんです。

せきが松宮を案内して現れる。

せき　奥さん、東京からお客さんです。帝国大学の松宮さんだそうです。
音　えッ、松宮先生ッ。
せき　どうぞこちらです。
松宮　失礼します。
音　お待ち申し上げておりました。直良信夫の家内でございます。
松宮　松宮です。
弓川　それじゃ、私達はこれで。
音　そうですか、おかまいも致しませんで。
せき　教頭先生、わざわざ済みませんでした。今日は朝から電報はくる、電話はくる、お客さんはくるわで目の回るような騒ぎでした。そのお客さんというのもお偉い方ばかりで、昼前には京都の帝国大学の先生方が四人もおみえになったかと思うと、今度は東京の帝国大学でございますからね。同じ化石の勉強をしている人間でも、象の衝立を盗んで行くような人とは、まるで違います。（松宮に）どうぞごゆっくり。（番場に）邪魔。

　　せきは弓川達と去る。番場も去る。

音　（茶を淹れながら）お手紙を頂戴したときには、久しぶりに先生にお目にかかることができると言って子供みたいに喜んでおりました。御遠路のところを本当に有難うございます。

松宮　信夫君に初めて会ったのは、彼が十四、五の時分でしたかねえ。目黒の窒素研究所というところで給仕さんをやっていたんです。可愛い坊やでしたよ。（笑う）

音　考古学の面白さを一番初めに教えて下さったのは、松宮先生だとよく申しておりました。

松宮　変な道に引っぱり込んじゃって、却って迷惑に思っているんじゃないかなあ。（と笑い）当時私は、出向という形で学校から研究所へ通っていたんですが、目黒というところは遺跡の多い土地でしてね、仕事の合間をみてはよく遺跡巡りをしていたんです。ところがあるとき、油面《あぶらめん》という遺跡を調べに行ったら、すでに先客が一人いましてね、雨に打たれながら一生懸命化石を掘り出しているんです。近づいて見たら子供なんです。しかもうちの給仕君だったんです。これには驚きました、はははは。

音　松宮先生は自分の恩師でもあるから、発見した明石人骨は真っ先に先生に鑑定して頂くんだと言っておりました。

松宮　お手紙を拝見してびっくりしました。信夫君があれだけ克明に発見状況を書いているので、まず間違いはないと思うんですが。京都帝大の先生方もおみえになったそうですね。
音　お会いしたことはないけれど、一応お知らせしたほうが……いけなかったんでしょうか？
松宮　いやいや。いつお帰りになりました？
音　どなたがです？
松宮　京都の先生方。
音　現場をごらんになりたいとおっしゃるものですから、先程主人が御案内して西八木の海岸へ……
松宮　いらっしゃったんですか？
音　（不安気に）はい。
松宮　すると、発見された人骨も先生方におみせしたんでしょうか？
音　お手紙を差し上げた手前もありますので、お断わりするなんてそんな失礼なことはできなかったんです。
松宮　それはそうでしょう。
音　でも、松宮先生に鑑定して頂くまではどなたにも見せないと言っておりましただけに、先生には申し訳ないことを致しました。
松宮　だれが一番初めに見ようと、そんなことは問題じゃありません。大事なのは発見した人骨が間違いなく人間の骨かどうかということなんです。もし化石人骨なら、時代はいつ頃の物か、信夫君は洪積層の時代ではないかと手紙に書いてきましたが、もし洪積層だとすると、今から五十万年ほど前ということになります。むろんその時代の人骨は日本中のどこからも発掘されていません。もし本物なら、日本の考古学の常識を引っくり返すような大変な発見なんです。通知を貰えばだれだって飛んできますよ。それよりどういう先生方がおみえになったのか、お名前は分りますか？

音　お名刺を頂きましたから。どうぞ。（と渡す）

松宮　ほう、中村先生、槇山先生。地質学の小牧先生もおみえになったんですね、錚々たる先生方ばかりじゃありませんか。

音　ほかに学生さんみたいな方が二、三人御一緒でした。

松宮　で、なんとおっしゃってました？

音　は？

松宮　感想ですよ、人骨をごらんになった？

音　なにもおっしゃいませんでした。

松宮　なにも言わない？　一言もおっしゃらないんですか？

音　お一人ずつお手に取ってごらんになっていらっしゃいましたが、それもほんの四、五分で、すぐにお立ちになりました。海岸を見たいとおっしゃってたんです。

松宮　……奥さん、信夫君にはあとで説明しますから、取りあえず私に見せて下さい。

音は頷くと、木箱を持ってくる。

音　これでございます。

松宮　拝見する前にちょっと伺いますが、お手紙と一緒に、この前人骨の写真も送って頂きました。あの写真はいつ、どこでお撮りになったのでしょう。

音　発見した翌日に、駅前の北村写真館というところで撮ってもらいました。主人は証拠になるかもしれない貴重な泥を、海水で洗ってわざわざ落としてしまったと、悔しがっておりました。よろしくお願い致します。

松宮は木箱の蓋を取り人骨を取り出す。

音　如何でございましょう？

松宮　想像していたよりは小さいですね。小さいけれど持ち重りがします。重いということは大事なことなんです。色といい、化石化の程度といい、奥さん、間違いなく人骨です。

音　本当でございますか！

松宮　拝借して東京で調べてみますが、私の診たところでは、少年というよりは、むしろ十六、七歳くらいの人間の腰骨ではないかと考えられます。ただ腰骨といっても、比較すべき標本がありませんから確かなことは言えませんが、信夫君はかねがね、西八木の海岸からは、旧石器時代の遺物と思われる瑪瑙の化石やナウマン象の頭骨などが発見されているから、人骨が出てきても不思議ではないと言っておりました。果して彼の予告どおりこれが出てきた訳です。

音　今の旧石器時代のお話ですけど、主人は威張るんです。みんなは人骨人骨と騒ぐけど、その前に、日本に旧石器があったのか無かったのか、それを解き明かすことのほうが大事なんだと言うんです。そんなことを言われても私は素人ですから、では分るように教えてトさいと言うと、仕舞いには癇癪を起しましてね、あんたは学校の先生だろう、それでよく生徒を教えることが出来るなって。

松宮　ははは、そりゃ無茶苦茶だ。考古学というのは特殊な世界ですから一般の人にはなかなか分り難いんですよ。例えば今の旧石器時代ですけど、京都帝大の濱田耕作先生ですら、日本で石器の使用が確認されるのは二千年ぐらい前までであって、それ以前のことは分らないとおっしゃっているんです。しかし使われたことは事実なんです。それが何千年前なのか、何万年前なのか、その時代、つまり旧石器時代を特定するために日本の考古学者は血眼になっているんです。ですから信夫君の発見したこの人骨はですね、もし本物だと確認されれば日本にも旧石器時代があったことを証明する貴重な資料になる、そういうことなんです。

音　先生にそう言って頂ければ主人もさぞ喜ぶでしょう。有難うございます。

松宮　ついでに言えばですね、人類には段階説というのがあって、古い順から猿人、つまり猿に近い人間から、原人、旧人、新人、そして現代の現世人になって行く訳ですが、その分類の目安になるのは骨格なんです。骨格がどれほど現代の我々に近いか、ということなんです。そういう観点に立つと、この人骨は、私の見たところでは、まず原人か、それとも旧人か、その辺ではないかと思います。

音　明石原人。（と呟く）

松宮　可能性はありますね。

音　でも先生、京都の先生方は何故黙ってお立ちになったのでしょう。なにもおっしゃらなかったのはどういうことなんでしょう？
松宮　すべての御意見は現場を見てからということではないんですか。学者なら当然のことですよ。
音　そうでしょうか。
松宮　私も明日は西八木海岸を見せてもらいます。それより奥さん、うちの大学で出している人類学雑誌に原稿をお願いしているんですが、タイミングということもありますので、なるべく早く書いてもらいたいんです。おいそがしいでしょうが、せいぜい信夫君の尻を叩いてせかして下さい。

庭木戸より信夫が帰ってくる。

音　信夫さん、松宮先生！
信夫　先生！　いつこちらへ？
松宮　さっき着いたんだよ。
信夫　お待ちしておりました。暫くでございます。
松宮　お変りもなくと言いたいところだが、あまりの変りようにびっくりしているよ。
信夫　恐れ入ります。
音　先生がね、この人骨は本物ですって！
松宮　留守中に悪いとは思ったんだが、気になるので見せてもらいました。個人的な所見だけどね、時代は洪積層時代、直立歩行の出来る人類、もしくは高等猿類の左骨盤というのが私の鑑定です。いずれにしても日本で一番最初に発見された人骨化石です。おめでとう。

信夫　（思わず庭に膝を突き）有難うございます。先生ならきっと分って下さると思ったんです。おかげで胸の閊《つか》えが下りました。先生、久しぶりですから今夜はおおいに飲《や》りましょう！

音　京都の先生方はどうなさったの？

信夫　お帰りになりました。

音　戻ってくる筈じゃなかったの？

信夫　（松宮に）先生ッ、一体どういうことなんでしょうね。ぼくは偉い先生方ばかりですから、口の利き方も気をつけて、失礼のないように応対したつもりなんですが、初めから終りまで一言もおっしゃって下さらないんです。

松宮　聞いたんですか、君は？

信夫　聞きました。でも、話を逸らしてしまうんです。しかも帰りぎわに学生の一人が、この崖の上に墓場はないかと言うんです。

松宮　墓場？

信夫　そんなものは無いと言ったら、墓場からよく骨が転がり落ちてくることがあるって言うんです。流石にそのときは周りの先生方に窘《たしな》められて頭を下げましたけど、ぼくは悔しくて、よっぽど殴ってやろうかと思いました。

音　皆さんはどこへもお寄りにならないで……？

信夫　まっ直ぐ帰るとおっしゃるので駅まで送りました。そのときホームでね、君には東大人類学教室の先生方が付いているようだから、あとのことは先生方にお任せしたらいいでしょうとおっしゃって、汽車へお乗りになりました。
松宮　私の名前を出したんですか？
信夫　勿論です。あの先生方は焼餅を焼いているんです。小学校しか出てないぼくが、世界的な発見をしたので悔しがっているんです。認めたくはないんです！　根性が腐っているんです！
音　馬鹿なことを言うもんじゃないわ！　わざわざ京都から来て下さったのに、そんな言い方をするなんて失礼でしょう！
信夫　失礼なのはどっちです！　悔しいと思ったら、ぼくに負けずに人骨を発見したらいいんですよ！
音　いい加減にしなさい！

母屋から番場と倉本が現れる。

番場　（酔っている）おお、居た居た。みんな待っているんだよ。
倉本　よろしかったら、先生もちょっとお顔を出して下さい。奥さんも来て下さい。みんな喜びますから。
信夫　先生！　行きましょう。飲みましょう。

松宮　いや、私は……
番場　そんなことおっしゃらないで、直良学士のお祝いの会なんですから。さあ、行きましょう。
（と腕を取る）奥さんも来てトさい！（と一同は去る）
音　信夫さん。
信夫　（行きかけて立ち止まる）
音　今が一番大事なときなのよ。浮かれている場合じゃないのよ。分っているの！
信夫　音先生のほうこそぼくの気持が分っているんですか。いつまでも生徒扱いはやめて下さい！
信夫は駆け去る。母屋のほうから歓声と拍手。音は無言でそのほうを見ている。
暗転

（六）

田近家の離れ。

同年九月中旬。夜。

座敷には倉本、番場、播但日報記者の冬木が坐り、縁側では謙三が団扇で蚊を追いなががら新聞を読んでいる。写真班の青年がカメラを調整している。
遠く船の汽笛。
せきが一升瓶を抱えて現れる。

せき　おやおや、まるでお通夜の晩みたいじゃありませんか。謙三さん、みなさん方にお酒を勧めて下さい。
謙三　お酒はともかくとして、信夫君はなにをしているんです、みんなは待っているんですよ。
せき　囲炉裏の前に坐りこんだまま口を利こうとしないんだよ。喧嘩でもしたんですか？
冬木　やっぱり今夜は中止にしましょう！
番場　中止？
冬木　原因はうちの新聞に載せた批判記事なんです。ぼく、直良さんにそう言ってきます。（と立ち上がる）
倉本　待ちなさいよ。鑑定に批判は付き物だから、君がそんなに気にすることはないんだ。反論は載せるんでしょう？
冬木　載せます。
倉本　それなら問題はないよ。
番場　しかし、なんで拗ねているんだろう。
冬木　直良さんじゃなくて、直良先生と言えばよかったんでしょうか？

番場　馬鹿馬鹿しい。やめてくれよ、先生だなんて。

謙三　でも、信夫君も今ではこの明石の町の、ちょっとした名士ですからね。近所でも見る目が微妙に変ってきているんです。ねえ、お婆ちゃん。

せき　馬鹿馬鹿しい。たかが古い骨を見つけたぐらいで大騒ぎするなんて、世の中はどうかしているんですよ。この間から満州では戦争が始まったというのに、あんたらは寄ると触ると骨だ骨だって、兵隊さんが聞いたら気を悪くするよ。お酒、飲まなければ持って行くからね。（去ろうとする）

母屋から信夫と音が声高に争いながら現れる

信夫　会いますよッ。会えばいいんでしょう、会えば！

音　そんな言い方はないでしょう。みなさん方はさっきからお待ちになって……（一同に）済みません、お待たせしまして。

信夫　（いきなり冬木に）要するに、ぼくに対する疑惑でしょう？　捏造だって言うんでしょう。どこが捏造なのかはっきり言って下さい。

音　信夫さん！

信夫　なんで写真の人まで連れてくるんです。ぼくは犯人ですか？

倉本　まあま、ちょっと落着いてくれ。播但日報が岡山師範の玉川先生の論文を載せたのは君も読んだと思うが、冬木君はね、あのままでは片手落ちだから、是が非でも君の反論を掲載したいと言ってきたんだ。ぼくだって研究会の仲間として同じように考えていたから敢えて橋渡しの役目を引き受けたんだ。疑惑だとか捏造だとか、そんな次元の話じゃないよ。

冬木　一言で言えば真実なんです。明石原人の真実を探るというのが、私ども播但日報の一貫した狙いでもあるんです。そこでですね、直良さんにまずお伺いしたいのは、上代文化という雑誌に、鳥居龍蔵博士がかなりきびしい筆鋒で直良さんの例の明石人骨を批判していらっしゃいます。むろんお読みになったと思いますが、直良さんはその点についてはどうお考えですか？

信夫　どうと言われても、鳥居先生とぼくとでは、旧石器時代に対する認識が違うから。

番場　傲慢だよ、そんなことを言うなんて。

信夫　事実だから仕方ないでしょう。先生は雑誌の中では、ぼくの明石人骨に就いては一言も触れなかったけれど、旧石器時代を否定なさっているんだから、結果としては明石人骨は認めないという訳でしょう。初めから垣根を作っていらっしゃるんだから話にならないよ。

倉本　それは無礼だろう。かりにも鳥居先生は考古学界の最高権威だよ。たとえ否定されたにせよ、先生の論文に取り上げてもらっただけでも名誉とすべきじゃないか。

信夫　否定されてなにが名誉なんです。大体考古学の基本は実証でしょう。現地を検証し現物を見ることでしょう。だのに鳥居先生はただの一度も明石へおみえになったことはないんです。勿論人骨だってごらんになってはいないんです。先生にとっては初めから否定という結論が用意されていたからなんです。

音　差し出がましいことを申し上げるようですが、東京帝大の松宮雄一先生は、鳥居先生とは全く正反対のことをおっしゃっていました。
冬木　そうそう、松宮先生はおみえになったそうですね。
音　この部屋で直接お話を伺ったのです。先生はこうして人骨をお持ちになるとそれはそれは熱心にごらんになったあとで、色といい、化石化の程度といい、間違いなく人骨だとおっしゃいました。しかも直立歩行の出来る人類で、日本で一番最初に発見された人骨化石だとまでおっしゃって下さいました。ねえ、そうですよね。
信夫　（頷く）
音　それなのに、どうして御意見が分れてしまうのでしょう、真実は何時の場合でも一つの筈なのに、まるで正反対の結論が出てくるなんて可笑しいじゃありませんの。どちらかが正しくて、どちらかが間違っている、つまりはそういうことでしょう。
倉本　理屈はそうなんですけどね、考古学というのはそう単純には割り切れないんです。
番場　何千年、何万年という大昔が対象ですから、断定、推定、想像を交えていろんな意見が出てくるんです。今回の播但日報には載ってませんけど、岡山師範の玉川先生なんか、明石人骨は拾得物ではないか——
信夫　拾得物？
番場　（狼狽して）い、いや、つまりその……
信夫　言ったんですか、拾得物だなんて？
冬木　そのことに就いてはいずれ説明しますけど、その前にですね、現物、つまり直良さんが発見された明石人骨を見せて頂けないでしょうか？　直良さんの顔写真と一緒に新聞に載せたいんです。

音　折角ですが、今手元には無いんです。（信夫に）ねえ、まだでしょう？

信夫　む？　ああ。

音　松宮先生が学校の研究室でゆっくり鑑定したいとおっしゃるものですからお貸ししたんです。戻り次第きっと御連絡します。

冬木　直良さん、済みませんが、ちょっと写真機のほうを見て下さい。

信夫　それより君――

冬木　そのままで。そのままで結構ですから。（その間にフラッシュが焚かれる）はい、有難うございました。そこでさっきの拾得物の件ですけど、玉川先生はですね、いくらなんでも拾得物とまでは言ってないんです。西八木の海岸では、崖の上からよく人骨が転がり落ちてくる場合があるから……

番場　同じことじゃないか。信夫君はそれを拾ったと言うのでしょう。

信夫　拾ってませんよ、ぼくは！

冬木　ですからね、発見の際の状況と言いますか、証拠と言いますか、その点を直良さんから説明して頂ければ反論として載せたいと思うんです。いや、こんなことを申し上げてお気を悪くなさったら困るんですけど、今回の明石人骨の発見に就いては、称賛の声とは別に、発見の状況が不透明だという投書も大分あったのです。

倉本　仲間としてはむろん君のすべてを信じてはいるけど、君が本当に、怒らないでね、本当に君があの人骨を発見したのか、という声がぼくらの耳にも聞こえてくるんだ。

信夫　倉本さんたちまでがそんなこと言うんですか。発見の状況に就いては何度も説明したじゃありませんか。

番場　ぼくらはいいよ、ぼくらは分っているんだから。問題は客観的な証明なんだ。発掘したのか拾ったのか、それを証明する人間は今現在君独りしかいないということなんだ。

信夫　何度言ったら分るんです！　拾ったんじゃない、土の中から発見したんです。あの日、西八木から馬田へ向って歩いていたとき、新しい崖くずれに出会ったんです。その土の中に骨らしい物が見えたので、夢中で泥を撥ね除けて人骨を取り出したんです。発見した当人が言っているんですからこれほど確かなことはないでしょう！

冬木　写真に撮っておけばよかったですね。

倉本　だれか居なかったの、ほかに？

信夫　だれかとは？

倉本　君以外のだれかだよ。

番場　つまり目撃者だよ。君を証明してくれる第三者だよ。

信夫　……

倉本　居たのかい？

音　ねえ、だれか居たの？　大事なことよ。名前は分らなくても、どんな人だか思い出してくれれば探す手掛かりになるじゃない。どんな人？　男の人、女の人？

倉本　居たんだね！
音　あなた疑われているのよッ。拾ったと言われているのよ。それでもいいの？
信夫　ああいいですよ！　言いたい奴に言わしておけばいいんです。大体ね、考古学の研究者が発掘のたびにいちいち証言者を連れて行きますか？　学界の先生方は、明石人骨を認めたくないからそんな馬鹿げたことを言っているんです。もうやめましょう！　帰って下さい！　お帰り下さい！
音　信夫さん！
夏子　私、見たわ！

声があって、夏子が勢いよく裏木戸より入ってくる。

信夫　夏ちゃん！
夏子　いいんです、もういいの。（一同に）今聞いていたら、拾ったとか、骨が落ちてきたとか言ってましたけど、そんなことは絶対にありません。私は西八木の海岸で、信夫小父様が土の中から骨を取り出しているのをこの目で見たんです。拾ったなんて嘘です！
音　本当なの？
夏子　本当です。
音　あなた、どうして黙っていたの。夏ちゃんが傍にいたことをあなただって気づいていたんでしょう。どうして言わなかったの？

夏子　私が頼んだんです。海岸へ来たことは内証にしてくれって言ったんです。でももういいんです。拾っただなんて言われたら小父様が気の毒です。骨だって可哀相です！（振り向くと）大谷さん！来て頂戴！　私と一緒に説明して頂戴！（木戸へ近付き）なにぐずぐずしているのよ。いらっしゃいったらいらっしゃい！（と引きずり出す。大谷は前へつんのめるような格好で庭へ出てくる）この間のことをみんなの前で説明して頂戴。（一同に）この人は馬田の煉瓦工場で煉瓦を作っている大谷さんです。私達はあの日海岸を散歩していて、偶然信夫小父様にお会いしたんです。（大谷に）はっきり言っていいのよ。見た通りのことを正直に言いなさい。早く！　言いなさいったら！

大谷　（緊張して）そ、そういうことです。

夏子　そういうことじゃ分らないでしょう。小父様が崖下で一生懸命土を掘っていたから、私達は傍へ行って、なにをしているんですかって聞いたでしょう。あなたが聞いたのよ。そうしたら人骨が出てきたんだと言うものだから——

せき　おやめ！　この間からどうも様子が可笑しいと思っていたら、隠れてそんな男と会っていたんだね。お父さん、夏子を連れて行きなさい。その男は警察へ突き出しておやり！

夏子　お婆ちゃん！

せき　お前はまだ女学生だよ。よくも皆さん方の前で恥を掻かしてくれたね。お父さん、早くその男を捕まえなさい！

夏子　（大谷をかばって）私達がなにをしたと言うのよ！　会って、ただ話をしていただけじゃないの。行こう！（大谷の腕を摑んで木戸から逃げようとする）

謙三　馬鹿！（と頬を張る）
夏子　なにするのよ！
謙三　言って聞かせることがある、奥へ来なさい！（その間に大谷は木戸より去る）
夏子　厭よ、厭ッ！
信夫　ちょっと待って下さい！　御主人も夏ちゃんも聞いて下さい。明石人骨と言っても、高さは十五センチ、重量感はあるけどちっぽけなものです。でも、そのちっぽけな人骨には、何万年という時を刻んだ歴史の重みがある、そうぼくは確信してました。ところが発見して半年も経たないというのに、しかも実証不明のままに、捏造だ偽物だと言われ、近頃では直良信夫は宣伝のうまい大山師だとも言われてます。どうしてこんなことになってしまったのか皆目見当がつきません。ぼく独りのことなら我慢もしますけど、周りの人達にこれ以上迷惑をおかけするのは耐えられない。これを見て下さい。

戸棚の奥から包装を半ば解かれた木箱と封書を取り出す。

音　あなた！　それ……？
信夫　心配するといけないと思ったから黙っていたけど、四、五日前に、松宮先生から送られてきた。先生の手紙には、ヨーロッパでの化石人骨の出土はかなりあるけど、寛骨、つまり腰骨の発見は少ない。従って比較資料がない。従って断定は出来かねる。

音　なんですって？
信夫　（封書を音に渡し）夏ちゃん、済まなかったね。夏ちゃんの好意を無にするようで本当に済みませんでした。
音　（手紙を読む）……骨盤に就いては比較の便之なく、まことに残念に候。今後は大兄御自身の手にて発掘発見されることが望ましく、なお一層の御精励あらんことを……（怒りがこみ上げてくる）なに、これ！　今度は自分の手で発見するようにって、これではまるで、あなたの発見を否定しているようなものじゃない！　この前おっしゃったことは、すべて嘘だってことじゃない！
信夫　冬木さん、ごらんの通りです。明石人骨は頼りにしていた先生からも否定されました。かまいませんからそのようにお書きになって下さい。その代わりぼくも、今日かぎりで考古学の研究から足を洗います。ぼくのように学問のない奴は、仲間に入れてもらえないんです。（と行きかける）
夏子　意気地なし！

言い捨てると木戸より走り去る。

謙三　夏子ッ、夏子！（追って去る）

信夫は足早に母屋へ去る。
せきは、木箱を抱えて坐り込んでいる音を見つめている。

暗転

（七）

前場に続く夜。離れの座敷。

音が卓袱台にひろげた答案用紙を前にして、赤鉛筆で採点をしている。傍らで信夫が縫い物をしている。

庭で蟋蟀が鳴いている。

音　曲ってるわ。針先をよく見て。
信夫　……
音　麦茶を飲む？　あとは私がやるから。
立ち上がって麦茶の瓶を取ろうとした音は思わず茶簞笥につかまる。
音　（怪訝な顔で見る信夫に）ううん、なんでもない。（と麦茶の用意をする）

母屋から一升瓶を抱えたせきが現れる。

せき　お邪魔しますよ。
音　先程はお騒がせして済みませんでした。夏子さんはお戻りになったんですってね。
せき　戻ったんじゃないの。父親に捕まったの。まさか男がいるとは思わなかったわ。
音　でも、真面目そうな人だったじゃありませんか。
せき　瓦職人ですよ。信夫さんと同じように小学校しか出てないんですよ。もし退学だなんて言われたらどうするんです。
信夫　そんなことはありませんよ。
せき　どうしてそういうことをあんたが言えるのよ、もとはと言えばあんたが一番悪いのよ。知ってて黙っていたんだから。
信夫　済みません。
せき　今日はね、お二人に少し話をしたいことがあるの。お茶碗。
信夫　飲むんですか？
せき　飲むから持ってきたんじゃないの。
音　あまり召し上がるとお体に障りますよ。
せき　亭主に死なれたあと、晩酌の味を覚えちゃってね、一晩も欠かしたことがない。飲む？

信夫　いいえ、結構です。
せき　いい若い者が麦茶なんか飲んでいるから、夏子に意気地なしなんて言われちゃうのよ。（茶碗酒を旨そうに飲む）ところでね、あまりいい話ではないけれど、今月かぎりでこの家から出て行ってもらいたいの。
音　越せとおっしゃるんですか？
せき　母屋では今も夏子のことで娘夫婦がカンカンになっているの。もともとお二人を一緒にさせたのはお婆ちゃんなんだから、あとの始末はお婆ちゃんがきちんと付けてくれ、つまり追い出してくれ、とまあ、こういう訳よ。（注いでまた飲む）
二人　……
せき　なんの因果か、明石原人だかゲンコツだか知らないけど、変な物を拾ってきたために、私らまでが渦に巻き込まれてしまって、とんだ迷惑。挙句に夏子の男のことまで大っぴらになってしまったんだから、娘夫婦が怒るのは当りまえよ。
音　済みません。
せき　しかも肝心の信夫さんが土壇場になってなにを言ったと思う？　今日かぎりで研究やめます。私は聞いてて腸《はらわた》が煮えくり返ったね。そんなにあっさりやめるくらいなら、何故あんなに大騒ぎをしたの。たとえ百万人が反対しても、おのれ独り、矢でも鉄砲でも持ってこいとばかりに突っ込んで行く。それが男というものよ。伊達にぶら下げているんじゃないんだから！　大体、信念がないのよ、信念が！（とまた飲む）

信夫　……
せき　ねえ音先生、もし別れたかったら、この辺が潮時ですから、別れちゃったらどうですか。先生が一人になったら私が面倒をみますから。何時までも甲斐性なしの亭主を養っていることはないですよ。別れなさい、別れなさい。
音　お婆ちゃん、いくらお婆ちゃんでもそこまでおっしゃるのは失礼でしょう。私たちは結婚しているんです。籍も入っているんです。別れるだなんて、そんなこと考えたこともありません。
せき　好きなの？
音　好きです。大好きです。
せき　あんたはどうなの？　先生は別れないと言ってるけど。
信夫　ぼくも、音先生が……
せき　先生？
信夫　この人が、別れないと言うのなら、ぼくも別れません。
せき　可笑しいじゃない、その言い方は！
音　ほんとに可笑しいわ。じゃ、私が別れると言ったら、あなたは別れるつもりなの？
信夫　い、いや、ぼくは……
せき　どっちなの。
音　自分の言葉で、自分の思っていることをはっきりおっしゃいよ。
せき　それが男というものよ。信念がないね、信念が。

音　お婆ちゃん、ちょっと黙ってて下さい。
信夫　ぼくは絶対に別れません。好きです。
せき　言えば言えるんじゃないの。でもまあ、それを聞いて安心したわ。（とまた注ぐ）
音　もうおやめになったら。
せき　もう一杯だけ。（と飲むと）音先生とは五年近いお付合いだったから、お別れとなると淋しくなるけど、明石に居るかぎりは何時でも会えるからね、気が向いたらちょいちょい来ておくれ。勝手を言って悪かったね。
音　私のほうこそ長いことお世話になりまして本当に有難うございました。この人ともよく相談をして、なるべく早く越すように致します。お世話になりました。
せき　それじゃ、私はこれで。（と立ち上がるが）……もし違っていたら謝るけど、先生、ひょっとすると、ややさんが……？
音　（思わず顔を伏せる）
信夫　えッ、本当？
せき　やっぱりな。この前流産なさったとき、年寄のくせに、傍に居ながら気が付かなんだとはよくよくの阿呆と、みんなに嗤われた。それが悔しくてならんから、今度は神経張り詰めて、じーっと今日まで観察してたんだ。化石なんかを相手にしている人間には、生身の人間のことは分らん。
二人　……
せき　さっきは今月かぎりと言ったけど、赤ちゃんが生まれるとなれば話はべつだ。先生さえよければ、この家でお産みなさい。私も手伝うから。

音　有難うございます。

せき　とんだ長居をしちゃって。おやすみ。（一升瓶を持つと覚束ない足取りで去る）

遠く船の汽笛。蟋蟀の声。

信夫　知らなかった。

音　怖かったのよ、私。

信夫　……？

音　この前駄目だったでしょう。もし、今度もそうだったらどうしようと思って、言えなかったの。でも私はどうしても産みたいの。あなたの子供を私は産みたいの。

信夫　有難う。ぼくもね、もう一度初心に戻って考古学の勉強をするから、約束するから、どうか良い子を産んで下さい。済みませんでした。

音　本当ね、本当に続けるのね？

信夫　本当です。

音　それなら私の言うことも聞いて頂戴。もし赤ちゃんが生まれたら、三人そろって、来年東京へ行きましょう！

信夫　東京？

音　松宮先生にお会いしたいのよ。お会いして、先生のお口から直かにお話が聞きたいの。お手紙を読んだけれど、この部屋で私に話をして下さったこととまるで違うの。私は今でも松宮先生を信じているから、言うに言えない、明かすことのできないなにかがあったのではないかと思うの。それを私は知りたいの。
信夫　学校はどうするの？　辞めるのかい。
音　東京で新しい勤め口をみつけるわ。（感情がこみ上げてくる）せっかく、あなたが苦労して発見した明石原人よ。私は今度生まれてくる赤ん坊と同じように、あなたの明石原人を世の中に出してあげたい。そう思っているの。（泣き出して）あなたが私を助けてくれたんだから、今度は私が……私が……
信夫　有難う。有難う。
音　……
信夫　疲れるといけないから、もう休んだら。
音　（涙を拭くと）これだけやっておかないと。みんな出来が悪いのよ、うちの生徒。（と卓袱台に向う）……あなたこそ止めときなさい、その辺で。
信夫　うん。

信夫はまた縫い物を始める。
音は答案用紙の採点を始める。

幕

第二幕

(一)

一九三二年（昭和七年）夏。

東京・江古田近くの道。

妙正寺川に沿った道が下手から上手に通っている。一面雑草が生い茂り、武蔵野の面影を残している。

午後おそく。ひぐらしが鳴いている。

上手より美恵子（生後四カ月）をおぶった信夫が現れる。手にはバケツとシャベルを持っている。草を分け、土を掘って毬果（松ぼっくり）を拾っている。時折赤ン坊をあやす。

下手より汗を拭きながら音が現れる。

音　あら、どうしたの、こんなところで？
信夫　お帰り。ほらほら、お母様だよ。
音　ただ今。良い子にしてた、美恵ちゃん？　よしよしよし。ちいちゃんに頼めばよかったのに。
信夫　ぼくじゃないと泣くんだよ。見てごらん。（とバケツを示し）松ぼっくりが化石化しているんだ。すぐそこで水道工事をやっているから土の中から沢山出てきたんだ。
音　あなた、今日は学校へ行くはずじゃなかったの。工藤先生とお約束したんでしょ。
信夫　約束はしたけど、無給だからね。
音　こちらからお願いしたんですもの当然じゃない。他の学校じゃないのよ。天下の早稲田大学よ。小さいときからあなたが憧れていたハヤイナダ大学よ。
信夫　（笑って）厭なことを覚えているな。
音　六年生の初めのときだったかしら。やん信君、将来の希望はって聞いたら、あなた、大きな声で東京へ言ってハヤイナダ大学に入ります。ハヤイナダ？　そんな大学があるのかしらと思ってすぐには分らなかったわ。
信夫　小学校の先生なんかと一緒になるんじゃなかった。
音　ほんと？
信夫　冗談だよ。でも電車賃も出ないんだからね、君に悪いと思って。
音　まだそんなことを言ってらっしゃるの。私のほうは勤め先の女学校もきまったし、家庭教師も新しく頼まれて、そうなのよ、是非にって言われたから、これから沼袋の生徒さんのお宅まで行かなきゃいけないの。暮らしのほうはなんとかなるから学校へ行って頂戴。

信夫　しかし植物化石の採集も大事な仕事なんだ。とくにこの江古田の台地はね、植物の種類から類推すると、一万年以上も前に自然堆積した化石の宝庫ではないかと思うんだ。まだだれも手懸けてない研究なんだ。

音　それは学校へ行きながらでも出来る研究でしょう。無給であろうと押しかけの弟子であろうと大学で勉強できることに変りはないでしょう。一人で自由にやるのもいいけれど、個人の研究には限界があるってことは、明石で散々経験したじゃない。ね、行って頂戴。私、お願いするから。

信夫　分ったよ。明日からハヤイナダ大学へ行きます。

音　お願いね。（腕時計も見て）私、これから沼袋へ回りますから、先に帰って。

信夫　無理しないようにね。

音　お豆腐を買っといて。お夕飯までに帰りますから。美恵ちゃん、またあとでね。

信夫は上手の道へ去る。

見送った音は下手へ歩き出すが、下手より杖を引いた松宮が現れる。

音　松宮先生ではございませんか！

松宮　奥さん。

音　お久しぶりでございます。

松宮　明石以来ですね。ちょうどよかった。これからお宅へ伺おうと思っていたところなんです。
音　私の家へ？
松宮　再々お手紙を頂いていたので気にしていたんです。学校のほうへも何度か来て下さったそうですね。
音　御病気と伺いましたが、どこが？
松宮　腎臓です。自宅でずっーと療養していたんです。
音　あの、ここではなんですからうちまでお越し下さい。主人もおりますので。
松宮　いや、奥さんにお目にかかれてかえってよかった。信夫君に会うのは、やはり気が重いんです。
（杖で体を支え、息を整える）
音　大丈夫ですの？
松宮　信夫君や奥さんがお送りした明石人骨やぼくの手紙をどういう気持でごらんになったか、想像するだけでも顔の赤らむ思いでした。正直いって怖かったんです。二枚舌の嘘つきめ、学者の風上にも置けない薄情な奴め、きっとそう思っているだろう。いや、そう思われるのは仕方ないとしても、手紙にはどうしても書けない曲々しい経緯がありましてね、それを言うべきか言うべきでないか、随分考えたんです。しかしこの世から暫くの間、闇の中に封じ込めてしまうためには、それなりの説明をしなければ分って頂けないと思って……
音　先生ッ、闇の中に封じ込めるとは、明石人骨のことですか？　まさかこの世から消してしまえとでも……？

松宮　……

音　先生は最初、小形ではあるけれども人類の腰骨に間違いないとおっしゃいました。本物だとおっしゃって下さいました。ところがこの前頂戴したお手紙では、比較すべき資料がないから断定は出来ない。今度は自分の手で発掘するようにと、まるで主人の発見を否定なさるようなお手紙の内容でした。初めから明石人骨は擬《まが》い物である、年代も新しいとおっしゃって下されば、主人は納得もし、あきらめもしたでしょうけど、半年かそこらの間に何故お考えが変ってしまわれたのか……

松宮　いや、変ってはおりません。

音　お変りになったから、あのお手紙を……

松宮　変ってはおりません。本物です。

音　（冷やかに）……先生は、私がなにも分らない女だとお思いになって、一時凌ぎの気休めをおっしゃっていらっしゃるんでしょうけど、私はともかく、主人は命を……

松宮　一時凌ぎではありません。信夫君の発見した人骨は、年代的にも旧石器時代の腰骨です。正《まさ》しく明石原人です。

音　では、今おっしゃったことを人類学雑誌に書いて頂けますか？　先生の御署名があれば天下晴れて認められます。あの骨は明石原人だと発表して頂けますか？　先生が編集していらっしゃるんですから、どのようにでもなるのではございませんか？

松宮　奥さん、今日私は、お二人に軽蔑されるのは覚悟の上で家を出てきました。個人的なことでしたら、或いは釈明してお詫びをすればそれで済むかもしれませんが、考古学界の錯綜した内部のことにまで触れなければならないので、私はとても辛いんです。が、敢えて申し上げます。
音　……
松宮　去年人骨発見の際に、信夫君の論文を私の一存で人類学雑誌に載せました。評判は良かったんです。丹念な調査に裏付けられた説得力のある論文でしたから、一部の先生からは、これぞ旧石器時代の幕開けだ、曙だと、手放しの賛辞が寄せられたほどでした。ところがそのあと、鳥居龍蔵先生の批判論文が発表されてから、急に周りの雲ゆきが怪しくなりました。今まで燻っていた中傷、中傷としか言いようがないんですけど、一斉に吹き出して攻撃が始まったんです。否定や無関心はまだよいとして、なかには大山柏先生のように、どこの馬の骨とも分らぬような素人に、お気を悪くなさらんで下さいね、どこの馬の骨とも分らぬような素人に、しかも学歴も研究歴もない男に旧石器が分る筈はない。柏先生は、明治時代の大山巌元帥の御子息で、旧石器研究の権威です。私は呼びつけられて、そう先生に叱られました。また鳥居先生からも、何故直良君の論文を載せたのかと、人骨の真偽よりも論文掲載の是非についてきびしく面詰されました。
音　でも先生、先生が本当に正しいとお思いでしたら、相手がどんなにお偉いお方でも、直良のために、いえ、明石人骨のために、弁護の筆を執って下さるのが、生意気なようですが、学者の良心というものではないのでしょうか。
松宮　おっしゃる通りです。一言もありません、しかしそれは出来ないんです。
音　……
松宮　お嗤い下さい。鳥居先生は私の恩師なんです。逆らうことは許されないんです。

音　……

松宮　思い迷った末に、そのとき私はとんでもないことを考えました。あの人骨が私の所ではなく、もし京都大学の考古学の先生方の所に送られていたら、もっと別の展開があったのではないか、いや、もっと極端なことを言えば、直接鳥居先生のお手元に届けられたら、或いは陽の目を見る可能性もあったのではないか、そんなことも考えたんです。つまり存在を認めさせるためには、しかるべき後盾、いや、権威が必要だったのではないかと……

音　先生の所にお送りしたのが、明石人骨の不運だったとでもおっしゃるのですか。

松宮　はっきり言いましょう。名もない民間の研究者に、世紀の大発見の名誉を奪われるのは、学界としては許し難いというのが一般的な空気なんです。学問とはなんの関係もないことですから、正面から立ち向って堂々と反論すればいいのでしょうが、今の私には、残念ですが、そんな力はないんです。

周囲は少しずつ暗くなり、ひぐらしの声のみ聞こえる。

音　お話を伺って先生の御苦労がよく分りました。闇の中に封じ込めると、先程おっしゃった意味もやっと分って参りました。ですが先生、紛れもなく人骨化石である、原人の可能性があると、先生は鑑定して下さったんです。その明石人骨を、この世から消してしまうなんて、そんな理不尽なことは直良も私も到底承服できません。

松宮　いや奥さん、違うんだ！　そういうことではない。

音　いえ、これ以上先生には御迷惑はおかけ致しません、二人だけでやって行きます。長い間お世話になりまして本当に……

松宮　違う違う！　このまま続けると、或いは警察……（と言って、口を噤む）

音　……

松宮　まさかとは思うのですが、最近石器時代の研究を続けていると、呼び出されて調べられるという噂がまことしやかに流れているんです。現に、日本歴史教程という雑誌に論文をお寄せになった渡部義通先生は、その件で警察に連行されたと聞いております。

音　……

松宮　奥さんは学校の先生ですからお分りでしょうが、今の中等学校の歴史の教科書、いや、すべての歴史教科書には石器時代のことは一行も書かれておりません。御存知のようにわが国の神代というのは、天照大神に始まって、天孫瓊瓊杵尊の御曾孫の神武天皇が御即位されてから、今年昭和七年までで紀元二千五百九拾二年。これがわが国の歴史です。しかし、それよりも一万年も二万年も前に石器時代があり、石器時代人が居た筈なのに、歴史の上ではすべて抹殺されています。記述することは許されていないんです。これだけ申し上げたらお分りでしょう。明石人骨を公にすることは石器時代人を認めることであり、石器時代人を認めることは、場合によっては日本の神代を否定することにもなる。警察と私が言ったのはそういうことなんです。

音　（茫然として）考古学の世界だけは別だと思っておりましたのに……信じられません。でも神代以前にも、この地上には縄文人や石器時代人が暮らしていた筈です。その人間達はどういうことになるのでしょう？

松宮　土賊ですよ。

音　土賊？

松宮　まつろわぬ者達です。抹殺して歴史から消さなければならない訳です。

音　でも石器時代の研究をなさっている先生方は今でもいらっしゃるんでしょう。そういう方達はどうなさっているんです。研究をおやめになってしまわれたんですか。

松宮　やめた方もいます。続けている方もいます。但しそれらの先生方の大半は、日本の神話には直接かかわりのない、台湾とか朝鮮とかの外地へ出張されて石器の発掘にあたっておられます。悲しい世の中になってきました。

音　……

松宮　信夫君や奥さんのお気持はよく分りますが、無理に動けば明石人骨はもとより、信夫君までもが災難に見舞われる惧れがある、そう考えたので、暫くの間、闇の中に封じ込めるようにと申し上げたのです。何時か、正しいものが正しいと言えるような世の中、明石人骨が旧石器時代の出土品であると胸張って言える世の中が、きっとくると思いますよ。それまで大事に保管して下さるように信夫君にお伝え下さい。お役に立たないで済みませんでした。（一礼してゆっくり歩き出す）

音　先生！

松宮　（立ち止まる）

音　どうかお体をお大切に。ありがとうございました。

松宮は頷いて去る。

夕闇があたりを包み始める。

暗転

(二)

一九四二年（昭和十七年）晩秋。

江古田にある直良家の洋間。

正面下手寄りにドア。上手に庭に面した窓があり、窓下に机。壁際に戸棚や書棚が置かれ、骨の入った大小の標本瓶や紐で吊るされた動物の頭蓋骨、化石の入った標本箱などがところ狭しと置いてある。下手の壁にトドの頭骨がくくりつけられている。

信夫が（髭を蓄えている）ゲラを見ながら、編集者の村木と話をしている。

窓の外はとっぷり暮れている。

信夫　今夜もう一度ゲラを見てみますけど、本になるのは何時ごろでしょう。
村木　来年の春になりますね。
信夫　そんなにかかりますか。
村木　戦争が始まってからというものは、なにかと厳しくなりましてね、たとえ考古学の本でも、時局にちょっとでも触れたりするとすぐにストップがかかるんです。
信夫　その点はぼくも気を付けて何度も書き直しました。
村木　よく出来ていると思います。失礼ですが文章もお上手ですし、うちとしても是非出させて頂きたいと思っています。

ドアをノックする音。

信夫　はい。

ドアが開いて女中の千代が入ってくる。

千代　先生、おとなりさんが臭いって言ってるんです。
信夫　なにが臭い？
千代　お庭の鍋ですよ。臭くて死にそうだって言ってます。

村木　そう言えばさっきから変な匂いがしますね。なにを煮ているんです。
信夫　猫。
村木　猫？　食べるんですか？
信夫　研究用にね、死んだ猫を煮沸して骨を取るんです。
村木　そりゃ臭いわ。
千代　どうします？
信夫　生煮えだと余計臭いから、もう少しご辛抱下さいって。
千代　でも今夜は防空演習があるんです。薪が燃えていたら叱られます。
信夫　そうか。じゃ消してきなさい。あ、お弁当は出来てるの？
千代　奥様が朝おでかけになるときにお作りになって、台所に置いてあります。（と去る）
村木　お夕飯はお弁当ですか？
信夫　（苦笑）これから勤めに行くんですよ。
村木　お勤め？　早稲田の研究室ですか？
信夫　研究室は昼間なんですが、付属の高等工学校のほうで、手当を出すから夜学の事務を手伝ってくれって言うものですから、
村木　それは大変ですねえ。しかしこんなことを申し上げてはなんですけど、先生なんか奥様が働いていらっしゃるんだから、そんなにご無理をなさらなくてもいいんじゃないんですか。考古学の先生方はみなさん言ってますよ。直良さんは羨ましい、いいご身分だって。

信夫　ほかにもうご用はありませんね。ぼくは出かけますから、
村木　いや、どうも失礼しました。では私もご一緒に。
千代（声）　先生！　奥様がお帰りになりました。

勢いよくドアが開いて音が入ってくる。

音　ただ今。おそくなって済みません。（村木に）いらっしゃいませ。
信夫　葦牙書房の村木さん。
音　いつもお世話になっておりまして。
村木　こちらこそ。
信夫　おそくなるときには電話ぐらいしなさいよ。おとなりさんの電話番号は分っているんでしょう。
音　忙しかったのよ、今日は。じつはね、珍しい方がおみえになったの。どうぞお入り下さい。どうぞ。
天野　失礼いたします。（と入ってくる）
音　（信夫に）お分りになるでしょう？　あら厭だ、お分りにならないの。明石女学校の天野先生よ。
信夫　ああ！　どうも暫くです。
天野　突然お伺いして申し訳ございません。まあ、お髭を生やしてご立派になられて。お久しぶりでございます。

音　似合わないからおよしなさいと言ったんですけどね。天野先生は研修で上京なさったんですって。わざわざ学校まで来て下さったの。
村木　それじゃ、私はこれで。
信夫　ぼくも行きますよ。
村木　いえ、失礼しますから。（と去る）
音　済みません、おかまいもいたしませんで。（信夫に）お出かけになるの？
信夫　打合せが長引いちゃったんだ。また遅刻だよ。
音　事務のお仕事はおやめなさいよ。体をこわしたら元も子もないじゃないの。
信夫　大丈夫だよ。ちょっと着替えてくるからね。そうそう、例の「近畿古代文化叢考」、ゲラが出来たんだ。
音　ほんと！
信夫　村木さんが誉めてくれたよ。来年の春には本になるそうだ。
音　おめでとう。よかったわね。ちょっと見てもいい？（と早速ゲラを見る）
信夫　ああ。（天野に）今夜お泊りになるでしょう？
音　そのつもりでご案内したの。あなた悪いけどね、ちいちゃんにそう言ってお二階に仕度するように言って下さらない。
信夫　美恵子が勉強しているよ、二階で。
天野　あら、お嬢ちゃん、もうそんなになったの。おいくつ？

信夫　四年生です。
天野　まあ、お顔を見たいわ。
信夫　見てやって下さい、可愛いですから。では、ごゆっくり（と去る）
天野　音先生、よく頑張ったわね。
音　（ゲラに夢中）え？
天野　頑張ったわねって言ってるの。
音　どういうこと？
天野　私ね、お宅へお伺いするまでは、いえ、ご主人のお顔を見るまでは、正直言って半信半疑だったの。ひょっとすると、あなたはお一人で暮らしていらっしゃるんじゃないかしらって。聞いてるの？
音　え？　聞いてます。別れたとお思いになっていたんでしょう。
天野　あのあと明石ではいろんな噂が飛び交ってね、音先生は騙されたんだ、考古学とか明石原人とかいう耳新しい言葉に酔ってしまって、そそのかされて東京へ駆け落ちしたんだ、御免なさい。
音　ううん。
天野　だってふつうでは考えられないでしょう。仮にね、仮にご主人が小説家や画家なら、傑作を書いて将来大成するという可能性もあるけれど、考古学の世界ではそういうことはあまり例がないでしょう。お気を悪くなさったら謝るけど、これから先も、あなたがずーっとご主人の生活をみて行くおつもり？

音　人間ですからね、先のことは分りませんけど、今はそのつもり。ただね、時々反乱を起すのよ。
天野　反乱？
音　顔色で分るの。
天野　やっぱり。
音　なにがやっぱりなの？
天野　女でしょう。
音　（笑って）違うわよ、口答えするの。
天野　ちょっと待って。口答えというのは、ふつう目下の人間が逆らったときに使う言葉よ。お宅ではご主人が目下なの。
音　そういう訳じゃないけど、あれで頑固なのよ。一度言い出したらなかなかきかないものだから、私もついカッとなって……

ノックの音がして着替えを済ませた信夫が入ってくる。

信夫　じゃ、行ってくるから。
音　どうしてもお出かけになるの？
信夫　当り前じゃないか。ごゆっくり。
音　ちょっと待って。

信夫　時間がないんだ。話なら帰ってからでもいいじゃないか。
音　明日の朝は私も早いのよ。ねえ、このゲラはこのままお出しになるおつもり？
信夫　どうして？
音　私は今、序文だけ読ませて頂いたんだけど、これでいいのかしら？
信夫　これでいいとは？
音　つまり、その、なんていうのかしら……
天野　あの、私、お嬢ちゃんの顔を見てきます。（と去る）
音　御免なさい、済みません。
信夫　出がけに不愉快なことを言うもんじゃないよ。これでいいのかってどういうことなの？
音　序文というのは本のテーマが語られているし、著者の姿勢も伝わってくるから、もし間違ったことを書けば、あなたの名前に傷がつくんじゃないか、それを私は言いたかったの。
信夫　聞き捨てならんことを言うね。これはぼくの著作ですよ。ぼくが苦労して書いたものですよ。一体どこが間違っているというの？
音　怒らないで冷静に聞いて頂戴。まずこの序文の初めのところですけどね、私たちは、神武天皇御東征の御事蹟を拝承するたびに、そして今日の強力無類なる日本帝国の発達を思うにつけ、この国土に培われた遠御祖《とおつみおや》の文化のあとを憶うこと、まことに切なるものがある。これはまあ、現在一般の常識として言われていることだし、私だって学校では、生徒達に同じようなことを言っているから、まあ分るとしても、私が気になったのはこのあとなの。今や戦場も国内も、みんなが一つになって、お国のために働いているのだ。戦争には勝たねばならない。撃って、撃って、撃ちまくり、撃ちてし止まむの祖宗の大御心を、今こそ奉戴顕現しなければならない。私、これが分らない。一体考古学と戦争とどういう関係があるの？　この本の内容は、近畿地方に於ける古代文化に就いてでしょう。弥生人や縄文人やそれ以前の人達の生活を描くのが眼目でしょう。それなのに、どうして、撃って撃って撃ちまくるなんて言葉が出てくるの。大体、撃ちてし止まむだなんて、考古学とは関係ないじゃない。

信夫　君はほかの本を読んでないから分らないんだ。今はどんな本でも必ず戦意高揚の文句を入れることになっているんだ。いわば常識ですよ。ぼくだけじゃない。

音　私は全部読んでいる訳ではないから細かいことは言えないけれど、あなたはこのあとで古代人のことをお書きになっているでしょう。ここよ、このところ、史前時代の人骨の研究は、多くの学者によって進められているが、充分なものではない。史前というのは、神武天皇の御即位以前ということでしょう。それはいいわ。ところがそのあとで、私は三千年の昔、この大日本帝国で生活していた人々すべてを、古代人と呼びたい。そう書いてらっしゃるわね。ねえ、三千年の昔なの？　それ以前には古代人はいなかったの？　人間は全くいなかったの？

信夫　いましたよ。

音　じゃ、その人達はどうなってしまうの？　抹殺しちゃうの？

信夫　今の考古学の世界では、それ以前に触れないのが常識なんだ。専門の研究書はともかくとして、こういう一般的な啓蒙書はすべて同じように書かれているんだ。別に抹殺した訳じゃないよ。

音　でもあなたは、旧石器を専門に研究してきたんでしょう。ほかの先生方が触れないからといって、あなたまでがそれに従うことはないじゃない。それよりもなによりも三千年で区切ってしまったら、自分の研究を否定することになるんじゃない。悲しいじゃない。

信夫　君ね、ぼくはこの仕事を十五年も続けているんだ。たまたま一緒に暮らしているからといって、研究歴もない素人が偉そうに言うもんじゃないよッ。

音　どこかの学者先生と、あなた同じことを言ってらっしゃるわ。

信夫　なんだと。

音　あなたは明石原人の発見者よ。せめて自分の本だけにでも、旧石器のことを書くべきだと思うわ。史前には遡って旧石器の時代があり、旧石器の人達が住んでいたって。

信夫　いい加減にしなさいよ！　そんなことを書いたら学界では通用しないんだ。通用しないどころか、本だって出してもらえるかどうか分らないんだ。

音　それならそれでいいじゃない。自分の本心を曲げてまで本を出すことはないわ。

信夫　生意気をいうな！　ぼくは今日まで、君に迷惑をかけていると思うから、たいがいのことは辛抱してきたけど、仕事のことにまで口出しされたのでは我慢できない。今日かぎりでこの家を出て行くよ。

音　なにもそこまで言うことないじゃない。私はよかれと思って……

信夫　もう沢山だ。どうせこの家は君が家賃を払っているんだし、女中さんの給金も君が出しているんだ。その上ぼくみたいな荷物を抱えているんだから、出て行けばせいせいするでしょう。

音　あなた……本気でそう思ってらっしゃるの。本気で自分のことを荷物だと思ってらっしゃるの？　私、怒るわよッ。
信夫　怒っているのはこっちだッ。
音　そうやっていつも自分を卑下して、おれは貧乏人の倅だとか学歴がないとか、挙句の果に今度は荷物なの。そんなコンプレックスを売物にしているから本当のことが書けないんじゃない！
信夫　もう一遍言ってみろ！
音　ええ、何度でも言いますよ。あなたのコンプレックスは甘えなのよ！
信夫　馬鹿野郎！（殴ろうとする）
音　ぶつの？　ぶちたければおぶちなさい。生徒が先生をどうやってぶつのか、この目で、しっかりと見届けるわ。さあ、おぶちなさい。
信夫　（怒りに震え）君は……君は口にこそ出さないが、いつでも俺を食わしてやっているという思い上がった気持があるんだ。俺をコンプレックスの固まりだというんなら、君は度し難い増上慢だ！
音　なんですって。
信夫　先生面もいい加減にしろ。
音　先生面とはなんですか！

ドアが開いて天野が飛びこんでくる。

天野　音先生、おやめなさい。
音　止めないで下さい。
天野　いけません。旦那様に逆らうなんて、あなたは女学校の先生でしょう！
音　関係ないわよ。先生面とはなによ！
信夫　いい気になるな！
音　なんですって。
天野　おやめなさい、おやめなさい！

そのときドアをノックする音、千代が無言で恐る恐る入ってくる。

千代　電報です。
音　どっち？
千代　旦那様です。（と渡して去る）
信夫　……（電報を見る）……松宮先生が……
音　え……？
信夫　奥さんからだ。（音に渡す）

信夫は書棚から箱を取り出し、その中からノリの缶を出す。さらに缶の中から明石人骨を取り出して机の上に置く。

音は電報を手にしたまま泣き崩れる。

サイレンの音が鳴り、やがて戸外から「防空演習です。直良さん、明かりを消して下さい。直良さん、明かりを消して下さい」の声。

一同は身じろぎもせず明石人骨を見つめている。

人骨の明かりが消えると、暗い中から轟々たる爆音。信夫のナレーションが入る。

信夫　私の明石人骨は、松宮先生という唯一の証言者を失ったために、再びノリの缶に納められて、戸棚の奥深くに仕舞い込まれることになった。一九四五年、昭和二十年五月二十五日。東京はその年になって三度目の大空襲に見舞われた。都心部は、すでに三月十日、四月十三日の二度の大空襲で焼野原になっており、この日は住宅街の山手方面から、私の住む西郊外にまで、焼夷弾が雨のようにばらまかれた。

爆弾の炸裂音、次々と。

信夫（声）　明石人骨はノリの缶に入れて、一階の書斎に仕舞ってあったが、火の回りが早くて、気がついたら二階の廂が火を吹いていて、物を運び出すより身を守るのに精一杯だった。あの骨だけは、なんとかして持ち出さなければと思ったが、襲いかかる炎を見て諦めざるを得なかった。明石の海岸で発見してから十四年間、さながら我が子のように大切に保管してきた人骨は、この朝、灰になった。「運がなかったのだ」、焼跡にしゃがみ込んで、私はそう呟いた。

(三)

一九四九年(昭和二十四年)秋。

戦災後、安普請ながらも旧宅の近くに直良家は建てられた。舞台は茶の間も兼ねた居間で、上手は暖簾で仕切られた台所(見えない)。正面の廊下を下手に行くと玄関になり、上手はとなりの座敷に通じている。

午後。

舞台にはだれもいない。棚の上のラジオから「銀座カンカン娘」が流れている。玄関で「ただ今!」の声がして、高校生になった美恵子がビールを三本抱えて入ってくる。

美恵子　ビールを買ってきました。お千代さん、いないの?(とラジオを止める)

廊下より座蒲団を抱えた千代が現れる。

千代　ご苦労さま。おいくらでした？
美恵子　一本百円。
千代　闇じゃないんですか？
美恵子　そう思ったから私も聞いてやったら、この間からお酒は自由販売になったので、どなたにも百円で売ってますって。お客様は何人？
千代　お二人だそうです。
美恵子　何時頃いらっしゃるの？
千代　さあ。東京駅には三時頃お着きになるそうなので、奥様はその時間を見計らって、学校から真直ぐお迎えに行くとおっしゃってました。
美恵子　うちがバラックなのでびっくりするでしょうね。
千代　お客様というのは、どうやら闇成金みたいですよ。
美恵子　闇成金！
千代　奥様のお話だと、瓦の仕事で一山も二山も当てたとかって。
美恵子　それじゃ、むりをしてビールなんか買わなければよかった。
千代　（笑って）とりあえずお台所に運んどいて下さい。（美恵子は台所に去る）おなかがお空きになったら、戸棚の中にお芋のふかしたのが置いてありますから。

千代は仕度を済ませると廊下へ出て行こうとする。美恵子が土瓶を持って台所から出てくる。

美恵子　お千代さん、これなあに？
千代　ああ、煎じ薬です。
美恵子　道理で変な匂いがすると思った。だれが飲んでいるの？
千代　奥様です。
美恵子　変ねえ。お母さんはこの間から右の目が可笑しいとは言ってたけど、煎じ薬で目が治るの？
千代　いいえ、目のほうはね、お医者様に診て頂いているようなんですが、煎じ薬は膝の痛み止めなんです。
美恵子　痛み止め？
千代　半月ほど前でしたかしら、学校の階段を下りるときに、足を踏み外して、腰のあたりをお打ちになったとおっしゃっていたでしょう。すぐにお医者様に診て頂いたから、そのときはさほど痛みはなかったようなんですが、日が経つにつれて、膝のあたりがだんだん腫れてきたんです。
美恵子　煎じ薬なんかで治るのかしら？
千代　私もそう申し上げたんですけど、山椒の煎じ薬は飲んでもよいし、患部に塗っても効果があるとおっしゃるんです。それにお忙しいでしょう。ゆっくりお医者様に診て頂く時間がないんです。
（気がつく）いらっしゃったようです！

と玄関へ行こうとする。そこへ息はずませて信夫が入ってくる。

信夫　ただ今。

美恵子　なんだ、お父さんだったの。お帰りなさい。

千代　お帰りなさいませ。

信夫　お客さんは？

千代　まだなんです。

信夫　おそいねえ。家内からなにか連絡はなかった？

千代　ございません。

美恵子　汗なんか掻いちゃって、なに慌ててるの？

信夫　急いで帰ってきたんだよ。東京駅へ迎えに行くとは言ったんだね。

千代　はい。

美恵子　二十年ぶりだっていうからお顔が分らないんじゃないの。

信夫　昔の教え子だよ。お母さんが分らなくても先方さんは覚えているだろう。一緒に付いて行って
　やればよかったたな。お千代さん、自転車空いてるね？

美恵子　どうするの？

信夫　気になるから、ちょっと新井薬師の駅まで見に行ってくる。

美恵子　大丈夫よ。お母さんはちゃんと連れてくるわよ。
千代　お荷物もあると思いますので私が行ってきます。
美恵子　それじゃ私が行くわよ。
千代　美恵子さんはあとをお願いします。行ってきますから。
信夫　済まないね。
千代　いいえ。（と行きかけて）そうそう、うっかりしてました。じつはお留守の間におとなりさんにお電話がございました。
信夫　どこから？
千代　東京大学の人類学教室だそうです。
信夫　早稲田じゃないの。
千代　いいえ、東大だとおっしゃってました。先生はお留守だと申し上げたら、のちほどまたご連絡させて頂きますとおっしゃってました。では、行ってきます。（と去る）
美恵子　変ね、お父さん。
信夫　なにが？
美恵子　そんなに気になるのなら、初めから東京駅へ行けばよかったのよ。お千代さん、とんだ災難。
信夫　……
美恵子　麦茶、飲む？（台所へ行きかける）
信夫　美恵子。ちょっと話があるんだ。

美恵子　……
信夫　お母さんが、駅前の鳥居眼科へ通っているのはお前も知っているね。
美恵子　……
信夫　じつは二、三日前に、駅で鳥居先生にお会いしたんだが、そのとき先生は、奥さんのことについて少しお話したいことがあるとおっしゃったんだ。
美恵子　……
信夫　大分まえから、右目がうずくように痛むとか、霞がかったように見えなくなるときもあると言っていたから、お父さんは心配していたんだ。それでさっき、学校の帰りに鳥居眼科へ寄ったらね、驚いてはいけないよ、先生は、このまま放っておくと失明のおそれがある……
美恵子　うそ！
信夫　眼底の検査をしたけれども、僅かながらでも出血が認められるので、なるべく早い機会に大学病院へ行ってきちんと診てもらったほうがいい、先生はそうおっしゃるんだ。単に眼病だけではなくて、内臓の疾患も考えられるし、過労が原因ということも考えられる。お気の毒だけど、薬も設備も満足でない今の医学では、回復は難しい。先生にそう言われたとき、お父さんは目の前が真暗になった。済まないことをしたと思った。
美恵子　（泣いている）
信夫　視力の衰えたお母さんが、道でころんだり、階段から落ちたりしたのは一度や二度ではなかったらしい。先生は、いくら我慢強い奥さんだからといっても、一緒に暮らしてて、そんなことが分らなかったのですか、もっと早くに気がついていれば処置の仕様もあったのに……そうも言われた。二十年間、働き詰めに働いて、一日の休みもとらないで働いて……お父さんや君を食べさせてくれたんだ。（嗚咽して）……失明したらお父さんのせいだ。可哀相なことをした。

美恵子　（気づく）来たみたいよ！　お父さんめそめそ泣いたら駄目よッ。私も聞かなかったことにするからね。いいわね！（と飛び出して行く）

入れ違いに荷物を持った千代が入ってくる。

千代　いらっしゃいました。お客様はお三人です。

信夫　三人？

音に続いて今は夫婦になった夏子と大谷、そしてせきが現れ、美恵子が荷物を持って入ってくる。

音　ただ今。おみえになったわよ。ささ、どうぞ。狭いところですが、どうぞ。（信夫に）分るかしら、夏子さん。

夏子　暫くです。夏子です。

音　ご主人よ。ほら、西八木の瓦工場の。

大谷　大谷です。
夏子　田近でしょう。
音　お婿さんになったんですって。（見て）お婆ちゃん、どうぞこちらへ。大丈夫ですか？
美恵子　鶏小屋みたいだって。
夏子　そんなこと言わないでよ！　ささ、ここへ坐らしてもらいなさい。いいわね。（改まって）いつもお噂はしていたんですが、戦時中は東京は勿論のこと、明石の町にも随分爆弾が落ちましたからね、とてもお会いできないと思って諦めていたんです。戦争が終って音先生からお手紙を頂いたときは夢かと思ったくらいなんです。ですから初めは私ら二人で来るつもりだったんですが、途中でお婆ちゃんがどうしても行きたいって言い出したんです。ねえ、お婆ちゃん、そうよね？
せき　仲人だから。
夏子　仲人だと言っているんですけど、そうだったんですか？
音　騙して、くっつけたのよ。
夏子　やっぱりね。（と笑い）お婆ちゃんも年ですからね、随分考えたんですけど、あまり長くなさそうだし、この世の見納めということもあるから、それで思いきって連れてきたんです。念のためにお米も持ってきました。
音　お婆ちゃん、おつかれならとなりの部屋にお床をとりますけど、大丈夫ですか？（千代がその間にお茶を運んでくる）
せき　（美恵子を見て、音に）娘さん？

音　美恵子と言います。
美恵子　美恵子です。初めまして。
音　明石のお宅でこの子を生んだあと東京へ出てきたんですが、夏子さんが卒業まぢかで、丁度この子くらいじゃなかったかしら。
夏子　そうでしたねえ。
音　まさかお二人が結婚なさるとは思わなかったわ。お婆ちゃん、あれほど反対してらっしゃったのに。
せき　今だって反対ですよ。
音　でも、瓦のお仕事で大成功なさったんでしょう。
せき　人間はね、お金を儲ければそれでいいってものじゃないのよ。こちらのお父さんなんかお金にならないけど、化石の仕事をずーっと続けているんでしょう。化石と瓦じゃたいして変らないけど、信念が違うよ、信念が。
音　まだ覚えているのね。
せき　あれ、どうしました、例の骨？　明石人骨？
夏子　空襲で灰になっちゃったんだって。
音　主人はね、運がなかったんだって、そう言うのよ。だってこの世から消えてしまったんですものね。悔しいけど、諦めざるをえないでしょう。
信夫　今調べているのは山なんです。栃木県のね、葛生《くずう》というところにある石灰岩の洞窟なんです。

ある方に教えてもらって、この間から何度も通っているんですが、発掘を続けているうちに、西八木海岸のときと同じように。
大谷　人骨が出たんですか？
信夫　いや、ナウマン象の骨を見つけたんです。そのほかにもいくつかの獣骨が出ましたから、可能性としてはかなり高いのではないかと思うんです。
せき　お金にはならないのね。
信夫　お金にはなりませんが、一昨年《おととし》から大学の講師になりましたので、僅かでも月給を貰えるようになったんです。それに本の註文もきておりますから、家内には今年一杯で学校を辞めてもらおうと思っているんです。
音　あら、私は辞めるなんて言ってませんよ。
信夫　あとはぼくがやるから、君はゆっくり休んだほうがいい。
美恵子　私もそう思う！
音　二人とも勝手なこと言わないでよ、私は辞めるつもりはありませんよ。なによ、いきなりそんな！

廊下より千代が入ってくる。

千代　先生、先程電話を下さった東京大学の方が玄関におみえになっているんですが。

信夫　なんの用事？

千代　人類学教室の武部教授のお使いだとおっしゃっていますけど。

信夫　武部先生！　たしかに武部先生とおっしゃったんだね。

千代　はい。

信夫　とにかくお通しして。（千代は去る）

音　どういうことなの？

信夫　分らない。

せき　東京大学は気をつけなさい。前にも騙されているんだから。

千代に案内されて東大生の田辺が現れる。

千代　こちらです。

田辺　失礼します。（きちんと正座して）突然お邪魔をして申し訳ありません。じつは人類学教室の武部捷人《かつんど》先生は、かねてから先生の発見なさいました明石人骨に深い関心をお寄せになっていらっしゃいましたが、今日はそのことでお伺いいたしました。申しおくれましたが、大学院に在籍している田辺と申します。

信夫　直良です。今明石人骨とおっしゃいましたが、たとえばどんなこと……？

田辺　はあ、あの……（一同を見て口籠る）

夏子　（察して）私達、ちょっとおとなりの部屋にでも……
信夫　かまわんよ。（田辺に）ここにいるのは私の家族と、こちらは明石でお世話になった方達なんです。とくにこのご夫婦は、発掘の一部始終をそばでごらんになっていたんです。どうぞなんでもおっしゃって下さい。
田辺　では伺いますが、その明石人骨は、今先生のお手元にございますか？
信夫　それを聞かれるのが一番辛いんです。空襲でね、忘れもしません、昭和二十年五月二十五日の空襲で灰にしてしまったんです。ありません。
田辺　ちょっと失礼します。（と持参した風呂敷包から箱を出し、さらに箱の中から腰骨を取りだしてテーブルの上に置く）
信夫　こ、これは！
音　お父さん、明石人骨！
信夫　どうしたの、これ？
田辺　お手に取ってごらん下さい。先生が発見された明石人骨と同じ物です。
信夫　（取り上げて見る）……そっくり同じだが、色が違う。
田辺　底をごらん下さい。ラベルが貼ってあります。
信夫　（ラベルを見る）一九三一年四月、直良信夫氏発見、研究のため借用、之を造る、松宮雄一。
音　之を造るって、松宮先生がお造りになったの？　どういうことなの？
信夫　石膏模型だよ。

音　石膏！

信夫　現物の型をとってから、その型の中に水で溶いた石膏を流し込むんだ。複製品だが、資料としての価値は高い。

田辺　十日ほど前に廊下の陳列戸棚の奥から偶然見つけたんです。初めはなんの骨か分らなかったんですが、ラベルを見て明石人骨の模型だと気がついたんです。しかし松宮先生はすでにお亡くなりになっていますから確かめようがありません。そこで手分けをして製造元を探しましたら、帝室博物館で長年埴輪の修復をなさっていらっしゃった松原岳南先生が、戦前お造りになったということが分ったんです。

信夫　松宮先生の御依頼ですね？

田辺　そうです。念のためにお伺いしますが、明石人骨の現物を松宮先生にお預けになったことはございますか？

音　ございます！　発見したその年に、先生は明石までお越しになって、暫くの間貸して欲しいとおっしゃって、東京へお持ち帰りになったんです。（急に涙が込みあげてくる）それじゃ先生は、あとあとまで残そうとお思いになって、石膏に取ってて下さったんですね。知りませんでした。

信夫　諦めていましたからね。運のない奴だと思っていましたからね。まさかもう一度手に取って見ることができるなんて、思ってもみませんでした。間違いなく明石人骨です。武部先生にどうかそのようにお伝え下さい。

田辺　分りました。そこでもう一つのご用件なんですが、この石膏模型が確認されましたので、武部先生は近く明石海岸の発掘調査をしたいとおっしゃっているんです。
信夫　えッ、発掘？
音　本当ですか？
田辺　詳しいことは正式に決まり次第またご報告に上がりますが、武部先生は、先頃発掘の終った静岡県の登呂遺跡が大きな話題になりましたので、今回の調査では是が非でも成功させて、新しい明石原人の誕生を世間に発表したいと今から意気込んでおられます。
信夫　嬉しいですねえ。武部先生が明石海岸を再調査して下さるなんて、全く以て光栄です。夢のようです。もし私でお役に立つようなことがありましたら、ご遠慮なくおっしゃって下さい。出来るかぎりのお手伝いをさせて頂きますから。
田辺　その節はお願いいたします。
信夫　ただね、ただあの、あれから二十年経っていますから、海岸の様子が大分変っていると思うんです。とりわけあの辺りは海水の浸蝕が激しいから、昔の崖は崩れてしまって……
田辺　その点についても、また改めてお伺いします。お取込みのところを突然お邪魔をして申し訳ございません。では、再発掘の件はよろしくご了承下さい。
信夫　分りました。
音　お父さん、ちょっと。

少し前に美恵子と千代がビールとグラスを運んできている。

音　一口召し上がって頂いたら？
信夫　手回しがいいねえ。どうかお飲み下さい。
田辺　折角ですが、まだ用事がありますので。
信夫　一杯ぐらいいいじゃありませんか。だれかコップ！
田辺　いえ。それより先生、先生は岩宿遺跡のことをお聞きになりましたか？
信夫　岩宿？　なんですか、それは？
田辺　ご存知ありませんでしたか。じつは先程、教室のほうへ新聞社から電話がありましてね、群馬県の桐生市のすぐ近くにある岩宿というところから、旧石器が発見されたというんです。
信夫　旧石器！　本当ですか？
田辺　大分前から、明治大学の考古学研究室が調査に当っていたそうですが、このほど、関東ローム層の赤土の中から、日本で初めての旧石器を発見したそうです。明大では二、三日うちに、正式に新聞発表をするそうです。
信夫　（茫然と）旧石器が、出たんですか。
田辺　スクレーパー、つまり槍先形石器だそうです。
信夫　やっぱり出たんですね。それで、だれが発見したんです？
田辺　お名前は失念しましたが、なんでも地元で、納豆売りの行商をしている青年だそうです。
信夫　納豆売り？　では、民間の研究者ですね。

田辺　先生はかねてから、日本にも旧石器の時代があった、旧石器は必ず存在すると主張してこられましたが、それがこのたび見事に実証されました。ぼくは考古学の後輩として、あらためて先生に敬意を表します。おめでとうございます。

音　お父さん、おめでとう。

美恵子　おめでとう。

田辺　では、ぼくはこれで。（と去る）

音　（後を追って去る）

夏子　もう小父様なんて呼べないわね。先生、すごいじゃない。おめでとう。

大谷　いいときに来ましたね。お婆ちゃん。

せき　先のことは分らないよ。

夏子　またそれを言う。

音が戻ってくる。

音　よかったわね。

信夫　先を越されてしまったよ。

音　でも、あなたの言った通りになったじゃない。戦争が終って、こんな嬉しい日は初めてだわ。

夏子　ね！　飲みましょう！　みんなで乾杯しましょう！　ビールを注いで頂戴！

美恵子　お父さん。（とビールを注ぐ）
夏子　注いだわね、みんないい？
せき　（一気に飲んでしまう）
夏子　駄目じゃないの、先に飲んじゃって！　では、いいわね。先生、音先生、おめでとう、乾杯！

一同は乾杯と言ってビールを飲む。

暗転

（四）

桐生市内、相沢忠洋の家。

家というよりは小屋である。机と本箱のほかには笊に入った化石類。欠けた埴輪や壺。手製の標本箱など。壁に近郊図と自筆による良寛作「生涯懶㆑立㆑身」の漢詩。天井から裸電球。

同じ年の晩秋。夕方。

戸が開いて相沢が入ってくる。ジャンパーを引っかけ、長靴を履き、肩から納豆の入った籠を下げている。電気を点け、籠を置くと、火鉢の火を熾し始める。
戸を叩く音。

相沢　どなた？
信夫　直良です。
相沢　（急いで戸を開ける）どうしました。駅へ行かれたんじゃなかったんですか？
信夫　もう少しあなたと話がしたいと思ってね、途中から引き返してきたんだ。かまいませんか？
相沢　どうぞ。そのままでどうぞお入り下さい。この辺は赤城颪がもろに吹いてきますから寒いんです。今火を熾しますから。
信夫　昼間ちょっと伺ったけど、ここが研究室ですか？
相沢　小屋ですよ。（と笑い）昼間は納豆の行商の合間に、あっちこっちの遺跡を歩いていますから、ここへは寝に帰るだけなんです。先生、おなか空いてませんか？
信夫　え？
相沢　納豆を食べて下さい。売れ残っちゃったんです。
信夫　商売物でしょう。
相沢　かまいませんよ。ぼくの納豆は美味しいって評判なんです。（苞の納豆を丼に移しながら）あったかい御飯でもあればいいのですが、なにもありませんので。これ、醤油です。（と丼を渡す）
信夫　薬味は？

相沢　そんなものはありません。そのまま召し上がって下さい。
信夫　（一口食べる）
相沢　美味しいでしょう？
信夫　余計寒くなってきた。
相沢　（笑って）以前から、一度先生にお目にかかってお話を伺いたいと思っていただけに、とつぜんおみえになったときにはびっくりしました。でも先生、こんなことを申し上げてはなんですけど、ぼくなんかと、こんな所で話をしててもいいんですか？
信夫　どうして？
相沢　四、五日前の新聞に、東大の調査団が明石海岸の発掘を始めたって出てましたから。当然先生も参加していらっしゃると思ったんです。
信夫　ああ、あれはね、私のほうから遠慮したんです。
相沢　遠慮？
信夫　東大からは再々連絡がありましたけど、私が参加したために却って混乱してはいけないと思いましてね。
相沢　どうしてです。先生は明石原人の発見者でしょう、現場を一番知っていらっしゃるのは先生でしょう。だから何度も連絡があったのではないんですか。調査団は困ってますよ。
信夫　そうかもしれません。しかし今回は武部先生を初めとして総勢十四、五人の調査団だと聞いておりますから、私が行かなくても発掘は万全の状態で行われると思っています。さっき遠慮と言いましたけど、私はお任せしたんです。武部先生にすべてお任せしたんです。
相沢　先生がそれで納得していらっしゃるのでしたら。
信夫　（笑顔で）勿論納得していますとも。それより、さっき案内して頂いた稲荷山と言いましたかね、あの前の赤土の崖から問題の旧石器を発見したと言ってましたけど、初めから赤土に狙いを付けていたんですか？
相沢　偶然です。いや、偶然といったら語弊がありますけど、もともとぼくは縄文時代の初期の石器なんかに興味があって、行商しながらそういう土器を見つけて歩いていたんです。ところが二年ほど前に、たまたま稲荷山の切通しを歩いていたとき、崩れた赤土の中からキラキラ光る石器を見つけたんです。なんだろうと思って、おそるおそる手に取ってみたら、これがなんと黒曜石の石器だったんです。ちょっと待って下さい。これです。（と石器を出す）
信夫　細石刃《さいせきじん》だね。
相沢　そのときはなんだか分らなかったので、いろんな本を引っくり返してみて細石刃だと分ったんです。
信夫　年代的にいうと、旧石器の終りから新石器時代の初めの頃のものです。驚いたでしょう。
相沢　信じられませんでした。大体赤土というのは、この辺ですと、赤城山とか妙義山といった山が噴火して、その火山灰が積もったものを赤土と言いますが、灼熱地獄の赤土に埋もれたら植物だって動物だってすべて死滅です。人間だって生きていられるはずはないのに、その赤土の中から、人間が生活に使った石器が出てきたんです。考古学の常識では、赤土は遺物のない無文化の地層と言われてきましたから、細石刃を見て本当に驚いたんです。

信夫　それが旧石器の発見に繋がった訳ですね。私なんかも旧石器旧石器と、馬鹿の一つ覚えみたいに言い続けてきただけに、岩宿で旧石器が発見されたと聞いたときは、いきなりうしろから脳天を一撃されたような気がしました。

相沢　こん畜生と思ったんでしょう。

信夫　思った思った。

相沢　ははは。でも、不思議な気がします。

信夫　……

相沢　ぼくも先生と同じように民間の研究者です。行商をしながら勉強をしているものですから、一部の人からは掘り屋と呼ばれています。

信夫　掘り屋？

相沢　学問がないから、お前は学者ではなくて掘り屋だという訳です。失礼ですが先生もお若いときは、山師とか詐欺師とか言われたと聞いています。しかし、その山師や掘り屋が旧石器の世界では、明石原人を発見し、旧石器を掘り当てたんです。むろん専門家の先生方からいろいろと教えて頂きましたけれど、発見したのはぼくなんです、掘り屋なんです。

信夫　……

相沢　でも、いくら一人でそう叫んでも、大学の先生方のお墨付きがないと、考古学の世界では認めてもらえません。ところがその先生方はお忙しくてなかなか現場には来てくださらない。来て頂くためには掘り屋であり尖兵でもあるぼくなんかが、準備万端整えて現場へご案内する訳です。先生の場合もおそらくそうだったと思うのですけれど、考古学の現場というのは昔からそういうものだったんですか？

信夫　付かぬことを伺うけど、あなたが考古学に興味を持つようになった切っ掛け、というか、動機はなんですか？

相沢　いろいろありますけど、やはり好きだからということでしょうね。

信夫　そうですよね、だれでも好きだからこの道に入るんだけど、その好きという思いの中には、素朴な形だけれども、功名心というものもあるでしょう。

相沢　なにがおっしゃりたいんです？

信夫　お気を悪くなさらんで下さい。私も若いときは、世紀の大発見をして世間をアッと言わせてやろう、有名になってやろうと真剣に考えたものでした。

相沢　いや、ぼくは……

信夫　まあ、お聞きなさい。私はそれが決して悪いことだと思っていません。人間ですからね、だれにだってそういう感情はあります。天文学者だって新しい星を発見することによって、自己の功名心を満足させていると私は思っています。とりわけ私のように学歴もバックもない人間が、大学の先生方と対等に交流するためには掘る以外にはないんです。それこそ掘り屋に徹して、新しい化石を発見することなんです。厭な表現ですが、人に抜きん出た手柄を立てないことにはお仲間に入れてもらえない、それが戦前の一般的な風潮でした。勿論そんな風潮を作った考古学界はよくありませんけれど、しかし基礎的な勉強もちゃんとしないで、ただ掘ればよいとばかりに、あっちこっちの遺跡を飛び回っている一般研究者のほうにも問題はあったのではないでしょうかね。
相沢　先生はどちらのお立場に立つ訳ですか？
信夫　どちらの立場って……本来考古学というのは、人間生存の歴史を記録するものでしょう。文字を使えなかった人間の記録が石器や土器として残っている訳でしょう。いわば声なき民の声が、掘り出した一片の土器を通して私に語りかけてくる、それが考古学の原点でしょう。若い頃の私は、その原点ともいうべき問題を忘れて、いつのまにか功名心の虜になって、掘ることに命を賭けていたんです。
相沢　……
信夫　あなたはさっき、先生方のお墨付きがないと考古学の世界では認めてもらえないと言いましたね。たしかにそういうこともあったでしょう。いや、現に今でもあるかもしれません。しかし、そういうときは遠慮してないでどんどん発言することです。あなたのように溝を作ってしまったら、なかなか埋まりません。今の考古学の世界は戦前と違って開放的です。道理さえ正しければ先生方は胸襟を開いて受け入れてくれます。風通しがよくなったんです。どちらの立場だなんて、そんな立場に拘わるのはあなたの考えすぎです。
相沢　……先生はお変りになりましたね。
信夫　……
相沢　以前から先生のお書きになったものは拝見していましたけど、先生は早稲田大学の先生になられたので、そのお立場もあって以前とは……

信夫　関係ありませんよ。第一立場には拘わらないと——

相沢　お気を悪くなさったら謝りますが、先生はさっき、風通しがよくなったとおっしゃいましたね。それを伺ったので申し上げるのですが、岩宿遺跡を発見したときに、明治大学の先生方が新聞発表をなさいました。あらかじめ伺っていましたので、その日の朝、まだ夜の明けきらない街を走って、ぼくは桐生の駅へ新聞を買いに行きました。新聞売りのお婆さんが台へ並べ始めるのももどかしく、朝日、読売、毎日と三つの新聞を買いました。ひろげるとプーンとインクの匂いがしました。その場に立ったままでぼくは新聞をひろげて読みました。あったんです！　出ていたんです！　旧石器時代の遺物、桐生市近郊から発掘！　大きな活字が躍ってました。三紙全部に載っていたんです。嬉しくて嬉しくて何度も読みました。そのうち涙で活字が霞んできました。それが先生のおっしゃる功名心というものかもしれませんが、そのときは、やったと思ったんです。生きていて心底よかったと思ったんです。

信夫　……

相沢　ところが、少し落着いて読み直しているうちに、ぼくの名前がどの新聞にも出ていないことに気がつきました。いえ、たった一紙だけ、それも一カ所だけ、地元のアマチュア考古学者の拾った石片が手がかりと書いてありました。発見じゃないんです。拾ったということになっているんです。そしてどの新聞にも明治大学考古学教室の発見と書いてありました。写真も大きく出ていました。旧石器を手にされた明大の先生の写真です。先生方はたしかに現地にお越しになって、ご一緒に発掘に当られました。随分お世話になりました。でも、最初に発見したのはぼくなんです。お願いして現地にご案内したのはぼくなんです。初めての経験でしたから、そのときは、世の中とはこういうものだと半ば諦めたんですが、日が経つにつれて、なんだか自分が哀れになってきましてね。こんな研究はもうやめてしまおうと何度も思いました。

信夫　……

相沢　結局ぼくにとって岩宿遺跡というのは、子供にたとえるなら、ぼくが産み落とした未熟児であって、その未熟児を専門家の先生方が引き取って、我が子として認知された。残念ですが、今ではそんなふうに考えています。

信夫の目は先程から、壁に貼ってある漢詩を凝視している。風の音。

信夫　（低い声で）……生涯身を立つるに懶く、騰騰天真に任す。

相沢　ああ、それは越後の良寛さんの漢詩です。気に入っているので貼り付けたんです。

信夫　嚢中三升の米　爐辺一束の薪。

相沢　誰か問わん迷悟の跡。

信夫　何ぞ知らん名利の塵。

相沢　夜雨草庵の裡。

信夫　等閒に雙脚を伸ばす。

相沢　（照れて）若僧のくせにキザだって友達に笑われるんですけどね、心が波立って眠れないとき
なんか、この詩を口ずさむと、不思議と気持が穏やかになるんです。ああ、済みません、長々とつ
まらないお喋りをしちゃって、今お茶を淹れますから。
信夫　（無言で立ち上がる）
相沢　お帰りになるんですか？
信夫　明日の朝、明石へ行きます。
相沢　……
信夫　今日か明日かと待っていたんですけどね、連絡がなかったんです。
相沢　……
信夫　一度だけ、人伝てに言ってきました。オブザーバーとしてなら参加を許すと。
相沢　オブザーバー？
信夫　この年になって、そんな屈辱には耐えられない。やめようと思ったんです。でも、あなたに教
えられました。私は……私の明石原人を未熟児にする訳にはいかない。失礼しました。（蹌踉と去
る）
相沢　先生！　ちょっとお待ち下さい。駅までお送りします。先生！　先生！

相沢は後を追う。

暗転

（五）

西八木海岸。

発掘現場を見下ろす崖の上である。強風のために作業は中止となり、学生を交えた数人の男女が道具の片付けをしている。

中央に立った倉本が双眼鏡で海のほう（客席）を見ている。

波の音、海鳥の声。

番場が手拭でズボンを拭きながら現れる。

番場　いやあ、ひどいひどい。今下へおりてみたら、高波が襲いかかるようにして、崖にぶち当たるんだ。そのたびに、どさっどさっと崖土が崩落するもんだから怖くて逃げてきたよ。

倉本　今日は中止だそうだよ。

番場　中止？

倉本　（学生に）そうなんでしょう？

学生1　台風が接近しているので、発掘作業は取りやめだそうです。

傘を差した夏子が大谷と一緒に現れる。

夏子　今日は。

番場　やあ。降ってきたの？

夏子　ポチポチですけど、番場さんたちは毎日いらっしゃっているんですって？

番場　信夫君とは、信夫君はまずいね、直良先生とは、むかし一緒に貝がらなんか掘って、お宅のお婆ちゃんにどやされた仲間だからね。その仲間が故郷に錦を飾って帰ってきたんだから、くるのは当然でしょう。

夏子　私はまだお会いしてないんですけど、おみえになっているんですか？

番場　来てますよ。

倉本　会ったの？

番場　ああ、下の現場で。

倉本　連れてくればよかったじゃないか。

番場　それがね、今着いたばかりだと言って、団長の、なんとかいう先生。

倉本　武部先生。

番場　そうそう、その先生に挨拶していたところなんだが、長い間東京暮らしをしていると、人間はあんなにも変ってしまうものかね。

夏子　変ってませんよ、先生は。

番場　いや、昔の信夫君じゃないね。まるであんた、直立不動の姿勢でね、団長先生にぺこぺこ頭を下げているんだ。天皇陛下じゃないっていうの。

倉本　先方さんは東大の偉い先生だよ。頭を下げるのは当り前じゃないか。

番場　しかし彼は、明石原人の発見者だよ。一番の功労者だよ。調査団の中に名前が入ってないなんて可笑しいじゃないか。それなのにぺこぺこ頭なんか下げちゃって。

といっているところへ、血相変えた信夫が片手に地図を持って早足で現れる。

夏子　先生！

信夫　ああ夏ちゃん。みなさんも来ていたんですか。暫くです。

倉本　今も君の話をしていたとこなんだ。どうしたの？

信夫　え？　いえ、あの、どなたか、巻尺を持っていませんか？

番場　これでよかったら。（と出す）

信夫　済みません、すぐに戻りますから。（と行きかけて）夏ちゃん、君覚えてないかね、例の明石人骨を私が掘り出したとき、お二人で見ていたでしょう。どの辺だったか、分りませんか？

夏子　さあ。（大谷に）あんた覚えてる？

大谷　昔のことですからね。この辺であることはたしかですよ。

信夫　有難う。（と駆け去る）

やや遠くで雷鳴。

番場　まずいね、本降りになってきた。
倉本　夏ちゃんのところへは連絡があったの？
夏子　ゆうべおそくに奥様から電報を頂いたんです。今夜の夜行で明石へ行くって。
番場　どうする？　向うでちょっと雨やどりしようか。
夏子　私達はここで先生を待ってますから。
番場　それじゃ、あとでまた。（倉本と行きかける）

再び雷鳴。メガホンを持った学生が怒鳴りながら走ってくる。

「作業は中止です！　上にあがって下さい！　危険ですから海に近づかないで下さい！

作業は中止でーす！」

ピーッピーッ！　と笛の音。

突然人々の騒ぐ声がして、制止する田辺や学生、作業員達と揉み合うようにして信夫が出てくる。

田辺　先生、落着いて下さい！
学生1　発掘の邪魔をしないで下さい！
信夫　場所が違うと言ってるんです。あすこじゃない。もっと先なんだ！
田辺　明日にして下さい。今日は中止なんです！
信夫　場所の確認ぐらいは出来るでしょう。放して下さい！　直接先生に申し上げるから。
田辺　お気持は分りますけど、今回は東大調査団の発掘なんです。先生の明石原人とは無関係なんです。
信夫　無関係？　それじゃどうして私のところへ聞きにきたんです。いいですか、明石人骨といっても二十年も前のことですから、同じ地点を掘ってくれとは言ってません。そのことはさっきも先生に申し上げました。ところが、今現場を見たら、五メートルや十メートルどころか、目測でざっと百メートルは離れているんです。
田辺　しかし当時の崖は海水で浸蝕されています。確認はできません。
信夫　発見者は私ですよ。この上の松の木が目印になっているんです。
学生1　田辺さん、行きましょう！
信夫　待ちなさい。どんな化石産地でも、一メートル離れたら地層の状態はがらりと変ります。地質学の常識です。それなのに何故百メートルも移したんです。その根拠をおっしゃって下さい。

車の警笛。

田辺　（気にしつつ）先生のおっしゃることはよく分ります。武部先生にはぼくもたびたび申し上げたのですが、お取り上げにはなりません。いえ、もう一度宿舎へ戻って先生にお話しします。（再び警笛）はーい、今参ります！　（信夫に）ですが先生、発掘調査について、それ以上のご発言は、オブザーバーとしては逸脱行為だということだけはお認めになって下さい。失礼します。（と駆け去る）

信夫　（激怒して）待ってくれ！　私はそんなことを言ってるんじゃない！

夏子　（押しとどめる）先生、もうおやめなさい！

大谷　先生、帰りましょう！

信夫　もう一度明石人骨を見つけてもらいたいから言ってるんだ！　二十年前の証明をしてもらいたいんだ！　場所を移して下さい！　あすこじゃないんだ。掘り直してくれ！

夏子　（大谷と共に）先生ッ、先生！

舞台は急速に暗くなり、信夫の声が入る。

信夫（声）　一カ月に及んだ発掘調査の結果は惨憺たるものだった。調査団の規模も費用も、登呂遺跡とならんで戦後最大といわれたにも拘らず、発掘されたのは植物化石のみで、獣骨も石器も、まして人骨の一片すらも見出せないままに発掘は終った。二十年ぶりに陽の目を見たかに思えた明石人骨は、幻となって再び闇の中へと追いやられた。だが、私は落胆しなかった。調査の失敗は、却って明石人骨の信憑性をたしかなものとする結果になった。

右のナレーションのとき、スライドに、一九三一年当時の西八木海岸と、一九五〇年前後の発掘地点、さらに大きく変容した現在の海岸を写す。

(六)

一九五七年（昭和三十二年）春。
ある病院の庭。白いベンチのある花壇。松の木が中央に立っている。
午後。
黒い眼鏡をかけた音が、看護婦の押す車椅子にのって現れる。

音　ちょっと止めて。
看護婦　ご気分が悪いですか？
音　ううん。そこのね、松の木の下に小ちゃなものが落ちているでしょう。それ、松ぼっくりじゃないかしら？
看護婦　（見つけて）ああ、これですか、松ぼっくりですね。（と渡す）
音　やっぱりそうだった。
看護婦　今日は具合がいいようですね。
音　左目だけはね。むかし、うちの近所でね、主人がこの松ぼっくりを一杯拾って歩いていたわ。
看護婦　焚き付けかなんかに？
音　焚き付けにはならないの。化石になっちゃっているから。
看護婦　化石？
音　土になっちゃってるの。調べてみるとね、今からそうね、ざっと五万年前ぐらい前に、木から落ちた松ぼっくりが化石となって、土と一緒に埋まっちゃったと、こういう訳なの。
看護婦　よくご存知ですねえ。学校の先生だと伺ってましたけど、さすがですねえ。
音　常識よ、そんなことは。（笑う）
看護婦　あら、ご主人ですわ。
音　えッ、（気がつく）あら！

信夫は少し前に現れて立ち聞きをしていた。

信夫　今先生にお目にかかってきたんだ。ご面倒をおかけしまして。

看護婦　いいえ。
音　東北へ行ってらしったんじゃなかったの？
信夫　ゆうべ遅くに帰ってきたんだ。（看護婦に）病室に連れて行きますから。
看護婦　そうですか、ではお願いします。
音　いつも済みません。（看護婦は去る）
信夫　あんたもいい度胸をしているね。
音　なにが？
信夫　松ぼっくりの話ですよ。そこで聞いてて、顔が赤くなったよ。あれは昔、ぼくが教えてやったことでしょう。そっくり同じことを言っているんじゃないか。
音　そうだったかしら。
信夫　おまけに今から五万年前に化石になっただなんて。冗談じゃない、あれは一万年前なの。なにが常識ですかよ。
音　（笑って）いいじゃないの、大昔のことなんだから。それより、先生はなんか言ってらしった？
信夫　ああ、目のほうは。
音　目は分っているの。体のほうよ。なんて言ってらしった？
信夫　胃潰瘍のほうはすっかり良くなったけど、問題は肋膜炎だって言うんだ。いやいや、その肋膜もね、近頃は背中や胸の痛みがなくなってきたようだから。そうなんだろ、あまり痛まないんだろう？

音　（頷く）
信夫　先生は、このまま治療を続ければ、あと一ヵ月ぐらいで退院できるって。
音　ほんと！
信夫　ほんとだとも。模範的な患者だってさ、先生が。
音　そう。退院できるの。
信夫　よかったね。もう少しの辛抱だよ。
音　ごめんなさいね、不自由な思いをさせて。御飯、ちゃんと食べてる？
信夫　今度の調査旅行ではね、盛岡まで足を伸ばして、わんこそばを腹いっぱい食べてきた。美味しかったねえ。電報さえこなかったら、もう二、三日泊る予定だったんだ。
音　電報？
信夫　ああ、言わなかったかね。学校から至急帰ってくるようにっていうものだから、ゆうべの遅い列車で戻ってきたんだ。
音　お講義すっぽかしたんでしょう。
信夫　届けはちゃんと出しといたよ。
音　なんだったの？
信夫　ううむ、じつはね。その、言い難いな。
音　なによ？
信夫　笑っちゃいけないよ。（ボストン・バッグの中から房の付いた角帽を取り出す）……これ。

音　帽子じゃない。
信夫　帽子は帽子だけどさ、つまりその……
音　あら！　（気付く）ぇッ、博士？
信夫　文学博士だそうだ。
音　ほんとなの？
信夫　寝耳に水って言葉があるけれど、今日学校へ出て行って突然言われたんだ。君も知っている例の「日本旧石器時代の研究」、あの論文を文学部が受理してくれたんだそうだ。初め文学部というからね、なにかの間違いじゃないかと思って。
音　そうよね。あなたは理工学部ですものね。
信夫　ところが、話を聞いているうちに分ったのは、文学部長の谷崎精二先生が、小説家の潤一郎さんの弟さんだけど、その谷崎先生が、理工学部がほったらかしにしておくんなら、おれのほうで引き受けるからって、電光石火で決まったんだそうだ。嬉しかったねえ。理工学部では、ぼくは学歴がないから到底むりだと――
音　またそれを言う。
信夫　ひがみで言ってるんじゃない。
音　そんなことより、ちょっと帽子を被ってみて。
信夫　ぇッ！
音　そのために持ってきたんでしょう。

信夫　冗談じゃない。口で説明するのは照れ臭いから借りてきたんだよ。
音　同じことじゃない。ね、被ってみて。
信夫　いいよ。
音　どうして？
信夫　みっともないよ。
音　だれもいないじゃない。ね、お願いだから。
信夫　（周りを見回してから、被る）
音　眼鏡を取って。
信夫　（自分の眼鏡を取ろうとする）
音　私のよ。
信夫　（周章てて音の眼鏡を取ってやる）
音　ふふふ、父っちゃん坊やみたい。
信夫　だから厭だと言ったんだよ。
音　ごめんなさい……立派よ。切通しのやん信君が博士様。おめでとう。（と目頭をおさえる）
信夫　……明石で世帯を持ってから、そろそろ三十年になるけれど、その三十年の間に、おれは一体、どんなことを君にしてやっただろうと考えることがある。世間の夫婦のように一緒に旅行をしたこともないし、美味いものを食いに行ったこともないし、着物一枚買ってやったこともない。苦労のかけ通しだった。それだけに、これだけは言ってはならないと、心に蓋をしてきたことが一つだけあった。怒らないで聞いてもらいたいんだ。

音　……

信夫　おれは子供の頃から遺跡を歩くのが好きだった。土の中から化石を掘り出したときの感激。身のうちが震えるほどの恍惚感がたまらなくて、どんどんのめり込んで行った。好きな考古学のためなら、どんな犠牲を払ってもかまわない、そんな気持で今日まで研究を続けてきたんだが、本当のことをいうとね、そういう気持とは裏腹に、自分のやっていることが、世間の役に立っていると思ったことは、ただの一度もない。考古学といえば聞えはよいが、おれのやっていることは道楽のお遊びで、役に立つどころか、君を犠牲にして、好き勝手をやっている。おれは穀つぶしなんだ。そうも思った。こんな高等道楽は貧乏人が手を出してはいけないんだ。金と暇のある人間に任せておけばいいんだ。おれなんかが手を出さなくても考古学はちっとも困らない。何度も何度もそう思った。そうは思うのだけれども、この仕事からどうしても離れることができない。好きでたまらないんだよ。

音　……

信夫　そんな身勝手なおれを、君は今日まで黙って支え続けてくれたんだ。有り難いと思っている。罰が当るとすればおれなのに、絞りとるまで絞りとって、君をこんな不自由な体にしてしまった。本当に済まないと思っている。ゆるして下さい。

音　あなたが明石のことに触れたから、私も言うわね。今から二十七年前、明石の家の台所の囲炉裏端であなたと二人きりで話し合ったことがあったわね。私が郷里の出雲へ帰ると言った日のことよ。

信夫　……

音　あのとき私は、自分の教え子のなかから考古学の勉強をする子が出てきて嬉しいと言ったわ。誇りに思っているとも言ったわ。それからのあなたは、脇目も振らずに、この道一筋に仕事を進めてきたわ。そりゃね、人間ですから、途中で迷ったり悩んだりいろんなことがあったでしょう。そんなことは当り前よ。でも大事なのは挫けずに、今日まで考古学の研究をやり続けてきたということよ。私はそんなあなたを尊敬しているわ。誇りに思っているわ。

信夫　……

音　いつだったか私は、考古学の先生がお作りになった詩を偶然読んだことがあったの。三森定男先生ってご存知？

信夫　今はたしか、北海道の大学の先生をしていらっしゃると思うけど。

音　湘南の海という題でね、お友達を偲んでお作りになった素晴らしい詩なの。読んでいるうちに、若いころ、明石の海岸で発掘していたあなたの姿を思い出したわ。

美しい海のみえる　高台のまんなか
二つぼばかりの　あなの中から
きみは　ゆっくりと　シャベルに
貝がらのまじった土をのせて
目の高さほどもある　地面のうえに

かさねていった

いく日も　いく日も
そのあなの中から　きみは
空だけを仰いでいた
ぜんそくの苦しみと　土器と貝がらとが
交錯していた

湘南の海も空も
ひかり　かがやいていたというのに

音　あなたはさっき、なんの役にも立ってないと言ってたけれど、なんの役にも立たない仕事がこの世の中にある訳はないわ。大きな声で、おれは人助けをしているとか、人の役に立っているとか、偉そうに言っている人よりは、黙ってこつこつと、一途に仕事をしている人のほうが私はずっと偉いと思うわ。信頼できるわ。考古学の仕事というのは、多分そういうことではないかと思うわ。
信夫　風が出てきたようだね。そろそろ戻ろうか。
音　私、もう一度明石へ行ってみたい。明石の明るい海が見たいわ。
信夫　いつか、きっと、若い人達が、もう一度明石原人の再調査をやってくれると思っているんだよ。

その日を楽しみにしているんだ。そのときは二人そろって明石へ行こう。（着物を直してやり、歩き出そうとする）

音　ねえ。

信夫　む？

音　私、お婆ちゃんになったでしょう。

信夫　なにを言うんだい、いきなり。

音　だって、もう年ですもの。

信夫　むかしとちっとも変らないよ。

音　ほんと？

信夫　ああ、むかしのままの音先生だよ。

信夫は車椅子を押して歩き出す。

幕

この作品は直良家の御了解を得て、作者が自由に創作したものである。また執筆に際しては左記の方達の著書、論文を参考にさせて頂いた。

直良信夫「日本の誕生」（光文社）「日本旧石器時代の研究」（寧楽書房）「近畿古代文化叢考」（葦牙書房）「古代日本人の生活」（文祥堂）「蝙蝠日記」（甲鳥書林）「古代の漁猟」（葦牙書房）「播磨国西八木海岸洪積層中発見の人類遺品」（人類学雑誌、昭和六年五月）
直良三樹子『見果てぬ夢「明石原人」』（時事通信社）
春成秀爾『「明石原人」とは何であったか』（日本放送出版協会）「直良さんの明石時代」（六一書房）
高橋徹「明石原人の発見」（朝日新聞社）
相沢忠洋「岩宿の発見」（講談社）「赤土への執念」（佼成出版社）
勅使河原彰「日本考古学の歩み」（名著出版）
坂詰秀一「太平洋戦争と考古学」（吉川弘文館）
角田文衞編「考古学京都学派」（雄山閣出版）
春成秀爾編、一九八七「明石西八木海岸の発掘調査」（国立歴史民俗博物館研究報告、第十三集）春成秀爾編「検討・日本の前期旧石器」（学生社）
毎日新聞旧石器遺跡取材班「旧石器発掘捏造のすべて」（毎日新聞社）
鳥居龍蔵「直良氏播磨発見の所謂旧石器時代の石器に就いて」（上代文化、昭和六年第六号）
故松村瞭博士追悼號「人類学雑誌、昭和十一年九月」

浅草物語

二幕

登場人物

鏑木りん（「モロッコ」の女主人）
玉枝（女給）
清子（女給）
江村千代（女給）
諸岡（バーテン）

鈴木市之進（マル市酒店の大旦那）
鈴木鐵太郎（当主・市之進の長男）
　うめ（次女）
　その（三女）
　ふゆ（四女）

大浦くみ（市之進の長女。蒲団店の女主人）
　春子（長女）
　桂介（長男）

是近伝吉（元箱屋。通称ハコ伝）

田所浩一（りんの長男）
和田（蒲団職人）
堂本（浅草の役者）
牧野（浅草の役者）
弘美（女　浅草の役者）
久子（女　浅草の役者）
弁蔵（地回り）
弥七（地回り）
酒場の客　1
酒場の客　2
浅岡（私服）
久利（私服）
浅草の役者たち。
そのほか。

第一幕

(一)

天秤棒を担いだ中学生の桂介が現れる。
棒の両端に綿が吊るしてある。よろよろしている。

桂介　自転車がパンクしたので、むかし、父親が使っていた天秤棒で綿を配達することになった。一包が一貫目、両方で二貫目だから、そんなに重くないんだけど、嵩張るから歩きにくい。なによりもみっともない。母親は定斎屋さんみたいで格好がいいというけど、僕は便所の汲み取りにくる汚穢屋さんを思い出しちゃう。友達に見られると恥ずかしいので、急いで歩く。急いで歩くと、腰が余計ふらふらする。ああ、綿屋の倅なんかに生まれるんじゃなかったなあ。

桂介は去る。

一九三七年（昭和十二年）秋。

浅草聖天町《しょうでんちょう》。大浦蒲団店。

茶の間を中心にして、上手は仕事場を兼ねた座敷。（見えない）下手は土間で表通りに面している。正面上手寄りに暖簾口。仏壇に電話。土間には製綿された包。表通りに打ち直しの綿が積んである。午後。

卓袱台を前にして鐵太郎とふゆ。そのは電話に向っている。


その　（上手仕事場に）姉さん！　乾物屋さんが出たけど、呼んで下さいと言えば分るの？

くみ（声）　うちの名前も言うのよ。いつも済みませんと言ってね。

その（電話に）　もしもし、こちらは浅草聖天町の大浦と申します。済みませんが、裏の鈴木をお願いしたいんです。ええ、鈴木市之進です。ご面倒をおかけしていつも済みません。


くみと職人の和田が、仕上がったばかりの蒲団を抱えて入ってくる。

くみ　埃ひどかったでしょう。ごめんなさいね。
ふゆ　綿入れ終ったの？
くみ　やっと間に合った。（和田に）ここへ積んでもらおうかしら。
和田　掻巻は一番上に置いて下さい。

その　綺麗なお蒲団ねえ。まるで婚礼蒲団じゃない。
くみ　三つ組ですからね。綿も奮発しちゃった。
ふゆ　二人用なの、これ？
くみ　お父《と》っあんたら、照れてなにも言わないけどさ、気を利かしたの。
和田　どちらにも使えるように、ふつうより少し大き目のよの半にしたんです。
ふゆ　いいわねえ。私ンとこも一枚作ってもらおうかしら。
くみ　作るのはいいけど、おふゆちゃんのとこは牛込でしょう。運ぶのが大変よ。
ふゆ　そうか。
くみ　近くの蒲団屋さんに頼んでみたら。その代わり、初めてのお店だったら、あんこに気をつけなさい。
ふゆ　あんこ？
和田　良い綿の間に悪い綿を挟むんです。蒲団に仕立てたら分りませんからね。
その　なるほど。真ん中に挟むからあんこ。
くみ　兄《あに》さんのとこだってやっているんでしょう。
鐵太郎　（ビールを飲んでいる）俺ンとこは酒屋だよ。そんなこと出来る訳がないじゃないか。
くみ　でも、金魚をやっているんでしょう。
鐵太郎　（驚いて）お前、どうしてそんなことを知っているんだ？
くみ　お父っあんに聞いたもの。お酒に水をうすめるのを金魚って言うんだって。お父っあん、自慢してたわよ。俺は金魚の名人だって。
鐵太郎　俺の代になってからはやってないよ。
その　あら、みんな同じことをやっているのね。うちは米屋だけどさ、忙しいときには、良いお米と悪いお米を混ぜることがあるの。ざらめって言うの。
ふゆ　ひどい！　ああひどい！　私のところなんか勤人だから真面目一方よ。兄さんや姉さん達は、この非常時を一体なんだと思っているの。まるでインチキ兄妹じゃない。
くみ　インチキ兄妹とはなによ！
その　言い過ぎよ、あんた！　ああ、もしもし、はい、ああそうですか、どうもご面倒をおかけして済みませんでした。
鐵太郎　居ないのか？
その　戸が締まっているって。

表からうめが入ってくる。

うめ　今日は。
くみ　あら、いらっしゃい。
うめ　おそくなってごめんなさい。出掛けにお客さんが来たものだから。
その　おうめ姉さん、どうぞこちらへ。

うめ　有難う。お父っあんはまだ？
鐵太郎　電話で今聞いてみたんだが、戸が締まっているというんだ。そろそろ来るんじゃないのか。
うめ　ああよかった。おくれたら大変だと思って、気が気じゃなかったんです。（きちんと坐り）兄さん、どうも御無沙汰をいたしまして。みなさんはお変りございませんか。
鐵太郎　有難う。お前さんのとこも元気かい、みんな？
うめ　おかげさまで元気は元気なんですが、うちの板前に赤紙がきちゃったものだから、お店は天手古舞い。
鐵太郎　そいつは困ったろう。
うめ　先のことを考えると、心細くなっちゃうわ。おくみ姉さん、今日は済みませんね。これ、珍しくもないけど……（包を出す）
くみ　あら、佃煮。いつも悪いわね。（奥へ）春子、おばちゃんに、もう一つコップを持ってきな。
鐵太郎　そうそう、うめはいける口だったな。
うめ　折角ですけど、心臓によくないから、この間からやめているんです。

春子がグラスを持って現れる。

くみ　こっちへ頂戴。
春子　（うめに）今日は。

うめ　今日は。まあ、しばらく見ないうちにすっかりいい娘さんになっちゃって。卒業はいつ？
春子　来年の春です。
くみ　年子なのよ、桂介と。
春子　姉さんも楽ね、もう。
くみ　生意気で困っているわ。茄子のお香々なかった？
春子　古漬にしちゃった。
くみ　兄さん、カツレツでも取りましょうか。
鐵太郎　おやじが来てからだ。さ、ひとつ行こう。（うめにビールを勧める）
うめ　ほんとに駄目なのよ、ほんとに。それよりさ、今日お父っあんは相手の女の人を連れてくるの？　え？　そう、じゃ一杯だけ。ほんの一口。済みませんね、どうも。（一気に飲む）どこのビール、これ？　ああ、カブトビール。安いのよね、これ。
くみ　済みませんね。
うめ　いえ、そういう意味で言ったんじゃないの。安いわりには美味しいってことを……え？　もう一杯？　そうですか、じゃ遠慮なしに。（と美味しそうに飲む）
鐵太郎　ほんとに心臓が悪いのか？
うめ　変なことを言わないで下さいよ。ところで、その女の人だけど、お父っあんは一緒に暮らすつもりなの？
鐵太郎　（蒲団をパンパンと叩く）

うめ　あら、作っちゃったの、もう！
くみ　一緒に暮らすつもりかどうかは、お父っあんに聞いてみないと分らないけど、有って困る物じゃないから、早手回しに作ったのよ。
鐵太郎　俺達子供からの贈物だと言ったら、おやじだって悪い気はしないだろう。
その　一人あたま十六円二十銭だって。
うめ　えッ、十六円！
くみ　中身は良い綿を使っているし、生地だってスフじゃないから、どうしても割高になるのよ。その代わり、うちは一銭も儲けてませんから。
鐵太郎　そんなことは分っているよ。今度のことでは、商売抜きで、くみが骨折ってくれたんだ。みんなは有難いと思っているよ。
ふゆ　そうよ。お父っあんのことを一番心配しているのはおくみ姉さんよ。
その　変なことを言うわね。私達だって心配しているわよ。
うめ　そうよ。心配しているから、仕事をほっぽり出して、わざわざやってきたんじゃないの。あんたンとこみたいな月給取りとは違うのよ。
ふゆ　あら、どう違うの？
鐵太郎　やめろ。久しぶりに集まったというのに、姉妹が角突き合ってどうするんだ。お前達が仏頂面して坐っていたらおやじが可哀相じゃないか。
一同　……

鐵太郎　おやじが三ノ輪で独りぐらしを始めてから、そろそろ一年だ。いくら元気だといっても、年だからな。いずれは俺達が面倒をみなきゃならなくなる。そうだろう、お前達だってそう思っていただろう。ところが、そんな矢先に今度の話だ。

一同　……

鐵太郎　いい按配といってはなんだが、茶飲み友達が、そのうち一緒に暮らすようになるって話は、世間にはザラにあることだ。ましてその人が、おやじの面倒をみてくれるというのなら、願ってもない話だと俺は思うんだ。

その　私は兄さんにお任せするわ。

うめ　私もお任せするけど、籍はどうなるの？

鐵太郎　爺さんに婆さんだよ、今さら籍もないだろう。

うめ　それなら大賛成。月々のお小遣いぐらいなら、私出してあげてもいいわ。

その　憚りさま。お父っあんのほうがお金持ちよ。

鐵太郎　ちがいねえ。（うめ達と笑う）

ふゆ　でもさ、どんな人だか、相手によりけりでしょう。

うめ　あんたは黙ってなさい。

ふゆ　でも、相手は粋筋の人だって言ってるのよ。それでもいいの？

うめ　粋筋？　水商売？

ふゆ　ねえ、おくみ姉さん、そうなんでしょう？

くみ　茶飲み友達がいるって話は、私もうすうす聞いていたの。ところが四、五日前に、袷を仕立てたから三ノ輪へ届けに行ったら、お父っあん、柄になく照れちゃってね、むかし、そういう所で働いていた人だって言うの。
その　芸者衆？
くみ　分らない。言わないのよ。いずれみんなに話をするからって、それだけなの。
うめ　兄さん、どう思う？
鐵太郎　俺もくみからその話を聞いたときは驚いたよ。そりゃな、うちのおやじは金も多少持っているし、家作も持っている。しかし、あの通りの堅物で、おまけにしみったれだ。道楽といえば柄になく、筑前だか薩摩だか知らないが、あの、べんべんべんと弾く琵琶ぐらいのもんだ。そんなおやじが、よりにもよって、粋筋の女とちんちんかもかもだなんて、俺は不思議で仕様がねえんだ。
うめ　男なんてそんなもんじゃないの。
その　兄さんだって、なにやっているか分らないからね。
鐵太郎　馬鹿なことを言うなよ。（一同笑う）だがな、むかしはどんな商売をしていようと、おやじが気に入っていればそれでいいんだ。お前達もそのつもりでお迎えしなきゃいけねえぞ。
その　分ってますよ。
うめ　春ちゃん、ビール！
鐵太郎　おい、やめろ、もう。

配達を終えた桂介が戻ってくる。天秤棒の両端に、今度は一升瓶と風呂敷包が吊るしてある。

桂介　ただ今。

くみ　ご苦労さん。なに、それ？

桂介　酒とバナナ。

くみ　綿を届けに行ったのに、どうしてそんな物に化けちゃったの？

桂介　お爺ちゃんが買ってくれたんだよ。

くみ　えッ、お父っあん来たの？

桂介　そこで会った。

くみ　なぜそれを先に言わないのさ。（一同に）来たんですって。

表よりカンカン帽をかぶり、ステッキをついた鈴木市之進が現れる。

市之進　御免よ。

くみ　いらっしゃい。先刻から待っていたんですよ。

市之進　円タクがな、道まちがえて山《やま》ノ宿《しゆく》まで行っちまったんだ。

くみ　じゃ、戻ってきたんですか？

市之進　てくてく歩いてきたら、こいつが横丁から出てきたんだ。見たら空車だから、酒とバナナを買ってやったんだ。
くみ　済みません、いつも。ささ、どうぞ。
その　おふゆちゃん、お父っあんに座蒲団座蒲団！
うめ　お父っあん、今日は。
その　どうもしばらくです。
ふゆ　お父っあん、どうぞ。（座蒲団を出す）
市之進　いやあ、五人が顔をそろえるなんて久しぶりだな。みんな、元気か？
鐵太郎　おかげさまで。
その　お父っあん、元気そうね。
うめ　なんだか、すっかり若返っちゃったみたい。お父っあん、それ、綸子《りんず》でしょう。
市之進　分るか？
うめ　分りますよ。少し派手かなと思ったけど、こうして見るとそうでもないわね。
くみ　誂えたの？
その　そうにきまっているでしょう。どなたのお見立て？
くみ　あら、お父っあん、香水つけてるの？
市之進　え？　いや、その……
うめ　道理でいい匂いがすると思った。お父っあん、どうして一人で来たの。私達楽しみにしていたのよ。
鐵太郎　いい加減にしろ。お父っあんが困っているじゃないか。（市之進に）みんな気にはしているんだけどね、なかなかお伺いできなくて本当に済みません。
市之進　そんなことはどうでもいい。こうしてな、みんなが元気な顔を見せてくれるのが、なによりの親孝行ってもんだ。（ふゆに）お前のとこは、子供はいくつになった？
ふゆ　上の子が今年小学校へ上がったの。下の昭一は三つです。
市之進　それじゃ大変だ。（財布を出して）これ、子供達になんか買ってやれ。
ふゆ　済みません。
市之進　お前のとこは月給取りだからな。きまったお給金でやりくりしなきゃならねえンだから……
（桂介に）……ほら、二十銭。
くみ　いいのよ、お父っあん！
市之進　目が合っちゃったんだ。
くみ　奥へ行きなさい！
桂介　お姉ちゃんのぶん。
市之進　そうか、春子もいたんだな。じゃ、五十銭やるから、二人で半分こだ。
桂介　どうも有難う。
市之進　二十銭返せ。
桂介　（二十銭返して去る）

くみ　済みません、お父っあん。
鐵太郎　ところで、大方の話はくみから聞いたけど、お父っあんさえよければ、俺達はなにも言うことはない。いや、言うことはないどころか、大賛成なんだ。
うめ　ふだんは、おくみ姉さんが身の周りの世話をしていたから、私達は安心していたけど、でも、一緒に暮らす人が居ると居ないとでは、やっぱり違うものね。
その　そうなのよ。私達もお目にかかって、いろいろお話を伺いたいと思っていたの。どうして連れてきてくれなかったの？
市之進　恥ずかしいと言ってるんだ。
うめ　お婆さんなのに？
市之進　婆さんじゃない。まだ若い。
くみ　あら、いくつなの？
市之進　いいじゃねえか、年なんか。
くみ　お父っあんが照れることないじゃない。このお蒲団、作ったのよ。
市之進　え？　俺達にか？
うめ　言ってくれるわねえ、俺達だってさ。
一同　（笑う）
市之進　（立ち上がって、蒲団に腰を下ろす）こりゃお前、いいなあ、ふかふかしてて。
くみ　駄目、お父っあん。職人さんが厭な顔をするの。それよりいくつなのよ、五十ぐらい？

市之進　もっと若い。
くみ　えッ、じゃ、四十代？
市之進　お前とおない年だ。
くみ　四十一！　まさか！
うめ　お父っあん、大丈夫？　長生きしてもらおうと思ったのに。
市之進　ビールくれ。
うめ　心臓によくないわよ。
市之進　じゃ酒だ。買ってきた酒、茶碗に一杯だけ。
ふゆ　いいかしら？
くみ　興奮しているのよ。一杯だけ持ってきなさい。
鐵太郎　お父っあん、そこまで打ち明けてくれたんなら、相手がどこのどういう人なのか、ざっくばらんに話をしてくれてもいいだろう。聞いたからといって、俺達は決して反対はしないから。
くみ　この前お父っあんは、粋筋の方だって言ってたわよね。おうめちゃんは芸者衆じゃないかと言ってるんだけど、どういう方なの？
うめ　お父っあんも隅に置けないわねえ。どこの芸者さん？
市之進　（ふゆが持ってきた茶碗酒を一口飲んでみる）
その　お父っあん、聞いてるの？
市之進　やっぱり金魚してやがる。

くみ　それ、瓶詰めよ。
市之進　瓶詰めだって当てにならねえ。戦争が始まってから余計水っぽくなった。
うめ　金魚なんかどうでもいいのよ。私達が聞きたいのは……
市之進　分ってるよ。いずれは話をしなきゃならないと思っていたんだ。
一同　……
市之進　じつはな、吉原の女なんだ。
その　吉原？　吉原って、あの吉原？
市之進　きまっているじゃねえか。大門のある吉原だ。
うめ　分った！　吉原芸者ね。そうなんでしょう、お父っあん？
市之進　芸者じゃねえ。
うめ　芸者じゃない？　まさか、お父っあん……
市之進　むかし、廓で働いていた女だ。
鐵太郎　そ、それじゃ女郎！
市之進　女郎とはなんだ、花魁と言え。
鐵太郎　同じことじゃないか。
うめ　冗談じゃないわ。なにが粋筋の女よ。お父っあん、気はたしか？
ふゆ　嘘なんでしょう、冗談を言っているんでしょう。
市之進　冗談でこんなことが言えるか。いずれは一緒に暮らそうと思っている女だぞ。

くみ　お父っあんが今までどうして隠していたのか、やっと分ったわ。でもお父っあん、その人は、今でも吉原で働いてる訳ではないでしょうね。
市之進　足を洗ったのは、もうふたむかしも前のことだ。今では堅気になって、真面目に働いている。相手は俺に首ったけなんだ。
うめ　いくら堅気になったからといっても、いずれは世間に知られてしまうわ。付き合う前に、どうして私達に一言いってくれなかったの？
市之進　言ったら、お前達は承知したか？　お父っあん、どうぞと言ってくれたか？
うめ　言う訳ないでしょう。
市之進　みやがれ。だから俺は黙っていたんだ。
その　ねえお父っあん、世間体ということも考えてよ。梅田のマル市酒店といえば、足立区でも少しは名前の通ったお店よ。隠居したとはいえ、お父っあんはマル市酒店の看板よ。大旦那よ。世間のいい笑いものになるわ。
鐵太郎　俺が心配しているのもそれなんだ。お父っあんの相手が、吉原の女郎上がり……
市之進　花魁！
鐵太郎　その花魁だと分ったら、店の信用にも傷がつく……
市之進　馬鹿野郎。花魁といっても只の花魁じゃねえんだ。全盛の頃には、傘持ちや禿《かむろ》をお供にして、花魁道中までやった吉原の売れっ妓《こ》だったんだ。
鐵太郎　そんな売れっ妓が、お父っあんなんか相手にする訳はねえ。

市之進　なんだと。
鐡太郎　頭ひやして考えてくれよ。そんな女に深入りして、もしもだよ、もしも、ふがふがになったらどうするんだい。
市之進　ふがふが？
鐡太郎　うめちゃんだよ。
市之進　どこのうめちゃん？
鐡太郎　なんにも分ってないんだな。ほら、むかし梅田の店によく酒を飲みにきた馬車引きがいただろう。（真似て）おい兄ちゃん、酒《ふあけ》いっぱいくれ、つまみはふるめ、するめですか、ふるめじゃねえ、ふるめふるめ。
市之進　この野郎！　病気のことを言ってるんだな。
鐡太郎　心配しているんだよ、梅に毒。
市之進　もう勘弁ならねえ。親つかまえて、梅に毒だなんて。言っとくがな、おりんはそんな女じゃねえんだ。
うめ　おりん？
くみ　おりんさんって言うの？
市之進　お前達は、先刻はなんて言った？　相手がどんな人でも、決して反対はしないと言ったはずなのに、それがなんだ。吉原の女と言ったとたんに、この騒ぎだ。親のために身を沈めた女が、そんなにいけねえのか。けがらわしいとでも言うのか！

一同　……

鐵太郎　お父っあん、よく聞いてくれよ。お父っあんには、俺達五人のほかに八人の孫がいるんだ。孫といっても、俺ンとこやくみのところの孫はもう年ごろだよ。少しは世間というものが分ってきているんだ。その孫達にどう説明したらいいんだい。お爺ちゃんに好きな女が出来たというだけでも、不潔だといって顔をそむけるかもしれないのに、相手がそんな世界の女と分ったら、恥ずかしいと言って泣き出すかもしれないよ。いや、親の俺達までがなにを言われるか分らない。お父っあんはそこまで考えたことがあるのか？　世間体もさることながら、孫や俺達のことまで考えたことがあるのかい？

市之進　じゃ聞くが、俺がもしその女を諦めて、もう一度、梅田のおめえの家に戻ると言ったら、おめえはどうするんだ。気持よく俺を迎えてくれるか？　お父っあん、よく戻ってきてくれたと言って、喜んで俺を迎えてくれるか？

鐵太郎　そ、それは……

市之進　俺はなにも好きで三ノ輪へ移った訳じゃねえんだ。おめえに店を譲ったとたんに、俺の居場所がなくなっちまった。まるで居候みてえに扱われて、おめえの女房なんか口も利いてくれなくなった。出たくて出た訳じゃねえ。体よく追い出されたようなもんだ。

鐵太郎　だ、だから、そのことについてはよく話し合って……

市之進　もう沢山だ。俺だって、どうせ長い命じゃないんだから、これから先は、好きな女と好きなように暮らして行くつもりだ。それが気に入らねえって言うんなら、向後、親子の縁を切ってやる

から、そう思いやがれ。（と去る）
ふゆ　お父っあん！
くみ　お父っあん、ちょっと待って！　お父っあん！

と追うが、市之進は表へ去ってしまう。
一同は顔見合せて沈黙。

くみ　兄さん、私、前から考えていたんだけど、お父っあんを引き取って、私、面倒をみるわ。

暗　転

(二)

カフェー「モロッコ」
浅草千束町の裏通りにある店で、以前このあたりは、十二階下と呼ばれて、いかがわしい銘酒屋が軒をならべていた。店内には客用のテーブルが数脚。酒瓶のならんだカウンター。蓄音器、造花、けばけばしい装飾。壁に大きく引き伸ばした花魁道中の写真。下手のドアの横に目ばかり窓。その下に椅子。
舞台暗い中から〽おれは村中で一番……と（洒落男）の大合唱。テーブルには六区の役者達と、女給の玉枝に清子。アコーデオンを弾いている男。酒の用意をしているバーテンの諸岡。役者の堂本が清子を相手に踊っている。

堂本　ブラボー。酒持ってこーい！
牧野　電気ブラン！　瓶ごと持ってこい！
弘美　駄目！　これからお稽古があるのよ。
牧野　堅いことを言うな。
弘美　駄目ったら駄目！
堂本　ママはどうしたんだ。呼んでこい！
玉枝　ママは用事があるのよ。
堂本　大入袋を持ってきたんだぞ。
清子　入ったの、あんなお芝居？
堂本　あんな芝居とはなんだ。連日超満員。笑いの王国始まって以来の入りだったんだ。じつは俺達もびっくりしているンだがね。
一同　（笑う）

ドアがいきなり開いて、血相変えた弁蔵と弥七が入ってくる。

玉枝　いらっしゃい。
清子　いらっしゃいませ。
弁蔵　（見回して）女を探しているんだ。
弥七　小娘だ。ここへ逃げこんだって聞いてるんだ。
玉枝　知りませんね。
弁蔵　隠すとためにならねえよ。
玉枝　お兄さん達、廓の人でしょう。
弁蔵　奥を見さしてもらうぜ。
玉枝　ちょっとお待ちなさい。お兄さん達はここがだれのお店か分っているの。むかしの若紫花魁のお店よ。
弥七　だから来たんだよ。
弁蔵　蛇の道はへびっていうが、廓を逃げ出した女はたいがいこの店に駆け込むって聞いているんだ。おい！（弥七に目くばせをして奥へ行こうとする）
玉枝　ママ！　ちょっと来て下さい！　変なのが来たんですよ。
弥七　変なのとはなんだ！

奥から鏑木りんが現れる。

りん　なに大きな声を出しているのよ。（役者達に）まあ、いらっしゃい。この間、常盤座を拝見しましたよ。とても面白かった。

堂本　見てくれたの！

りん　科白忘れて、お客さんに弥次られていたでしょう。酒の飲み過ぎだーって。どうしたの？

玉枝　女を探しているんですって。

清子　店の中を調べるって言うんです。

りん　じゃ、調べてもらおうじゃないの。

弁蔵　いいのか？

りん　居なかったらどうするの？

弥七　そんなこと知るけえ。

りん　そうはいきませんよ。うちは客商売。信用が第一ですからね。もし居なかったときには、象潟警察署へ電話しますからね。

弁蔵　象潟？

りん　お兄さん達はこんな歌知ってる？　鬼の松永さんに涙があれば、浅草千束町《まち》に蔵が立つ、ああ、よいよい。松永さんというのは署長さんの名前なのよ。もう少し手心を加えてくれれば千束町の商売家は蔵が立つ、そういう歌なの。怖いのよ。正義の味方なの。電話しましょうか？

弁蔵　姐さんは、本当に若紫花魁かい？
りん　（黙って写真を指す）
弥七　……似てねえな。
りん　若いときだからよ！
弁蔵　名前ぐらいは俺も聞いているけど、あの花魁は、この前の関東大震災のとき、煙に巻かれて死んじゃったって話だけどな。
りん　それは二代目。私は初代！　やっぱり警察へ電話しよう。
弁蔵　帰るよ、帰るよ。おい、行くんだ。
りん　お勘定。
弁蔵　なにも飲んでねえよ！
りん　入場料。
弁蔵　ふざけるな！（と去る）
一同　（ドッと笑う）
堂本　入場料はよかったな。
牧野　ママにあっちゃ形無しだ。
弘美　さあ、私達も行きましょう。
堂本　ああ面白かった。
弘美　どうもお邪魔しました。

りん　有難うございました。また来てね。

堂本達は歌を歌いながら去る。

りん　諸ちゃん、写真外して。
諸岡　どうしてです？
りん　冷汗かいちゃった。
玉枝　売り物が無くなっちゃいますよ。
りん　あんた達が売り物にならないから、仕方なしに、あの写真を探してきたんじゃないの。それより、連れてきて。
清子　（奥へ去る）
玉枝　預かるんですか？
りん　仕方ないだろう。ハコ伝さんに頼まれちゃったんだから。
玉枝　話は私も聞きましたけどね、友達と二人で土浦から家出してきたっていうんでしょう。そんなズベ公の面倒をみたって仕様がないじゃありませんか。
りん　私だって、なにも救世軍の真似なんかしたくないけど、連れの女の子は吉原へ売られちゃったんだよ。見捨てる訳にはいかないじゃないか。

清子が江村千代を連れて出てくる。

りん　よく似合うじゃないの。（玉枝に）むかしの衣裳を貸してやったのよ。

玉枝　表に出す訳にはいきませんよ。

りん　分っているよ、そんなことは。

諸岡　この子ならお客が付きますね。名前はなんて言うんだっけ？

千代　千代です。

りん　ライスカレー食べたかい？

千代　はい。

清子　生まれて初めてライスカレーを食べたって言うんです。

玉枝　あんたね、家出娘がふらふら浅草公園なんか歩いていたら、すぐに悪い奴に捕まっちゃうのよ。

（りんに）瓢箪池の所で女に声をかけられたんですって。

りん　女衒だろう。

玉枝　（千代に）御馳走してもらったんだろう。

千代　おなか一杯食べさせてくれて、明日になったら、仕事も世話してやるって言われました。

玉枝　それで宿屋へ連れて行かれたんだね。

千代　（頷く）

玉枝　どうします、当分の問、炊事洗濯をやってもらいましょうか。

りん　うちには、無駄めし食わしとく余裕はないの。
清子　飼い殺しですか？
りん　飼い殺しはあんた達だけで沢山。ごらんなさい、お客は一人もいないじゃないの。
玉枝　清ちゃん！　表へ行って客引き客引き！
清子　はいはいはい！（と飛び出して行く）
りん　千代と言ったね。
千代　はい。
りん　ほとぼりの冷めるまで置いてやるけど、うちはね、お酒は売るけど体は売らないの。それだけは心得ときな。
千代　はい。
りん　今から仕事を教えるから、ちょっとここへお坐り。
千代　（目ばかり窓の椅子に坐る）
りん　窓から外を見てごらん。表を通る人が見えるだろう。その代わり、表からはあんたの目だけしか見えない。だから目ばかり窓。不思議なことに、どんな不細工な女でも、表から見ると別嬪さんに見えるのよ。玉枝姐さんなんか、目ばかり美人と言われるくらいで、お客さんわくわくしながら入ってくるんだけど、顔見たとたんに、みんな帰っちゃうの。
玉枝　（ふくれっ面をして表へ出て行く）
りん　この辺はね、むかしは銘酒屋が多かったから、その名残りなんだけど、ま、そんなことはどうでもいい。今夜からここへ坐って、私の言った通りにやるの。いいね。
千代　はい。
りん　最初は鼠泣き。いいかい。（と鼠泣きをする）やってごらん。
千代　（ためらいながらも、やる）
りん　そんなんじゃ猫だって寄ってこないよ。お客を呼ばなきゃいけないんだから。もう一回やってごらん。
千代　（また鼠泣き）
りん　通りがかったお客はね、なんだろうと思って窓を覗きこむから、そこですかさず、あら、お兄さん、待ってたわ、とこう言うの。間違ってもおじさんなんて言っちゃ駄目よ。おじいさんなんて言ったら石が飛んでくるからね。はい、やってごらん。
千代　（もじもじしている）
りん　あんたね、表へ出す訳にはいかないから店の中で客を呼べるように考えてやったんだよ。吉原が厭なら大きな声を出してごらん。
千代　（大声で）もしもし、もしもし。
りん　電話かけてるんじゃないの。いい、もう一回やるからね。もしもし、移っちゃったじゃないの。あら、眼鏡のお兄さん、ちょっと寄ってらっしゃいよ。ねえ、お話があるんだから。ねえったらねえ、お話だけでいいの。素敵だわ。お兄さん！　あら、ほんとに入ってきちゃった。

入口から桂介が入ってくる。

りん　なによ、あんた?

桂介　おばさんは……

りん　おばさん?　ここは未成年のくるところじゃないの。帰んなさい。

桂介　おばさんは鏑木りんさんですか?

りん　どうして私の名前を知ってるの?

桂介　（振り向いて）やっぱりこのお店だよ。

入口からくみが入ってくる。

くみ　突然お邪魔をして済みません。私は聖天町の大浦と申します。

りん　ああ、お蒲団屋さん。

くみ　不躾で申し訳ないと思ったんですが、父のことについて、少しお話をしたいことがあったものですから。私、長女のくみと言います。

りん　おくみさんね。お話は旦那さんから伺ってますよ。息子さん?

くみ　桂介と言います。御挨拶は?

桂介　今晩は。

りん　今晩は。しっかりした坊やね。
くみ　とんでもない。
りん　こんなお店でびっくりしたでしょう。ま、どうぞこちらへ。（玉枝が客を連れて入ってくる）
　あら、いらっしゃい。あとお願いね。（と隅のテーブルに移動する）
くみ　あんたは帰んなさい。
桂介　気味が悪いと言ったくせに。
くみ　そんなこと言わないよ。早くお帰り。
りん　あら、帰っちゃうの。
桂介　知らねえぞ、この辺は怖いんだから。（と言って去る）
くみ　済みません。
りん　お子さん、二人ですってね。
くみ　言うこと聞かなくて困ってるわ。おりんさんは……？
りん　おりんでいいわよ。
くみ　お子さんは？
りん　子供がいれば、こんな商売してませんよ。ところで、私に話ってどういうこと？
くみ　お気を悪くなさったら謝りますけど、じつは、父と別れて頂きたいんです。
りん　別れる？
くみ　好きな人がいるって話は前から聞いていたんです。出来れば一緒に暮らしたいとも言ってました。私達だって、父のしあわせを願っていますけど、年が年ですからね。そう聞いても、じつは半信半疑でいたんです。ところが、ついこの間、父の口から、あなたのお名前が出たんです。失礼ですけど、むかしのお仕事のことも父から伺いました。

りん　……

くみ　正直言って、私を除いて、四人の兄妹は全員が反対しました。認める訳にはいかないと言うんです。私は、老いさき短い父が、そこまで思い込んでいるのなら、言う通りにしてあげたいと思ったんですが、私一人だけ賛成する訳にはいかないんです。せっかく御親切にして頂いたのに、こんなことを申し上げるのは本当に辛いのですが、父とのことは、御縁がなかったということにして頂きたいんです。

りん　ずいぶんと身勝手な話ね。

くみ　済みません。

りん　むかしから、鷺を烏と言いくるめるって言うけど、私がどうして旦那と一緒にならなきゃいけないの。

くみ　えっ！

りん　あんたの話だと、今にも世帯を持ちそうじゃない。

くみ　違うんですか？

りん　大違いのこんこんちき。あの人に追っかけ回されて私は困ってるのよ。

くみ　まさか。

りん　なにがまさかよ。嘘だと思うのならみんなに聞いてごらんなさい。
くみ　でも、あなたは父に首ったけだって。
りん　冗談じゃないわよッ。なにが悲しくて、六十過ぎの爺さんに首ったけにならなきゃいけないの。そりゃね、お客で来れば、美味しい言葉の一つも言いますよ。まして大家さんなんだから、粗末に扱う訳にはいかないじゃない。
くみ　大家⁉
りん　知らなかったの？
くみ　初めて聞きました。そ、それじゃ、このお店は？
りん　借りているのよ。旦那は何も言わないの？
くみ　（頷く）
りん　去年の今時分だったかしら、不動産屋さんに紹介されて旦那に会ったのよ。前のお店を、借金抱えて追い立て食っていたときだから、貸してやるって言われたときは、地獄に仏だったわ。おまけに、相場よりはずっと安くしてもらったから、旦那には頭が上がらないの。分るでしょう。機嫌を損ねたら追い出されちゃうと思うから、いろいろと気を遣うのよ。
くみ　そうだったんですか。
りん　そりゃね、こういう商売だから、好きよ、ぐらいのことは言ったかもしれないけど、一緒に暮らしましょうだなんて、いくらなんでもそこまでは言わないわ。私にだってプライドというものがあるもの。

くみ　まるで話が違いますねぇ。
りん　驚いた？
くみ　驚きました。ボケが始まったのかしら。
りん　でも、いい人よ。苦労しているから、親切だし、やさしいし、私も好きよ。
くみ　お話を伺って、おりんさんのお立場がよく分りました。ただ、父の気持もありますので、あまり冷たくしないでやって下さい。可哀相だから。
りん　……。
くみ　……お邪魔をして済みませんでした。兄妹ともよく相談をしてみますが、もし、あの、聖天様へでもお詣りにいらっしゃるときには、是非お寄りになって下さい。あの辺で蒲団屋って聞けば分りますから。
りん　有難う。
くみ　では。（去ろうとする）
りん　そうそう、蒲団で思い出したけど、新入りが入ったものだからね、敷蒲団と掛蒲団を一枚ずつ作ってもらいたいの。生地と綿はお任せするわ。
くみ　有難うございます。せいぜい勉強させて頂きます。
りん　そのかわり、あんこはしないでね。
くみ　あんこを知っているんですか？
りん　知ってますよ、裏街道専門だもの。

くみ　（笑って）失礼だけど、おりんさんはお生まれはどちら？
りん　宮城県。仙台の近くなの。
くみ　お百姓さん？
りん　田圃も少しはあったらしいんだけど、村で雑貨屋をやってたの。小さいときは、それでも人なみの暮らしをしていたんだけれど、父親が借金をこしらえて死んじゃったものだから、二進も三進も行かなくなっちゃってね、それで、吉原へ来たの。
くみ　……
りん　今では、もう母親もこの世にはいないし、兄や弟とも、別れたきりで音信不通。かりに居所が分ったとしても、迷惑を掛けちゃいけないと思うから、遠慮しちゃうのよ。
くみ　ごめんなさい、失礼なことをお伺いしちゃって。
りん　ううん、いいのよ、本当のことだもの。
くみ　では、私はこれで。（去ろうとする）
りん　ねえ。
くみ　……？
りん　私のことを、好きだって言ったの？
くみ　（頷く）
りん　一緒に暮らしたいだって？
くみ　……

りん　嘘でも、そう言って貰ゑると、嬉しいわよねえ。

くみは去る。

りん　諸ちゃん、ウイスキー。
諸岡　（ウイスキーを出しながら）あの子、なかなかやりますよ。
千代　あら、いらっしゃい！　どうぞこちらへ。お姐さん、お客さんよ！（と客を抱えるようにして、テーブルに案内する）
りん　（一気に呷ると）レコード掛けて。

諸岡はまたウイスキーを注ぐ。りんはレコードを聞きながら、ゆっくりとグラスを口に運ぶ。

暗転

（三）

「モロッコ」の店内。
起きたばかりの玉枝が、歯ブラシを使いながら新聞を読んでいる。千代は別のテーブルでせっせと化粧をしている。
不意にドアをノックする音。玉枝は千代を去らせると、入口に近づく。

玉枝　済みません、お店はまだなんです。
ハコ伝（声）　私だよ。箱屋の伝吉。
玉枝　あら、ハコ伝さん？（目ばかり窓から一応確かめて、ドアを開ける）

ハコ伝が入ってくる。

ハコ伝　おりんさんは？
玉枝　髪結さんに行きましたけど。
ハコ伝　それじゃ、ちょっと待たせてもらおうか。（千代が奥から出てくる）なんだ、お前さんはこの間の……？
千代　今日は。
ハコ伝　白粉なんかべったりつけちゃって、どういうことなんだ？
玉枝　廓のほうからはその後、なにも言ってきませんのでね、土浦へ帰すことにしたんです。

千代　帰りませんよ、私。
玉枝　身元のはっきりしない子を、いつまでも置いとく訳にはいかないのよ。まして、あんたはまだ十六でしょう。
千代　お客さんは喜んでますよ。若い子が入ってきたって。
玉枝　まっ！　生意気な口を利くようになったわね。ママはね、ハコ伝さんが来たら、相談をして土浦へ帰すと言ってるのよ。あんたは居候なの。雇った訳じゃないのよ。
千代　居候でも、お店が儲かればいいじゃありませんか。
玉枝　まあ、ああ言えばこう言う……
ハコ伝　まアま……そりゃな、借金を踏み倒して逃げたという訳じゃないから、廓の連中だって、もう追ってはこないだろう。しかし、吉原とは目と鼻の先だから、見つかったら、只じゃ済まない。お前さんの友達、なんと言ったかな。
千代　常ちゃん。
ハコ伝　可哀相に客を取らされてるよ。
千代　あの子、馬鹿なんです。
ハコ伝　馬鹿？
千代　一緒に逃げようと言ったのに、ぐずぐずしているから捕まっちゃったんです。
ハコ伝　だがお前さんだって、私に会わなかったら、どうなったか分らなかったんだ。金杉の裏通りを、若い娘が髪ふり乱して、裸足で走ってきたんだ。連れ戻されても文句は言えなかったんだぞ。

奥からりんが現れる。

玉枝　お帰りなさい。

ハコ伝　お邪魔してます。

りん　いつ来るかと思って待ってたのよ。（ハンカチを出すと、いきなり千代の顔を拭く）……あとで話があるからね、二階へ行ってな。

千代は仏頂面で去る。玉枝も去る。

ハコ伝　土浦へ帰すんだって？

りん　汽車賃を渡すから、二、三日うちに連れて帰ってもらいたいの。

ハコ伝　私がかい!?

りん　連れてきたのはあんたよ。乗りかかった舟ってことだってあるじゃない。

ハコ伝　しかし、帰りたくないって言っているよ。

りん　……田舎娘にしてはよく気が利くから、一時は私も、みっちり仕込んでみようかとも思ったんだけど、親御さんに内証でそんなことは出来ないからね、帰ってもらうことにしたのよ。（戸外を気にして）むしむしすると思ったら、やっぱり降ってきたわ。（奥へ）玉枝ちゃん！　台風が近づいているというから、二階の雨戸を閉めときなさい！（ハコ伝に）なんか飲む？
ハコ伝　おりんさん、新潟からまた手紙がきたんだ。（と手紙を出す）
りん　……
ハコ伝　結婚式は十二月に決まったんだそうだ。思いきって行ってみたらどうかね。
りん　……
ハコ伝　里子に出してから、早いもので、疾うにふたむかしは過ぎてしまったが、先方さんの両親は、二人とも亡くなってしまったんだから、だれに気兼ねすることもないじゃないか。浩一君がこうして何度も手紙を寄越すのは、あんたとの縁を切りたくないからなんだ。あんただって、浩一君を取り戻そうと思って、新潟へ頼みに行ったんじゃなかったのかい。
りん　むかしはそんなこともありましたけど、今となっては赤の他人。
ハコ伝　他人？
りん　ハコ伝さんの御親切は有難いと思ってますけど、度が過ぎれば迷惑なのよ。むかしのことは、奇麗さっぱり忘れちゃったの。
ハコ伝　忘れた人間が、どうして今日まで仕送りを続けてきたんだ。いいか、おりんさん、私が今まで、てめえの名前で金を送ったり手紙を送ったりしていたのは、罪ほろぼしのつもりなんだ。でなかったら、だれが郵便局の真似なんかするものかね。
りん　罪ほろぼし？
ハコ伝　悪いと思っているんだよ。少しでもあんたの役に立ちたいと思って引き受けたことなんだ。

りん　あんたはそれで済むでしょうけど、子供を連れて行かれたのは私なのよ。縁もゆかりもないあんたが、いきなり私の子供を引っ攫って行ったのよ。親子の縁を切ったのよッ。今になって罪ほろぼしだなんて、そんなおためごかしは聞きたくもないわ。

ハコ伝　それを言われると一言もないが、私だって望んでやった訳じゃないんだ。あのときは、天神楼の女将さんから、赤ン坊を一人、なんとか仕末をしてくれないか、里親は決めてあるからと、手を突いて頼まれてしまったんだ。ふだん世話になっているだけに、どうしても厭とは言えなかったんだ。おりんさん、謝るよ。この通り謝る。

風雨の音が少しずつ強くなる。

りん　過ぎてしまったことだから、今さら怨みつらみを言うつもりはないけど、あのとき、いよいよとなったら、死ぬつもりだったわ。私が子供を身籠ったのは、吉原へ売られてきてから丁度二年たった十八のときだった。相手の男は、まもなくして死んでしまったけれど、そのときは好きで好きでたまらなかったから、どうしても産みたかった。でも、お金で売り買いされている女にそんな我儘はゆるされない、ゆるされないってことが分ったのは、人なみに悪阻《つわり》が始まったときだったわ。お内所に呼ばれて、妊娠は女郎の恥だと言われたわ。すぐに仕末をしろと言われて、御飯を食べさせてもらえなくなった。女郎は犬畜生より下なんだ。そう言われて、毎日毎日折檻された。そのうち、とうとう水風呂に入れられて、死ぬのが厭なら堕せと責められたけど、私は、子供と一緒なら死んでも構わないと言い張ったために、さすがの女将さんも根負けして、竜泉寺町の寮へ私を移してくれたわ。その寮で、やっと身二つになれたわ。

ハコ伝　……

りん　夢のようだった。手を伸ばせば、すぐそばに赤ン坊のやわらかい頬っぺたがある。その寝顔を見ながらね、あんなに辛い思いをしながらも、元気に、この世の中に生まれてきてくれたんだから、この先どんなことがあっても、一生離すまい。（涙が溢れてくる）私に、生きる勇気を与えてくれたんだから、これからは精一杯働いて、この子を育てて行こう。いま思えば、私にとっても、あの子にとっても、一番しあわせなときだったわ。でも、そのしあわせも長くは続かなかった。ある日とつぜん、私の枕元に、男が仁王立ちになっていたわ。

ハコ伝　鬼だと言ったよ。私の顔を見るなり、あんたは鬼が来たと言った。

りん　いつもは、芸者衆のうしろから、三味線の箱を担いでいる箱屋のおじさんが、目を吊り上げて、私を睨みつけていた。なにしに来たのか、私にはすぐに分った。鬼が子供を攫いにきた。そう思ったから、夢中であんたの足にしがみついたわ。堪忍して、子供を連れて行かないで！　お客の選り好みはしないから。何人でもお客を取るから。子供だけは堪忍して！　何度も何度もそう言って頼んだけど、あんたは子供を抱えると、黙って玄関へ出て行ったわ。

ハコ伝　……鬼だったよ。あのときの私は、人間の皮をかぶった鬼だった。足元にしがみついて、泣き叫ぶあんたを蹴倒して、玄関へ出てきたが、追いかけてきたあんたは、さすがに諦めたとみえて、せめてこのお札だけでも、子供の肌に付けさせてやってくれ、そう言って、観音様のお札を差し出した。今だから言うけど、私は金を貰って請け負った仕事なんだ。なさけなんか掛けてるゆとりはない。そのお札を引ったくると、土間へ叩きつけて、一目散に寮をあとにした。その足で、私は新潟へ向ったんだ。

風雨が強まり、店内は暗くなる。

ハコ伝　あんたは先刻、過ぎてしまったことだと言ってくれた。それなら機嫌を直して、新潟へ行ってはくれまいか。もし一人では心細いというのなら、私がお供をしてもいいんだけれど。
りん　厭ですよ、鬼なんかと一緒では。
ハコ伝　鬼々と言いなさんなよ。私だって気にしているんだから。それじゃ、一人でなら行くんだね。
りん　行ける訳はないでしょう。
ハコ伝　浩一君の結婚式だよ。あんたは浩一君に会いたくはないのか。
りん　子供に会いたくない親がどこの世界にいるのよ。ああ、会いたいわよ！　会いたくて会いたくて、二十三年間そのことばかり考えていたわ。
ハコ伝　それじゃ……
りん　ハコ伝さん。あんたは私がどんな商売をしていたのか分っているんでしょう。女の古傷なんてものは、いくら隠したって隠し通せるものじゃないのよ。正体がバレて、恥を掻くのは、私じゃなくて浩一のほうなのよ。

ハコ伝　しかし、先方の両親は……
りん　両親は亡くなっても、身内がいるでしょう。お嫁さんの親戚だっているでしょう。まして田舎のことですからね、噂はすぐに広まるわ。行ける訳はないじゃない！
ハコ伝　そこのところは私がうまく計らうよ。なあおりんさん、たった一晩のことじゃないか。少しは私の身にもなっておくれよ。（と思わず手を握る）

ドアが開いて市之進が入ってくる。

りん　あら、いらっしゃい。（気付いて、ハコ伝の手を払う）どうしたんです、こんな日に？　あらあら、すっかり濡れちゃってるわ。風邪を引いたらどうするんです。ちょっとそのままにして。（ハンカチを出して拭いてやる）
市之進　邪魔したみたいだな。
りん　え？　いいえ、そんなんじゃありませんよッ。あんたは早く帰んなさいよ！
ハコ伝　そ、それじゃ、あの、せめてこの手紙だけでも……
りん　読まなくても分ってます。持って帰って頂戴ッ。
ハコ伝　つめたいなあ。（と去る）
りん　旦那、足袋を脱いで。乾かしとくから。
市之進　むりせんでもいい。

りん　あら、やだ。妬いてるの？　あの人はなんでもないんです。
市之進　目つきが悪い。
りん　生まれつきなのよ、あれは。むかし吉原でね、仕事をしていた人なんです。

奥から玉枝や清子が、「いらっしゃいまし」と言いながら現れて、電灯を点ける。千代もまた出てくる。

りん　だれか、お茶を淹れてあげて、旦那に。
玉枝　なんでこんな日に来たんです？
りん　そんなこと言わないの、行く所がないんだから。
玉枝　お店を開けてもお客なんか来ませんよ。
りん　じゃ、どうやって家賃を払うのよ。
玉枝　えッ、それじゃ旦那は……
りん　お金については渋いからね。嵐の中を決死の覚悟でやってきたのは家賃なの。満州事変のときの肉弾三勇士顔負けよ。ねえ旦那、わざわざ来て下さったのに申し訳ないんですけど、お家賃のほうは、もう四、五日待って頂けないでしょうか。景気が悪くて、売り上げが伸びないんですよ。
市之進　いや、今日来たのは家賃じゃねえんだ。番台の兄ちゃんと約束したことがあるんだ。
りん　番台？

市之進　（見て）おお、その兄ちゃんだ。

諸岡が着替えながら奥から出てくる。

諸岡　（りんに）遅くなって済みません。（市之進に）いらっしゃいまし。
市之進　この間、お前さんに頼んだな。ここへ持ってきな。
諸岡　おやりになるんですか？
市之進　客がいねえんだから丁度いいや。（りんに）家賃も払えねえというのは、やり方が甘いんだ。これからの商人《あきんど》は、お上に負けないように頭を使わなきゃいけねえ。

諸岡が大きな金魚鉢を抱えて現れる。
清子が一升瓶と、別に二匹の金魚が入った小鉢を持って出てくる。

諸岡　どこへ置きます？
市之進　そこでいい。なんだ、出目金じゃねえか。
諸岡　出目金じゃまずいですか？
市之進　こいつは酒に強いんだ。ま、いい、どんな割合になっている？
諸岡　旦那がおっしゃったように、酒が一升に水が一升です。

市之進　五分五分だな。入れてみな。
諸岡　えッ。
市之進　金魚を入れるんだよ。
諸岡　死んじゃいますよ！
市之進　私は金魚の名人といわれた男だよ。五分の酒で死ぬ訳はない。入れてごらん。
諸岡　（二匹の金魚を金魚鉢に入れる）
りん　あら、元気に泳いでる！
市之進　金魚というのは不思議な奴でな、酒を薄めるときの目安になるんだ。これから少しずつ酒を足して行くけど、だんだん酔いが回ってきて、もう飲めませんと、肩でハァハァ息をするようになったら打ち止めなんだ。
諸岡　金魚がハアハアするんですか？
市之進　うるさい。酒を足して。
諸岡　大丈夫ですか？
市之進　ここからが商売なんだ。少しずつ、少しずつ、金魚が心臓麻痺を起こさないように、そうそう、その調子。どうだ、ホロ酔い気分で、ふらふらしてきたろう。よく見ると、目が血走ってきただろう。そうそう！　そこまで。（舐めて）どのくらい入った？
諸岡　三合ってとこですね。前に一升入ってますから、酒が一升三合。
市之進　水が一升。いっぺんに二升三合に増えた訳だ。おりんさん、これから酒を出すときには、この割合で客に出しなさい。倍は儲かるから。
りん　御親切は本当に有難いんですけど、うちでは、日本酒はあまり出ないんです。
諸岡　出るのは、殆どがウイスキーなんです。
市之進　ウイスキーだって酒と同じじゃねえか。水で薄めればいいんだ。
諸岡　水割りなら以前からやってますよ。
市之進　水割り？
りん　せっかくですけど、旦那の金魚は、うちではあまり役に立たないんです。済みません。
　ドアが開いて、ずぶ濡れになった鐵太郎とうめの二人が入ってくる。激しい風雨の音。そして落雷。
玉枝　いらっしゃいまし。
市之進　なんだ、おめえ達は？
鐵太郎　あ、お父っあん！
市之進　なにしにきたんだ。
うめ　おくみ姉さんから聞いたので、ちょっと見にきたのよ。
市之進　なにを見にきたんだ。
りん　あの、お話があるんでしたら、どうぞこちらへお掛けになって下さい。旦那、御用があったら

呼んで下さい。奥にいますから。（一同を去らせると、自分も去る）
鐵太郎　あの人かい、お父っあん？
市之進　何の用だ？
うめ　お父っあんも水臭いじゃないの。こんなお店があるのを、どうして黙っていたのよ。
鐵太郎　気を悪くするかもしれないけど、念のために登記所へ行ってみたんだ。
市之進　登記所！
鐵太郎　だってそうだろう。浅草のこんな良い場所に土地を持っていたなんて、くみに聞くまでは知らなかったんだ。登記簿を見てびっくりしたよ。
市之進　おめえ達には関係のねえことだ。
うめ　そうはいかないわよ。今は元気でいても、お父っあんにもしものことがあったときには、この土地はどうなるの？　揉め事の種になるのは目に見えているじゃない。
鐵太郎　不動産屋に聞いてみたんだが、この辺は結構な値が付いているんだね。あの人にはいくらで貸しているんだい？
市之進　おめえ達はそれが心配でやってきたのか。
鐵太郎　い、いや、そういう訳じゃない。まさか、ここでお父っあんに会うとは思わなかったから、土地の話になったんだが、じつはもう一度、俺の家族と一緒に、梅田で暮らしてみる気はないか、それを言おうと思っていたんだ。
うめ　そのためには、揉め事の種になるようなこの土地は、今のうちにすっきりさせたほうがいい。

鐵太郎　そこまでは言ってないよ。
うめ　言ったじゃない。処分した半分のお金は、お前達四人で分けろ。俺は長男だから、あとの半分を貰う。その代わり、お父っあんを引き取るからって
鐵太郎　それはな、それは言葉の綾でそう言ったが……
市之進　鐵。
鐵太郎　……
市之進　俺がどうして梅田の家を出たのか、分っているのか？　あの店は、俺が血を吐くような思いで一代で作った店だ。分っているのか？
鐵太郎　そ、それは、女房が強く当ったから……
市之進　お房が死んだあと、疲れが出て、俺はしばらく寝こんだ。熱が出て、動けなくなったが、そのころからおめえの女房は口を利いてくれなくなった。そりゃな、お房に続いて俺も寝込んだから、むりもねえとは思うんだが、あるとき、俺の枕元で聞こえよがしに邪魔だと言った。そのとき俺は、背中のあたりがすーっと冷たくなった。六十年も生きてきて、邪魔だと言われたのは初めてだ。頼みのおめえはどうしているかと思えば、相場なんかに手を出しやがって、店へ寄りつかねえ。そんな家へ、俺が戻れると思うか。
鐵太郎　分ってるよ。二度とそんなことは言わせないから。
市之進　帰れ。
鐵太郎　お父っあん。

市之進　世話にはならねえ。この土地も渡さねえ。帰れ！
鐵太郎　お父っあん！　まさかあの女に。
市之進　あの女だと！
うめ　私は不承知よ！　縁もゆかりもないあんな女に、何故そこまでするの！　お父っあんは騙されているのよ！　私、絶対に厭よ！
市之進　帰れったら帰れ！

市之進は灰皿を摑むと、床に叩きつける。が、急にその場にうずくまる。

鐵太郎　お父っあん！
うめ　どうしたの、お父っあん！

奥からりんや玉枝達が飛び出してくる。

りん　旦那！　しっかりして下さい、旦那！　だれか、お医者さんを呼んできて！

諸岡が「はい」と答えて表に出て行く。
一同が、「お父っあん」「旦那！」と叫ぶ中で……

暗転

(四)

病院の一室。
秋晴れの午後。
市之進がベッドに寝ている。
ドアが開いてくみが入ってくる。

くみ　お父っあん、キビ団子食べる?
市之進　……
くみ　下の通りに売りにきてたの。美味しそうだから買っちゃった。食べる?
市之進　湯に行きてえ。
くみ　お湯は駄目よ。
市之進　気持わるい。
くみ　我慢しなさい。あとで体を拭いてあげるから。

市之進　余計気持わるい。
くみ　またそんなことを言って。今度むりをしたら、本当に心筋梗塞だってお医者さんが言っていたでしょう。
市之進　藪のいうことなんか当てにならねえ。
くみ　藪々って言わないの。お蒲団の註文を取ったんだから。
市之進　商売したのか？
くみ　敷蒲団を五枚。
市之進　そいつは豪儀だ。はははは。
くみ　……ねえお父っあん、昨日も話をしたけど、退院したら聖天町へ来てくれるわね。一緒に暮らしてくれるでしょう。
市之進　……
くみ　うちは、父ちゃんがいないから、だれに気兼ねすることもないわ。私も子供達も、前からそのつもりでいたから、二階の部屋を空けてあるの。お父っあんさえよければ、三ノ輪の荷物をうちへ運ぼうと思っているわ。
市之進　……
くみ　お店があるから、少しはうるさいかもしれないけど、お父っあんが来てくれれば私は安心だわ。もし退屈だったら、以前やっていたように、また琵琶でも始めればいいじゃない。（と真似て）思ひぞいづる元暦《げんりやく》の春くれ方の壇の浦、べべんべんべん、咲き散る波の花妻《のり》を、べべんべんべん……

よくあんな、蛙を踏みつぶしたような声が出せると思って、私、感心していたんだけど、お父っあんのただひとつの道楽ですものね。やってみたら。
市之進　いつだ？
くみ　え？
市之進　退院だよ。
くみ　先生は二、三日うちだって。
市之進　二、三日か。
くみ　辛抱しなさいよ。むかしから、用心に怪我なしっていうくらいだから、焦ったらろくなことはないわ。
市之進　それじゃ、二、三日と言わず、十日ぐらい延ばすか。
くみ　十日？
市之進　どうも、この、気分が悪くてな……
くみ　どう悪いの？　吐き気でもするの？　それとも頭でも痛いの？　いいわ、ちょっと先生を呼んでくるわ。
市之進　待て待て。藪が来たって治らねえ。
くみ　どうしたのよ、お父っあん。本当に気分が悪いンなら、先生に頼んでみるけど、先生は、もう大丈夫だって言ってくれたのよ。病院にも都合があるから、急にそんなことを言われても困るんじゃないの。

市之進　入院費は俺が払うから。
くみ　そんなことを聞いているんじゃないの。一人で病院で寝てたって、味気ないんじゃないかって、お父っあん、まさかあの人を待っている訳じゃないでしょうね？　そうなの？
市之進　……
くみ　おりんさんがすぐに手配をしてくれたおかげで、この病院にも入れたし、命拾いもしたけれど、あれからそろそろ二週間よ。一度も顔を見せないでしょう。
市之進　……
くみ　あの人は、そりゃいい人よ。苦労したわりには明るいし、気性もさっぱりしてて、親切だわ。でも、お父っあんのことを、本当はどう思っているのか、それは分らない。お父っあんだって、じつはそう思っているんでしょう。
市之進　……
くみ　娘の私が、こんなむごいことは言いたくないけど、やっぱり無理なのよ。あの人のことは忘れなさいよ。お客商売は華やかだし、あの通り奇麗な人だから、周りの男だって放っておかないわ。おりんさんは利口だから、そんなことは噯気《おくび》にも出さないでしょうけど、私はきっとだれか居ると思うの。居ても不思議じゃないと思っているの。
市之進　目つきの悪い奴がいるんだ。
くみ　知ってるの？
市之進　俺の見てる目の前で、付け文なんかしやがった。

くみ　ほらごらんなさい。お父っあんもそういう男の一人なのよ。順番から言ったらビリのほうなのよ。
市之進　どうして俺がビリだ。
くみ　一番だったら、疾うに見舞いにきてくれた筈よ。そうでしょう。

ドアをノックする音。

くみ　はい。……どうぞ。

ドアが開いて花を持ったりんが現れる。

くみ　あら！……お父っあん、おりんさん！
りん　今日は。
くみ　わざわざ済みません。ささ、どうぞ。お父っあん、起きるの？　大丈夫？
市之進　（起き上がろうとしている）
くみ　（手伝いながら）なにも急に起き上がらなくても。え？　なに？（耳を近付けて）椅子を出してやれ？
りん　どうぞおかまいなく。顔色がずいぶん良くなったじゃない。明後日退院ですってね。

くみ　お聞きになったの？
りん　今、看護婦さんに。旦那、よかったわね。
くみ　御迷惑をおかけして本当に済みませんでした。こうして元気になれたのも、おりんさんのおかげです。
りん　とんでもない。私もね、気にはしていたんだけど、お店があるものだから。ごめんなさいね、遅くなっちゃって。
くみ　お父っあん、嬉しいでしょう。私は明日また来ますけど、むりなこと言って、おりんさんを困らしては駄目よ。お父っあんはビリなんだから。
りん　お帰りになるの？
くみ　荷物をね、お父っあんの荷物を聖天町へ運ばなきゃならないんです。
りん　……
くみ　おりんさんに会いたがっていたから丁度よかったわ。勝手を言って悪いんですが、あとをお願いしますね。じゃ、お父っあん。（と去る）
りん　おくみさんの所へ移るの？
市之進　俺のことを、本当に心配しているのはあいつだけだ。
りん　よかったわね、一緒に暮らせるようになって。おくみさんはやさしいもの。
市之進　やさしいけど、口うるせい。死んだ婆さんみてえだ。
りん　なんか言われたの？　言われたんでしょう。

市之進　むりだって言いやがった。忘れろってぬかしやがった。だが、そんなこと言われたぐらいでへこたれるもんじゃねえ。これからも俺は、お前さんの店に行くつもりでいるよ。
りん　来ないでと言ったら？
市之進　……
りん　じつは、今日はそのこともあってきたのよ。……迷惑なのよ。
市之進　……
りん　おくみさんからいろいろ聞いたけれど、今の私は、生きることが精一杯で、男の人のことなんか考えている余裕はないの。旦那は、私と一緒に暮らしたいと言っているそうだけど、本気なの？
市之進　本気だ。
りん　一緒に暮らすってことは、世帯を持つことよ。夫婦になることよ。そんなことが出来ると思っているの？
市之進　お前さんさえ、うんと言ってくれたら、俺はそのつもりでいるよ。嘘なんか吐かねえ。
りん　私が迷惑だというのはね、なにも年のことばかりじゃないの。この間の嵐のときに、息子さん達が来て大騒ぎになったでしょう。お店のことだけでも、あんな騒ぎになるんだから、もし旦那と一緒になったら家の中は滅茶々々になってしまう。分るでしょう。私は、そうまでして、自分がしあわせになろうとは思わないの。いえ、もっとはっきり言えばね、そんな思いをしてまで……怒らないでね、そんな思いをしてまで、一緒になりたいとは思わないのよ。ごめんなさい。
市之進　……

りん　旦那、大丈夫？
市之進　駄目だ。
りん　そんなこと言わないでよ。ねえ、お茶飲む？　私、作ってきたの。

りんは水筒のお茶を市之進に渡す。

りん　気付け薬のつもりで飲みなさい。
市之進　（一口飲む）甘茶だ。
りん　美味しいでしょう。
市之進　……俺はもう店には行かねえ。このまま、ずっと聖天町で暮らす。
りん　ひどいことを言って悪かったわ。ゆるしてね。
市之進　いや、これでさっぱりしたよ。
りん　ねえ旦那、私、前からひとつだけ聞きたいと思っていたことがあるの。旦那は、私みたいな女のどこが気に入ったの？
市之進　いいじゃねえか、そんなことはもう。
りん　でも、これからは、そうちょいちょい会えなくなるでしょう。旦那は初めて会ったとき、私のことを、若紫花魁によく似てるって言ったでしょう。それで気に入ったの？
市之進　若紫？

りん　言ったじゃないの。私がお店を借りようと思って、洗いざらいむかしのことを喋ったら、旦那は急に大きな声で……
市之進　ああ、思い出した。ははは、若い時分の話だ。俺が組合の仲間と一緒に吉原へ冷やかしに行ったときに、初めて花魁道中ってやつを見たんだ。花どきの夕暮れでな、ぼんぼりが飾られている仲之町の通りを、大勢の供を引き連れてやってきたんだ。キラキラ光る打掛けを何枚も重ねてな、立兵庫《たてひょうご》っていうのか、大きな髷を結った若紫が、目の前を歩いてきたんだが、真っ白な顔に夕日が当ってな、そりゃ奇麗だった。
りん　上がったんですか？
市之進　馬鹿いっちゃいけねえ。芝居の籠釣瓶じゃねえけど、俺は指をくわえて、ぼんやり見てたんだ。ざまはねえや。ははは。
りん　でも、その若紫さんに、私が似ていたんですね？
市之進　え？
りん　そう言ったでしょう、だから私は、お店の宣伝に使っちゃおうと思って……
市之進　ああ、あのときは、お前さんの気を引こうと思って、出まかせを言ったんだ。
りん　ひどい！　好きだとかなんだとか、思わせぶりなことを言って……旦那もやっぱり、ほかの男と同じだったんだわ。でも、これで私もさっぱりしたわ。気が楽になったわ。これからは大家さんと店子、赤の他人、それで行きましょうね。では、赤の他人はこれで失礼しますから、お大事に。
市之進　おりんさん。

りん　稼がないと、お家賃払えないんですよ。
市之進　赤の他人でいいから、最後にひとつだけ、俺の話も聞いてくれ。
りん　遺言ですか？
市之進　そう思ってくれてもいいや。
りん　……
市之進　おりんさんは、千住ってとこを知ってるか？
りん　やっちゃばのある所ですか？
市之進　あの前を、草加のほうへ行く街道が通っているんだ。むかしの日光街道だが、当時は街道の両側に宿屋がいっぱいあってね、その宿屋には、客の相手をする飯盛女が沢山いたんだ。世間では宿場女郎と呼んでいたけど……俺を生んだ母親っていうのが、その宿場女郎だったんだ。
りん　……
市之進　明治も初めごろのことだし、母親っていうのが、俺を生んで、まもなくして死んじまったそうだから、どんな顔をした女だったのか、どういう病で死んだのか、俺にはまったく分らねえ。だからな、お前さんから身の上ばなしを聞いたときに、俺は人ごととは思えなかったんだ。
りん　……それで、旦那はどうしたんですか？
市之進　里子に出された。
りん　……！
市之進　あっちこっち盥まわしにされた挙句、やっと拾われたのが、酒屋の小僧の口だった。こんな話は、いくつになっても辛ぇや。
りん　おくみさん達は知っているの？
市之進　知らねえだろう、話をしたことはねえから。（気付いて）暗くなってきたな。
りん　日が短くなったからね。旦那、疲れたんでしょう。横になったら。
市之進　そうだな。ああ済まねえ。
りん　（手伝ってやりながら）秋の日は釣瓶おとしっていうけど、来月はもうお酉様だもの。
市之進　そうだったな、はは、すっかり忘れてた。お酉様が終ったら、歳の市だ。
りん　暮を迎えて浅草の町はいそがしくなるわ。そのあとすぐに羽子板市でしょう。それから冬至で、ゆず湯。
市之進　寒紅《かんべに》ってのがあったんだ。
りん　知らない。なんですか、それ？
市之進　寒の丑の日に作った紅のことでね、色も奇麗で、質もいいというんで、娘達は茶碗やちょこを持って、小間物屋へ買いに行ったもんだ。
りん　寒紅。いいわねえ。
市之進　いよいよ押し詰まって、大晦日。晦日が過ぎたらお正月、お正月の宝船、宝船には七福神、神功皇后武の内。
りん　内田は剣菱七つ梅、梅松桜は菅原で、わらでたばねた投島田、島田金谷は大井川。
市之進　こいつは驚いた。おりんさんはどうしてその尻取りを知っているんだ。

りん　知ってるってほどじゃないんだけど、むかし、廓にいたときに、朋輩のお娼妓さんに教えてもらったんですよ。お客が付かないときは、この尻取りをやっていると、ふしぎとお客さんがくるって。嘘でしたけどね。

市之進　俺は小僧の時分に聞いたんだが、どうかね、おりんさん、俺のまえで、その尻取りをやってくれねえか。

りん　まさか、旦那がお客になろうっていうんじゃないでしょうね。

市之進　そんな元気はねえよ。頼むよ。

りん　でも、そっくり覚えている訳じゃないから。

市之進　間違えたっていいじゃねえか。

りん　そうですか、閊《つっか》えたら堪忍ね……（ゆっくりと始める）……牡丹に唐獅子竹に虎、虎をふまえた和唐内、内藤さまは下り藤、富士見西行うしろ向き、むき身蛤バカ柱、柱は二階と縁の下、下谷上野の山かつら、桂文治は噺家で、でんでん太鼓に笙の笛、笛に菱餅雛祭り、祭万燈山車屋台、鯛に鰹にタコ鮪、ロンドン異国の大港、登山するのがお富士さん、三遍回って莨《たばこ》にしょ……

市之進は寝入ったらしい。

りんは蒲団をかけてやる。

りん　お元気でね。さようなら。

りんはそっと病室を出る。

幕

第二幕

(一)

大浦蒲団店。
姉さんかぶりをしたくみが蒲団の綿入れをしている。
表通りから、「天に代りて不義を討つ」と、出征兵士を送る楽隊の音が聞こえてくる。
春子が学校から帰ってくる。

春子　ただ今。
くみ　お帰り。
春子　お客さんよ。（と手で綿埃を払う）
くみ　なによ、これは？
春子　埃。

くみ　綿屋に挨は付きものよ。挨のおかげで御飯が食べられるんじゃない。どこの人？
春子　そこで会ったの。なんだか目つきの悪い人。

ハコ伝がやってくる。

ハコ伝　ごめん下さい。
くみ　いらっしゃいまし。
ハコ伝　（挨を払いながら）お仕事中お邪魔をして相すみません。私は是近伝吉と申しますが、じつは、千束町のモロッコの女将さんに頼まれてお伺いしたんです。
くみ　モロッコ？　ああ、おりんさん！
ハコ伝　はい。
くみ　それじゃ、お店のお方？
ハコ伝　いいえ、私は今は、馬道で駄菓子屋をやっているんですが、以前はこの、廓でですな、箱屋をやっていたんです。
くみ　箱屋さん？　ああ、ボール紙かなんかの。
ハコ伝　いいえ、木の箱なんです。
くみ　ああ、それじゃ、ビールやサイダーを入れる箱？
ハコ伝　いいえ、そんな重い物じゃなくて、つまりですな、三味線を入れる箱なんです。その箱を担いでですな、芸者衆のうしろからとことこ付いて行く、とまあ、そんな商売なんでして……
くみ　そうですか。で、今日はどんな御用で……？

春子がお茶を運んでくる。

春子　どうぞ。
ハコ伝　おかまいなく。いつもおいそがしい御様子ですな。私もときどき、そこの吉野橋から市電に乗るものですから、お宅の前を通るんですが、あのあたりもすっかり変りました。
くみ　私は嫁にきたものですから、よく分りませんけれど、みなさん、そう言ってますね。
ハコ伝　山谷堀をね、猪牙船で吉原へ行ったなんて話はずっと昔のことですが、私が子供のころは、すぐそこの聖天さんのお堂の横の天狗坂を下りると、目の前が隅田川でそこに竹屋の渡しがあったんです。当時は隅田川も山谷堀も奇麗でしてね、夏になると、ざぶんと飛びこんだものです。それがどうですか、ついこの間、堀を覗いたら、油がいっぱい浮いちゃって、丸太っていう魚の子供が、石垣にへばりついて、苦しそうにパクパクやっているんです。ひどい変りようです。
くみ　そうらしいですね。春子、糸を出して。金茶の糸。で、御用というのは。
ハコ伝　済みません、べらべらお喋りしちゃって。じつはですな、いつぞやおりんさんが、お宅へ蒲団をお願いしたことがあったそうですが……
くみ　ええ、敷蒲団に掛蒲団を一枚ずつ。忘れていた訳ではないんですが、忙しくて、つい後まわしにしてしまったんです。済みません、これから急いで作りますから。
ハコ伝　いやいや、それなら却ってよかったんです。その蒲団は、おりんさんが新入りの子にと思って頼んだそうですが、訳があって、店を辞めてもらったんです。要らなくなっちゃったんです。もちろん、出来ていれば頂戴いたしますが……
くみ　申し訳ございません。気にはしていたんですが、ついうっかりしちゃって。
ハコ伝　お気になさらんで下さい。話が分ればそれでよろしいのですから。ええ、就いてはですな、前金としてお渡しした五円を、一応戻して頂けないかと思いまして……
くみ　前金？
ハコ伝　お金のことなので、おりんさんもじかには言いにくいなんて言ってますんで……
くみ　ちょっと待って下さい。お金は一銭も頂いてませんよ。
ハコ伝　困るなあ、今になってそんなことを言われても。
くみ　頂いてないものは頂いてないんです。おりんさんは勘違いしているんじゃありませんか。
ハコ伝　私はその場に居たんです。この目で見ていたんです。おりんさんが内金だと言って、お宅の息子さんに、武内宿禰の五円札を渡したんです。
くみ　息子！
ハコ伝　お聞きになってませんか。
くみ　いつのことです。
ハコ伝　十日ほど前のことですよ。新入りの子はもう辞めちゃったあとだから、蒲団は要らなくなったんですがね、頼んだ手前もあるので、内金を渡して作ってもらおうと思ったんです。ところが息子さんは、いくら貰っていいものか分らないものだから、お爺ちゃんと相談しましてね、それで取りあえず五円ということに……

くみ　お爺ちゃん！　うちのお爺ちゃんですか。

ハコ伝　そうですよ。

くみ　二人でお店へ行ったんですか？

ハコ伝　息子さんが引っぱってきたんです。

くみ　春子！　二階へ行ってお爺ちゃんを呼んできな！

春子　（去る）

ハコ伝　なんでも、退院して間なしだったそうですな、おりんさんにこっぴどく叱られてました。そうですか、なにもお聞きになってなかったんですか。

くみ　子供が帰ってきたら、よく聞いてみますが、本当に申し訳ございません。いずれあらためて、お金はお返しにあがりますが、どうかおりんさんによろしくおっしゃって下さい。

春子　（戻ってくる）居ない！

ハコ伝　ご心配ですなあ。息子さんばかりか、お爺ちゃんまでがそれでは……お察しいたします。では。（去ろうとする）

くみ　あの……

ハコ伝　……？

くみ　失礼ですが、お宅さんは、おりんさんとはどういう御関係で……？
ハコ伝　どういうと言われても困るんですが、むかし廓で働いていたものですから、それで知合いになったんですが、親しくお付き合いをするようになったのは、あの人が地方から戻ってきてからなんです。
くみ　地方？
ハコ伝　たしか、大正の終りか、昭和の初め頃でしたな。私が仲見世の通りを歩いていて、偶然おりんさんに会ったんです。そのときは、料理屋の女中をしているって言ってました。
くみ　……
ハコ伝　私はむかし、あの人にひどい迷惑をかけたものだから、それが気になってね、お節介と言われながらも、なにかと面倒をみてきたんです。
くみ　……？
ハコ伝　いやいや、変な意味じゃありません。そりゃね、そりゃ、私はあの人を好きですよ。以前から ほの字でしたから、正直いって、なんとか、この、ねんごろになれないものかなあなんて、そんなことを考えたことはありましたよ。
くみ　ねんごろ？
ハコ伝　ところが、こちらのお爺ちゃんも、私同様ねんごろ組のお一人だと分りましてな、正直、当惑しておるんです。しかしあの人は、頑固な上に身持が堅うござんすから、お爺ちゃんの手には負えないでしょう。ま、お諦めになったほうがよろしいかと思いますよ。お邪魔さま。（去る）

春子　なあにあのじじい！　母ちゃん、言われっぱなしじゃない。
くみ　琵琶はあったの。
春子　床の間に置いてあった。
くみ　温習会に出ると言ってるくせに、お稽古もしないでどこへ行ったんだろう。
春子　お爺ちゃん、やっぱり一人になりたいんじゃないの。
くみ　どうしてさ。
春子　窮屈なのよ。うるさ過ぎるのよ。
くみ　なにがうるさいの。
春子　ちょっと帰りが遅いと、どこへ行ってたとか、だれに会ってたとかって、子供じゃないんだから、そんなことまでいちいち言うことはないのよ。
くみ　それはお前達に言ってることで、お爺ちゃんに言っている訳じゃないよ。
春子　そう思っているのは母ちゃんだけ。まるでお爺ちゃんを監視してるみたいよ。
くみ　監視？
春子　人間はね、ああしなさい、こうしなさいって頭から抑えつけられると、あべこべに反撥するのよ。いけないって言われると、余計したくなるの。母ちゃんは二言目には、あんなお店、あんなお店って悪口を言うけど、お爺ちゃんも桂介も、そう言われると余計行きたくなるのよ。私だって、一度ぐらいは行ってみたいと思ってるわ！
くみ　まあ、なんてことを！　うちは父ちゃんがいないから、少しでも間違ったことをしたら、すぐになにか言われるのよ。女世帯だからといって、割引いてくれるほど世の中は甘くないの。お前達はうるさいとか細かいとか文句ばかり言ってるけど、うちは片親なんだから、世間様から、うしろ指を差されるようなことだけはしてもらいたくないの。

春子　ああ、また始まった！　片親片親って。

くみ　だってそうじゃない。

春子　父ちゃんが死んだのは、母ちゃんの責任でも私達の責任でもないでしょう。悪いのは綿屋でしょう。綿の埃を吸ったから、肺病になって死んだんじゃない。

くみ　馬鹿なことを言うんじゃないよ！　父ちゃんは、生まれつき体が弱い上に大酒飲みだったの。浅草中の綿屋さんを調べてみても、肺病で死んだ人は一人もいないの。あの人だけ例外だったの。第一、私をごらん。二十年ちかくもこの商売をしているけど、どこも悪いところはないんだから。

春子　特別丈夫に出来てるのよ。

くみ　まあ！　親を馬鹿にして……！

電話のベルが鳴る。

くみ　出なさい。

春子　いやよ。

くみ　友達だったら居ないって言うよ。

春子　（仕方なく受話器を取る）はい、もしもし、大浦蒲団店ですが……は？　はあ。ちょっとお待ち下さい。交番。
くみ　交番？　どこの？
春子　浅草六区の交番だって。ほら、大勝館の前にあるじゃないの。
くみ　（受話器を取る）もしもし、替りました。はい。ええ、その大浦です。え？　はい、大浦桂介は私の倅です。はい、え？　まあ。
春子　どうしたの？
くみ　補導されたんだって。（電話に）……それであの……なにか悪いことでも……？　は？　鞄を下げて……六区の通りをぶらぶら歩いてた？　あの、それだけですか？　え？　いえいえ！　もうおっしゃるとおりで……申し訳ございません。早速引き取りに上がりますので、はい、どうも済みません。はい、よく言い聞かせますので……はい、済みませんでした。ああ、もしもし！　あの、倅と一緒にですね、年寄がおりませんでしたでしょうか？　はい、鈴木市之進、六十二歳です。そうです。え？　年寄なんか補導したって仕様がない？　ごもっともさまで。どうも申し訳ございませんでした。（と受話器を戻す）……中学生が、活動写真の看板を見て歩くのが、そんなにいけないことなのかね。
春子　いけないのよ。支那事変が始まってから、急にうるさくなったのよ。どうする？
くみ　引き取りに行くよ。行かなきゃ仕様がないだろう。
春子　お金を猫ババしたり、補導されたり、あいつ、将来ロクなものにならないわ。

くみ　悪いのはあのお店だよ。あのお店へ行くようになってから、みんなの頭が狂っちまったんだ。お爺ちゃんだって、将来ロクなもんにならないよ。

くみ、溜息をつく。

暗　転

(二)

前場の数日後。夜。

蒲団店の座敷で市之進が琵琶の稽古をしている。店のガラス戸には白いカーテンが引かれて、土間の電気は消えている。市之進のうしろには、例の三つ組の蒲団が置いてある。

やや遠くをチンチン電車の通過音。

桂介が二階から下りてくる。

桂介　お爺ちゃん。

市之進　稽古の邪魔。
桂介　勉強の邪魔。
市之進　勉強してたのか？
桂介　ねえ、この間の話、どうなった。
市之進　なんの話？
桂介　ほら、連れて行ってやるって言ったじゃないか。
市之進　どこへ？
桂介　厭だなあ、行くって言っただろう。ほら、あすこだよ、あすこ。（小声で）よの字の付くところ。分んない？
市之進　よの字？　四谷か？
桂介　四谷なんかへ行ってどうするんだよ。ほら、言っただろう。最初だけは俺が案内してやるって。よの字の下に、しが付くところだよ。
市之進　よし……吉原か。
桂介　（頷く）
市之進　そういうことだけはよく覚えていやがるな。
桂介　約束しただろう。
市之進　約束という訳じゃないが、しかし、母ちゃんの耳に入ったら大変なことになるぞ。
桂介　言わないもん、俺。

市之進　当りまえだ。それでなくてもおめえは、浅草公園で補導されたり、蒲団の内金を猫ババしたり……

桂介　あれは返したよ。母ちゃんはそのお金を持って、近いうちにおりんさんのお店に謝りに行くって言ってたんだ。奇麗に済んだんだよ。

市之進　馬鹿。俺の身にもなってみろ。俺がこの家へ来たために、おめえがますます悪くなったって、母ちゃんに嫌味を言われてるんだ。もしこれで豚箱にでも入れられてみろ。お爺ちゃんはじんじん端折《ばしょ》りで逃げ出さなきゃなんねえや。

桂介　お爺ちゃん、厭ならいいよ。

市之進　なにが？

桂介　俺、知ってる奴がいるんだ。

市之進　知ってるって、廓にか？

桂介　小学校の友達がお店の子供なんだ。いつでも紹介してやるって言うんだ。

市之進　そんなろくでなしが、おめえの周りにいるんだ。だから悪くなってきたんだ。

桂介　ろくでなしなんかじゃないよ。頭が良いんだ。府立三中に行ってるんだからね。真面目な奴なんだ。

市之進　うーむ。土地が土地だから仕方ねえのかな。猿若を突っ切りゃ芸者街だし、通りを越せば六区だし、ちょいと足を延ばせば吉原だ。舞台はそろってやがるからなあ。子供を育てるには難しい所だ。

桂介　難しければいいんだよ。俺は自分で決めるから。（去ろうとする）

市之進　待て待て。なにも連れて行かねえとは言ってねえ。連れて行くには行くで、それにふさわしい日和ってものがあるんだ。

桂介　そんな日があるの？

市之進　お酉様だ。

桂介　……

市之進　お酉様の晩なら、多少おそくなっても怪しまれねえし、それにうまい具合に、夕方から琵琶の会があるんだ。場所も千束のな、なんとか倶楽部……（と言いかけて）帰ってきたんじゃねえのか？

桂介　……だあれ？（土間へ下りる）どなたです？（訝し気に戸を開ける）……お爺ちゃん！　おりんおばさん！

市之進　おりんさん!?　（上がり框まで這い出してくる）お入ンなさいよ。そんなところに突っ立ってねえで、お入りよ。

りんがおそるおそる入ってくる。

りん　今晩は。

市之進　珍しいじゃねえか。

りん　夜分にお伺いして済みません。じつは、ちょっと御相談したいことがあったもんだから。
市之進　ま、そこじゃなんだから、お上がりよ。お上がんなさい。
りん　あの、おくみさんは？
市之進　娘を連れて、本所の寿座へ芝居を見に行った。（桂介に）おめえはもういいよ。二階へ行って勉強しな。
桂介　今晩は。
りん　今晩は。
市之進　勉強しろ、連れて行ってやるから。
桂介　（去る）
りん　（見回して）良いお店ね。
市之進　なあに、昼間は綿の山で、でこでこだ。初めてだろう、ここへ来たのは。
りん　入ろうかどうしようか、随分迷ってね、お店の前を行ったり来たり。琵琶の音が聞こえてたから、旦那はいらっしゃるんだなあ、とは思っていたんですよ。
市之進　へへ、琵琶もとんだところで役に立った。それにしても、よくこの家が分ったな。
りん　ハコ伝さんに教えてもらったんです。
市之進　奴に会ったのかい？
りん　案内してやるって言ってくれたけど、断わったの。
市之進　当りめえだ。あんな奴と一緒に来たら俺は会わねえ。いやいや、おりんさんには会うけど、奴だけは玄関払いだ。
りん　よくよく嫌われたものね。でも、親切で良い人よ。
市之進　騙されちゃいけねえよ。ああいう口のうまい奴の親切ってのは、下心があっての親切なんだ。俺なんかとは違うんだ。
りん　あら、どう違うの。
市之進　ま、そんなことはどうでもいいやな。それより、俺に相談って、どういうことだい。

表の通りを、按摩の笛の音が通る。

りん　このあたりは、意外と静かね。
市之進　昼間は結構人通りはあるんだが、夜になると、急にバタッと静かになっちまうんだ。茶でも淹れようか。
りん　いえ、どうぞお構いなく。……この前、お見舞いに伺ったとき、旦那は里子に出されたって言いましたよね。
市之進　……
りん　生まれ落ちたときには、おっかさんはこの世にいなかったって言ってましたけど、もし元気でいたら、会ってみたいと思いますか。顔だってよく覚えてない、一緒に暮らしたこともない、母親という名前だけの人間なのに、それでも会ってみたいと思いますか。

市之進　なんだい、藪から棒に。そりゃあ、里子に出されたってことは、訳はどうあろうとも捨てられたってことだから、餓鬼の時分は随分恨んだよ。しかし、世帯を持って、世の中が少しずつ分ってきたら、里子に出した母親の、せつない気持も少しずつ分るようになってきて……こんな年寄になっても、一度ぐらいは会ってみてえな……と思ったりするよ。
りん　子供の、そんな気持とは裏腹に、もし母親のほうが、会いたくない、二度と会いたくないと言ったとしたら、旦那はどう思います。ひどい女だと思いますか？
市之進　どうしたんだい。なにがあったんだ。
りん　……
市之進　言いたくなきゃ言わなくてもいいが、いつもとは様子が違うな。
りん　旦那は、私に子供がいるのを御存知ですよね。
市之進　いいや、知らねえ。
りん　言いましたよ。
市之進　聞いてねえ。店を貸すときに、お前さんは、小さいときに別れた弟がいると言ったんだ。
りん　子供なんです。
市之進　……
りん　訳があって新潟へ里子に出したんですが、今年二十三になりました。
市之進　……
りん　じつはその子が、今年の暮に結婚するので、是非新潟まで来て欲しいって言ってきたんです。

私は行くつもりがないので手紙も出してませんけれど、もし旦那だったら、なんとおっしゃるかと思って、それでお伺いしたんです。
市之進　ちょっとお待ち。子供子供というけど、それじゃお前さんは世帯を持ったことがあるんだね。いや、お前さんほどの人だから、きっと、だれかお相手がいるとは思っていたんだが……そうなんだね。
りん　……結婚はしましたが、その子は別なんです。
市之進　どういうことなんだい。いや、なにを聞かされても、俺はおどろかねえ。言ってごらん。
りん　廓奉公を始めてから、丁度七年目の春でした。ある日とつぜん、身請けの話が持ち上がったんです。相手は仙台の人で、石炭の仲買人をやっていたんですが、上京するたびに私のところへ来てくれていたんです。年は一回り以上も離れていたけど、奥さんを亡くしたあと独り身だったし、それに国が同じという親しみもあって、私、喜んでお受けしたんです。気っ風もいいし、男っぷりもいいし、金回りもよかったから、私、惚れたんですよ。
市之進　俺とは大違いだ。
りん　仙台で世帯を持ちましたけどね、なにしろ、生まれて初めてのことだから、毎日が嬉しくて楽しくて、本当にしあわせでした。
市之進　すると、息子さんというのは……？
りん　それだけが悩みの種でした。廓にいたとき、好きな男との間に出来た子なんですが、そんな子供がいるとは、主人にはどうしても言えなかったんです。言えば折角のしあわせが毀れてしまう。

そう思うと、おそろしくて、どうしても打ち明けられない。子供には会いたいけど、この暮らしを捨てるのは怖い。そんな毎日が五年ちかくも続いたんですが、私に子供が出来ないと分ったとき、覚悟をきめて、主人に打ち明けたんです。引き取りたいって、そう言ったんです。

市之進　……

りん　怒りましたねえ！　長い間俺を騙しやがって、なにが子供だ。そんなどこの馬の骨とも分らないような餓鬼を、どうして俺が引き取るんだ。お前はやっぱり売女だ。骨の髄まで売女だ。そう言われて、気が遠くなるまでぶたれました。

市之進　で、どうしたんだい。

りん　言うだけは言いましたからね、私は胸がすーっとしたんです。主人も気性は荒いけど、根に持たない人だから、大丈夫だと思って、新潟まで会いに行きました。

市之進　……

りん　ところが、里親は、お百姓さんの筈だったのに、そこには居ないんです。仙台からは、それまで何度か手紙を出してましたが、何時も梨のつぶてなので可笑しいとは思っていたんです。行ってみて、その訳が分りました。子供はいつのまにか、隣りの町の鍛冶屋さんに売られていたんです。

市之進　……

りん　秋も深まって、新潟の空はどんよりと曇ってました。教えられた鍛冶屋さんは、街道筋の乗合バスの停留所の近くでしたからすぐに分りました。私が行ったときには、暗い土間で、男の人が馬の蹄鉄を作っていました。かたわらで男の子が、真っ赤に燃える炉の中に石炭を投げ入れたり、鞴《ふいご》で風を送ったりして、汗びっしょりになって手伝ってました。赤ん坊のときに別れたきりでしたけど、一目みて子供だと思いました。声を掛けようと思っても、胸が詰まってなにも言えないんです。子供は不思議そうな顔をして、私を見てました。旦那さんもお神さんも悪い人じゃないんですけど、行く行くは、この子に後を継がせたい。どうしてもと言うのなら、それ相応の金を払ってくれ、うちでも、金でこの子を買ったんだからって……そう言われれば、黙って引き下がるよりほかになかったんです。私が子供に会ったのは、それが最初で最後でした。

市之進　旦那にはなんて説明したんだ。

りん　説明するもしないも、居なくなっちゃったんです。

市之進　……

りん　やっぱり根に持っていたんでしょうね。これ幸いとばかり、馴染みの芸者のところへ行っちゃったんです。結局、子供も駄目、旦那も駄目。とんだ虻蜂とらずでした。

市之進　そいつはひでえ目に遭ったなあ。

りん　私が東京へ舞い戻ってきたのは、それから間も無くしてからでしたが、なにしろ食わなきゃなりませんからね。料理屋の女中をしたり、カフェーの女給をやったり、そのころの私は、まるで風に吹き飛ばされた糸なしの凧みたいに、居所の定まらない暮らしを続けていました。気持も荒んでましたからね、子供のこともきっぱり忘れようと思ったんです。考えたところで、もう二度と自分の手元に戻ってくる訳はない。それならいっそのこと忘れてしまえ。そう自分を納得させようと思ったんですが、そう思いながらも、まだ遊びたい盛りの子供が、親方に怒鳴られながら石炭を投げ入れている姿を思い浮かべると、なんだか不憫で不憫で……それからなんです。仕送りを始めたのは。勿論、気持のどこかには、わずかに繫がっている親子という細い糸を切りたくはない、という思いもありました。それから今日までの間、お金が出来ると、ハコ伝さんが代わって、新潟へ送ってくれていたんです。

市之進　ハコ伝？　なんでハコ伝なんだ？

りん　昔からの付き合いだし、それに、私の居所を教えたくなかったから、手紙も仕送りも、みんなハコ伝さんに頼んでいたんです。

市之進　分った。それで奴に会ってたって訳か。

りん　怒るんですよ、あの人。私が新潟へは行かない、式には出ないって言うもんだから、もう金輪際、らちくちのない文使いの真似はしないって、来た手紙を目の前で叩きつけるんです。

市之進　おりんさん、式には出ないのか？

りん　（頷く）

市之進　わざわざ手紙を寄越すなんて、今どき珍しい若者じゃねえか。行っておやりよ。

りん　行ける訳ありませんよ。

市之進　どうして。

りん　旦那なら分るでしょう。行けば私の正体はばれちゃうんですよ。自分の蒔いた種とはいえ、これ以上辛い思いはしたくありませんからね。それに、縁を切るには、丁度いい潮どきだと思っているんです。

市之進　縁を切る？
りん　こんな私でも母親だと思えばこそ、手紙の一本も呉れるんでしょうけど、死んだと思えば、余計な気を遣わないで済みますからね。……なにひとつ母親らしいことをしてないのに、おっかさんだなんて呼ばれたら、私は恥ずかしくて、子供の顔を、きっとまともに見られないと思いますよ。縁を切るだなんて偉そうなことを言ったけど、もともと、切るほどの深い縁ではなかったんだから、もう二度と手紙の遣り取りはやめよう、おたがいに忘れようって……そう先方に伝えてくれって、ハコ伝さんに言ったら、あんたは情なしの冷たい女だって、厭な顔をされちゃった。
市之進　……苦労した人間があったけえというのは、俺は嘘じゃねえかと思うんだ。人間というのは、骨の髄まで、苦労って奴が染み込んでいると、自分にも他人様にも冷たくなるもんだ。そのぶん、泣きをみてるからな。
りん　旦那はそう思いますか。
市之進　思うよ。
りん　ほんとに。
市之進　ほんとさ。だから、なにを言われても気にしねえこった。
りん　旦那に話を聞いてもらってよかった。ほっとしたわ。でも、変ね。
市之進　なにが。
りん　だって、里子に出した女と、里子に出された男でしょう。喧嘩になってもいいのに、どうして仲良くお喋りなんかしているのかしら。

市之進　縁だよ。
りん　縁？
市之進　前世からの深い縁。
りん　またそんないい加減なことを言って。（と笑うが、時計を見て）あら、もうこんな時間だわ。済みません、すっかり長居をしちゃって。
市之進　まだいいじゃねえか。
りん　お店を抜けてきたんですよ。
市之進　客なんかいねえよ。どうだい、その辺でおでんでも突つかねえか。
りん　おでん嫌い。じゃ、私はこれで……（と言って、蒲団に気づく）あら、良いお蒲団ね。それ、三つ組でしょう。
市之進　新婚用に誂えたんだが、駄目になっちゃったんだ。
りん　駄目って？
市之進　女のほうがその気にならねえもんだから、可哀相に戻ってきちゃったんだ。
りん　お蒲団まで作らせといて、破談にしちゃったんですか。ひどい女がいるもんですねえ。
市之進　男は泣いてるよ。
りん　分るわ。男の人の涙が染み付いているんじゃないかしら。でも考えてみると、随分間抜けな男がいるものね。
市之進　どうして。

りん　だって、女の気持も確かめないで、お蒲団を作っちゃうんですもの。
市之進　蒲団作れば、なんとかなると思ったんだ。
りん　いやらしいわねえ。でも、これ、どうするの。
市之進　売るんだよ。
りん　傷物よ。
市之進　黙っていれば分らねえもん。おりんさん、買わねえか。
りん　お金がないわよ。
市之進　金は要らねえ、おりんさんなら只でいい。
りん　変ねえ。お化け蒲団じゃないの？
市之進　お化け蒲団？
りん　夜中に、振られた男の幽霊が出てくるんでしょう、うらめしいって。
市之進　男はまだ死んじゃいねえよ。ま、一寸見てごらんな。専門の職人が作ったんだから、よく出来てるんだ。ふわふわしてるぜ。（と一番上の掻巻を広げる）
りん　いいですよ、そんなことしなくても。あら、本当にふわふわしてる。暖かそうねえ。
市之進　こんなのにくるまって寝たら気持いいぜ。おりんさん、一寸横になってみたら。
りん　厭ですよ。
市之進　蒲団というのは横になるもんだぜ。
りん　馬鹿なことを言わないで下さいよ。私はもう帰りますから。

戸が開いて、くみが春子と一緒に帰ってくる。

くみ　ただ今。あら！

りん　お邪魔してます。

市之進　お帰り。おりんさんがな、一寸用足しの帰りだと言って……

りん　お留守中に伺って済みません。あの、聖天様にお詣りして、その帰りだったものですから。

くみ　そうですか、夜参りとはお珍しいわね。

りん　水商売の神様だって聞いてたもんだから。それじゃ旦那、失礼します。（くみに）夜分済みませんでした。

りんは去る。

春子　へえ、あの人がおりんさんっていうの。粋な人ね。

くみ　生意気なことを言うんじゃないよ。戸を閉めな。

くみは座敷へ上がるが、乱れている掻巻を見て、屹《きっ》と市之進を睨む。無言にて奥へ去る。

春子　ヒステリー。

市之進は搔巻の上にごろりと横になる。

暗　転

(三)

カフェー「モロッコ」

だぶだぶのレインコートを着た桂介の前で、二つの帽子を持った諸岡が、交互に被せながら話をしている。開店前で客はいない。

諸岡　コートも帽子もお客さんの忘れ物だから、ついでのときに返しにきてくれればいいけど、さて、どっちがいいかな。

桂介　こっちのほうが似合うと思います。

諸岡　似合うとか似合わないとかの問題じゃないの。どっちが大人に見えるかってことだよ。ま、こっちでいいか。
桂介　琵琶、預かってもらえますか。
諸岡　琵琶？（ケースに入っている琵琶に気づく）ああ、これか。持って行ったら。
桂介　まずいですよ、大事な物だから。
諸岡　でも、温習会というのは終ったんだろう。
桂介　お爺さんの番は終ったんですが、会はまだ続いているんです。終ったら、ここで落ち合おうって約束したんだけど、きっとだれかに摑まっているんだと思います。
諸岡　どこでやってるの。
桂介　言問通りにある千束倶楽部です。僕、もう一度見てきますから。
諸岡　ちょっと。ついでに、これも掛けてみたら。（ロイド眼鏡を出す）ガラスは無いの。ふちだけ。（と掛けてやる）……うん、いいよ。これなら未成年にはみえない。
桂介　もし、入れ違いにお爺さんが来たら、倶楽部の前で待っているからって、そう言って下さい。琵琶、お願いします。（行こうとする）
諸岡　桂介君、旦那は本当に連れて行ってやるって言ったの。
桂介　そうですよ。
諸岡　そうですよって、寄席や映画館とは違うんだよ。（声を潜めて）吉原だよ。
桂介　でも、お酉様の日は、だれでもあの中に入れるって……
諸岡　そりゃね、そりゃ、一般開放っていうのか、女の人も見学のつもりで通ったりするけど、あんたは通るだけじゃないんだろう。上がるつもりなんだろう。
桂介　（頷く）
諸岡　いいのかねえ。俺、知らないよ。
桂介　まずいですか？
諸岡　お爺ちゃんと孫が、一緒に行くようなところじゃないからねえ。（気づいて）どなた？

ドアがそっと開いて、黒羽二重の羽織に仙台平の袴、白足袋に草履といった高座の姿の市之進がおそるおそる入ってくる。

諸岡　あ、旦那！　さっきから待ってたんですよ！
市之進　おりんさんは？
諸岡　店の子と一緒にお酉様へ行きました。
市之進　やっぱりそうだったか。（桂介を見て）へえ、うまい具合に化けたじゃねえか。
諸岡　でしょう。まさかお客さんの忘れ物が、こんなときの役に立つとは思いませんでした。学校の制服で行くところじゃありませんからねえ。
市之進　話はこいつから聞いてくれたと思うんだが、この間から、連れてけ連れてけってうるせえんだ。
諸岡　年ごろですからね。

市之進　ところが近頃は、二人そろって出て行くと、こいつの母ちゃんがすぐに追っかけてきて、どこへ行くのって、頭ごなしに怒鳴るんだ。
諸岡　ふだんがふだんですから。
市之進　なに。
諸岡　いえいえ。
市之進　そこで考えたのがお酉様だ。お酉様の晩なら怪しまれることはない。温習会が終ったら、人目につかないように、こっそり抜け出そうと、約束はしたんだが、困ったのは琵琶だ。
諸岡　お預かりしてますけど、この程度の物なら、お持ちになったって……
市之進　そうはいかねえんだ。琵琶というのは、弁天様がお持ちになる楽器だ。もし琵琶を抱えて、よからぬところへ遊びに行ってみろ。弁天様は女の神様だから、焼餅を妬いて、どんな罰をお与えになるか分らん。それが怖いんだ。
諸岡　そんなものですかねえ。
市之進　仕方ないから、ひとまずここで預かってもらおうと決めたんだが、おりんさんがいたら、そのときはいさぎよく諦めようと、そういうことになっていたんだ。
諸岡　いなくてよかったですねえ。
市之進　こういう日は、とんとんとんとうまく行くんだ。じゃ、ぼちぼち出掛けるとするか。（と帽子を直してやる）……お前、ふるえてるのか？
桂介　……

市之進　今からふるえてどうするんだ。ふるえるのはこれからだ。
桂介　お爺さんも一緒に行ってくれるんだよね。
市之進　おれは付き添いだから、案内するだけ。あとはお前ひとりだ。
桂介　おれ、よそうかな。
市之進　今になってそんな弱音を吐いてどうするんだ。男というものはな、一度こうと決めたら、たとえ槍が降ろうと、火が降ろうと、逃げちゃいかん。断じて行えば、鬼神もこれを避くってくらいのもんだ。
諸岡　そんな難しいことを言うと、余計ふるえるんじゃないんですか。
市之進　お爺ちゃんの手を握れ。
桂介　え？
市之進　握るんだよ、一緒に歩いてやるから。そのうちには落ち着くだろう。（と二人は手を握る）じゃ、あとをよろしく頼むよ。
諸岡　はい、お元気で。
市之進　お元気でってのは、ちょっと可笑しいんじゃねえのか。
諸岡　（ドアを開けながら）しかし、行ってらっしゃいましというのも、なんとなくわざとらしいし……（外を見て驚く）帰ってきた！
市之進　なに？
諸岡　まずいや、こりゃ！　熊手担いでこっちへ来ます！

市之進　どうしよう。
諸岡　どうしようって、出れば鉢合せですよ。私はかまいませんけれどね。
市之進　そんな無責任なことを……
諸岡　取りあえず二階へ上がって下さい。二階にはだれもいませんから。それが厭なら今日は諦めて下さい。
桂介　お爺ちゃん、裏口から出よう。俺、知ってるから！
諸岡　裏口は開かない！　ママが鍵を持って歩いてるんだよ！　大体、旦那の話が長すぎたんですよ。槍だとか鬼だとか、吉原となんの関係があるんですか。
桂介　そうだよ！
市之進　馬鹿！　お前までがなんだ！
諸岡　喧嘩している場合じゃないでしょう。本当にこっちへ来ますよ！　私はどうなったっていいですけれどね。
桂介　お爺ちゃん、二階へ行こう！

桂介は市之進を引っぱって奥へ去る。
諸岡は琵琶を片付けると、急いで店内の電灯を点ける。殆ど同時に、熊手を持った玉枝が清子と一緒に帰ってくる。

諸岡　お帰り。ママは？
清子　ただ今。
玉枝　ただ今。

りんが、例の浅草の役者達、堂本や牧野、弘美や久子など総勢六、七名の男女と一緒に帰ってくる。弘美は大きな花束を抱えている。

りん　ただ今。
諸岡　お帰りなさい。
りん　そこでみんなと一緒になったのよ。
堂本　今晩は。
弘美　お邪魔します。
諸岡　いらっしゃい。なんですか、花束を抱えて。
りん　堂本さんと結婚したんだって。
諸岡　えーっ。
牧野　これから新婚旅行に行くんだけれどね、その前に、ママに会って挨拶がしたいというもんだから、みんなでやってきたら、偶然そこのひさご通りで会ったんだ。
りん　取りあえず、みんなに坐ってもらってさ、お祝いに乾杯しようと思うの。（堂本がなにか言いかけるので）いいじゃないの。ほかのときとは違うんだから。諸ちゃん、今夜は私の奢りだから、一番上等のシャンペーン、というような高いものないわね。なんでもいいから、どんどん出しなさい。

堂本　ママ、お気持は有難いんだが、あまり時間はないんだよ。

弘美　大丈夫よ。場合によっては、一《ひと》電車おくらしてもいいんだから。

りん　日光って言ってたわね。

弘美　松屋から東武電車なんです。もし行けたら、戦場ヶ原から湯本のほうにまで足を伸ばしてみようかと思ってます。

りん　いいわねえ。今ごろは、日光は紅葉が奇麗でしょうね。浅草に住んでいるのに、私、まだ一度も行ったことない。

弘美　（笑って）彼のお母様もね、日光には一度も行ったことがないから、一緒に付いて行きたいって。

玉枝　え！　新婚旅行のお供？

堂本　冗談ですよ。冗談だけど、泣かれて困っちゃった。

りん　どうして。

牧野　あのですね、こんな良い娘さんが、よくうちの馬鹿息子なんかと。

堂本　馬鹿息子？

牧野　そう言ってたの。よくうちの馬鹿息子なんかと一緒になってくれたって、みんなの前で手放し

で泣くんですよ。あれには参ったねえ、俺達も……（と笑う）

りん　……お母さん、嬉しかったんでしょうね。よく分るわ。

諸岡　ママ。（仕度が出来たと促す）

りん　（グラスを持ち）……それじゃ、みんないいかしら。諸ちゃん、さっきからなにきょろきょろしてるの。

諸岡　え？　いえいえ。

りん　それじゃ、堂本さんと弘美ちゃんのおめでたい門出を祝って……乾杯！

一同　（口々に〝おめでとう〟を言って酒を飲む）

りん　なにかお祝いをしたいんだけど、あんまり急なことなので……

堂本　ママ、もうお気を遣わないで下さい。

弘美　ほんとに。お気持だけで充分ですから。

りん　玉枝ちゃん、なに買ってきた。

玉枝　熊手。

りん　熊手はあげる訳にはいかないわねえ。

玉枝　八つ頭。

りん　八つ頭もちょっとねえ。（一同笑う）

堂本　あの……（立ち上がると）僕達、なんと言ってよいか、お礼の言葉もありません。じつは、ママやみなさんにはまだなにも言ってませんでしたが、僕達、浅草で過すのは、今夜が最後になると思うんです。

りん　……

堂本　旅行から帰ってきたら、まっすぐその足で故郷の和歌山へ帰って、家業の材木屋を継ぐことになりました。

りん　お芝居は辞めちゃうの？

堂本　僕も彼女も、このまま芝居を続けるつもりでいたんですが、じつは出征していた兄貴が、先月上海で戦死したんです。おやじも年ですから、僕がどうしても、うちの商売を継がなきゃならないんです。長い間お世話になりまして本当に有難うございました。

弘美　私、浅草が好きだから……（泣き出して）……いつまでも浅草にいたかったんですが、そういう訳にはいかなくなりました。ママさんやみなさんには、いつも御迷惑ばかりおかけして……御親切は一生忘れません。有難うございました。

りん　そうだったの。せっかく仲良しになれたのに、残念ね。でも、おたがいに好きな人と一緒になれたんだから、よかったじゃない。元気でいれば、またいつかお会いできるんだから……おしあわせにね。

牧野が歌を歌い出す。やがて一同もそれに和して歌い始める。歌の途中でドアがそっと開いて、くみが入ってくる。玉枝が気づいて招じ入れようとするが、くみは会釈して動かない。歌が終る。

牧野　それじゃ、電車の時間もあるから。
堂本　お世話になりました。
弘美　有難うございました。ママもお元気で。
りん　あんた達もね。さようなら。

玉枝も清子も別れの言葉を交わし、一同を見送る。

りん　うちの常連さん。これから新婚旅行に行くんですって。
くみ　済みません、とつぜんお邪魔をしちゃって。
りん　いいのよ、私もついさっきお酉様から帰ってきたところなの。玉枝さん、今のうちに二階へ行って着替えてきたら。
玉枝　そうですね。清ちゃん、あんたも来なさい。（二人は奥へ行こうとする）
諸岡　（慌てて）いやいや！　着替えないほうがいい。今日はそのままのほうがいい！
玉枝　どうして？
諸岡　だって今日は久しぶりに余所行きを着て、おめかししているんでしょう。女っぷりが一段も二段も上がっているのに、着替えたら勿体ない。第一、お客さんは喜ぶし、チップだって弾むかもしれないよ。

玉枝　あんた、たまには良いことを言うわね。ママ、今夜はこのままでやりますから。
りん　（くみに）先達ては夜分おそく済みませんでした。旦那はお変りない。
くみ　おかげさまで。
りん　お宅へ移ったのが、やっぱり良かったのね。いつかも旦那は言ってましたよ。俺のことを本当に心配しているのはくみだけだって。
くみ　そんなこともないでしょうけど、あれでなかなか我儘でしてね。いくら言って聞かせても、分ってもらえないことがあるんです。
りん　……
くみ　今日も、必ず迎えに行くから、楽屋で待っててくれって言ったのに、少し遅れて行ったら、もう居ないんですよ。
りん　楽屋って。
くみ　あら、御存知なかった。
りん　知りません。
くみ　そこの千束倶楽部で琵琶の会があったのよ。本当に御存知なかった。
りん　知りませんよッ。聞いていたら私は、お酉様を後回しにしてでも飛んで行きましたよ。かねがね、旦那が琵琶をやっているってことは聞いてましたけど、旦那のお顔と琵琶とが、どうしても結びつかない。安来節とか、どじょう掬いっていうんなら話は分るけど、琵琶だけはねえ。でも、教えて下されば、私は店を放り出してでも聞きに行きました。（と言いかけて）そうか、うちに来てるんじゃないかって。
くみ　来たんでしょう？
りん　来ませんよ。顔も見てませんよ。諸ちゃん！　旦那は来たの。
諸岡　え？　いえ、来ません！　断じて来ません！
りん　留守番があぁ言ってるんですよ。変に疑われたら迷惑だわ。
くみ　疑ってなんかいません。疑ってはいませんけど、父は、以前はもっと素直で、隠し立てなんかするような人じゃなかったんです。それがどうしたことか、近頃は私の顔色を窺いながら、こそこそ出たり入ったりするようになったんです。心がねじ曲っちゃったんです。だれかがきっと、裏で糸を操っているに違いないんです。良い人だ良い人だって言いながら、父を玩具にしているんです。そんな無責任な人間は一番困ります。
りん　そんなに御心配なら、いっそ座敷牢でも作って、旦那を中へ閉じこめて、鍵でも掛けたらどうですか。お宅はお蒲団屋さんなんだから、三枚でも五枚でもあんこ入りの蒲団を入れて、旦那を寝かしてあげたらいいじゃないですか。悪い虫は付かないし、糸で操ることも出来ないから、一番安全だと思いますよ。
くみ　まあ！
りん　断わっておきますけど、退院してから、旦那がおみえになったのは、ただの一度だけ。私が呼んだ訳じゃありません。お宅の出来損ない坊やが。
くみ　出来損ない！

りん　ごめんなさい。あの坊やが、旦那を連れてきたんです。私は早くお帰んなさいと言って、そのとき、お蒲団の内金として五円、お渡ししたんです。坊やからお聞きになったかどうか知らないけど……

くみ　あ、それはね、ハコ伝さんとかいう人からも聞きました。話があとさきになって済みません。じつは、そのお金を今日はお返しに上がったんです。

りん　あら、そういう意味で言ったんじゃないのよ。

くみ　いいえ、お金はお金ですから。御迷惑をおかけして済みませんでした。では、これを。（と五円札を出す）

りん　そう。たしかに。（と受け取る）おくみさんは私を誤解しているんじゃないの。そりゃ、私も多少は言い過ぎたかもしれないけど、旦那を玩具にしているだなんて……

くみ　いいえ、それはもうやめましょう。これからお客さんがいらっしゃるというのに、大きな声を出したりして悪かったわ。あの、遅くなったお詫びと言ったらなんだけど、これ、おせんべなんです。（紙包を出す）

りん　いいわよ、そんなこと。

くみ　おせんべがいいか水菓子がいいか考えたんですけどね。おりんさんは歯が丈夫そうだから、おせんべのほうがいいんじゃないかしらと思って。

りん　それはそれは、あなたの心臓ほどじゃないけど、歯も丈夫よ。

くみ　ああよかった。それから、ご面倒をおかけして悪いんだけど、領収書を頂きたいんです。

りん　領収書？
くみ　どなたにもそうして貰っているんです。
りん　でも、うちはこういう商売ですからね、領収書なんて、お客さんに出したことはないのよ。
くみ　でも、うちは堅い商売ですから。
りん　ああ、そう。お蒲団屋さんだから、やわらかい商売かと思ったけど、そうじゃないのね。
くみ　それが商人《あきんど》というものなんです。
玉枝　冗談じゃないわよ。この前お宅の坊やに、内金の五円を渡したときだって、うちでは領収書なんて貰っていませんよ。なにが商人よ。ママ、そんなもの出すことないわよ！
りん　いいじゃないの、紙っきれ一枚で済むことなんだから。なんといったって、こちらさんは表街道専門なんだから。諸ちゃん、便箋でもなんでもいいから、ちょっと書いて頂戴。
諸岡　はい。（と用意する）
りん　いいわね。一金五円也、但し内金の返済。右正に領収仕候。名前だけは私が書くから、空けといて。（くみに）いい勉強になった。これからは、うちも領収書を用意しとくわ。
くみ　常識ですからね。
諸岡　（領収書を見せる）
りん　なに、これ。
諸岡　返済という字が分らないので、一応平仮名で。
りん　へんたいって書いてあるじゃないの。あんた、学校へ行ったの。

諸岡　高等小学校。
りん　（書いて）これでいいかしら。
くみ　判子。
りん　はんこ⁉　あんたの目の前で名前を書いたのよ、信用できないの。
くみ　判子の押してない領収書というのはないんです。
諸岡　ママ！　やめなさい、やめなさい！　馬鹿にするのもほどがあるよ。領収書なんか破っちゃいなさい！
りん　清ちゃん、判子持ってきて。
清子　はい。どこに。
りん　二階の、私の鏡台の引き出し。
諸岡　（仰天して）えっ！　二階？　二階は駄目！　清ちゃん、行くことはない！
りん　あんたがなんでそんなことを……
諸岡　いえ、判子はいけません！
りん　分った。どうもさっきから可笑しい可笑しいと思っていたら……あんた、また女を引っぱり込んだのね！
諸岡　えッ、違います！
りん　この前も、私の留守の間に、ミルクホールの女の子を連れてきてたじゃない。あんた、首！
諸岡　違いますよ！

そのとき〝泥棒！　泥棒！〟と清子の声。奥から市之進と桂介が出てくる。

りん　旦那！

くみ　お父っあん！　あら！　まあ、お前は桂介じゃないの。どうしてそんな格好をしているのよッ。

（と帽子と眼鏡を取る）

りん　一体どういうことなの。諸ちゃん、あんた知っていたんでしょう。

市之進　知ってたんだ。

諸岡　旦那！

市之進　こうなったからには、じたばたしたって仕様がねえ。俺達は悪いことはなにひとつしてねえのに、この兄ちゃんが、隠れろ隠れろって二階へ追い上げやがったんだ。なっ。

桂介　うん。

くみ　可笑しいじゃないの。悪いことをしてないんだったら、なにも隠れることはないじゃない。大体、琵琶の会に出ると言っときながら、どうしてこのお店に来たのよ。

りん　諸ちゃん、正直に言いなさい。

諸岡　言えません。

りん　私までが、この蒲団屋さんに疑われてるのよ。どうして言えないの。

市之進　俺が言うよ。

一同　……

市之進　おりんさんに迷惑をかけちゃあいけねえから、はっきり言っとくが、桂介を誘って、ここで落ち合おうってきめたのは俺なんだ。案内してやると言ったのも俺なんだ。

くみ　案内？

市之進　そりゃな、良いとこかって聞かれたら良いとこですとは言えねえ。じゃ、悪いとこかって聞かれても、悪いとこだとも言えねえ。ま、金魚みてえなもんで、良いって奴もいれば悪いって奴もいる。この辺はなかなか難しくてな、学校の先生だって、どっちに軍配を上げていいか困ってしまう、それくらい難しい。

くみ　なんの話だかさっぱり分らないわ。

市之進　だんだん分ってくる。……俺だっておめえ、なにも喜び勇んで案内するって訳じゃねえが、ふつう、兵隊検査の前にはだれでも一度は潜《くぐ》るんだ。だから、こいつに年を聞いたら十七だって言うじゃねえか。十七ではまだ早いなとは思ったが、考えてみると、俺が潜ったのは十五のときだった。それじゃ、まあ、連れて行ってもいいかなあと……それならお酉様の晩が一番いいんじゃねえかなあと……

くみ　お父っあん！　お父っあんはまさか！

市之進　（権幕に押されて、思わず逃げ腰になる）

くみ　呆れた！　お父っあん、正気なの？　桂介はお父っあんの孫よ。孫をそんな不潔なところへ連れて行ってなんとも思わないの。恥ずかしいとは思わないの！

市之進　……
くみ　かりに桂介が行きたいと言っても、叱りつけて止めるのがお爺ちゃんの役目でしょう。それなのに案内するとは一体どういう神経なの。私までが、みんなの前で恥を搔かされているのよ。そんなことがどうして分らないの！
桂介　お爺ちゃんを怒鳴るのはやめろ！
くみ　なんだって。
桂介　やめろって言ってるんだ。僕には良いお爺ちゃんだよ！
くみ　お前までがそんなことを！　一番悪いのはお前なんだよ。
りん　まあまあ、おくみさんの気持はよく分る。だれに聞かしたって呆れてものが言えないわ。怒るのは当りまえ。私は、むかしそういう所で働いていた女だから、人ごととは思わないで聞いてたわ。ふん、冗談じゃありませんよ、なにが兵隊検査よ。なにが一度は潜るよ。そんな男の身勝手で、いつも泣かされてきたのは女ですからね。坊や、それだけはよく覚えときなさい。旦那は良い人なんだけど、頭が古いのよ。十五のときからずーっと進歩してないのよ。
市之進　見つからなきゃよかったんだ。
りん　坊や、お母さんが心配するから、もう二度と来ないでね。来たら、おばさんがぶっとばすわよ。
くみ　桂介、帰るわよ。（りんに）どうもお騒がせして済みませんでした。うちに帰って、二人によく言い聞かせますから。お父っあん、一緒に帰るのよ。
市之進　俺はいいよ。

くみ　いい訳ないでしょう。これ以上迷惑をかける訳にはいかないの。さ、お父っあん。
りん　旦那、今夜はおとなしくお帰んなさい。そしてね、こんな店でも、旦那の息抜きになるんだったら、折をみて、またいらっしゃいよ。私、お相手するから。
くみ　（屹と見る）お邪魔しました。
りん　お気をつけて。

くみは二人を促して去ろうとする。諸岡はその間に琵琶を桂介に渡す。
ドアが開いて、刑事（私服）の浅岡と久利が千代を連れて入ってくる。

玉枝　いらっしゃいまし。（と言うが、刑事と気付いて言葉を呑む）
りん　千代！
浅岡　知っているんだな。
久利　象潟署の者だが、この女、以前この店で働いていたというんだが、間違いないかね。
りん　この子がなにをしたんです。
浅岡　客を引っぱったんだよ。
久利　この間から、六区で客引きをやっていたのは分ってたんだが、さっき宿屋へ連れ込もうとしたところを捕まえたんだ。
りん　あんた、土浦へ帰ったんじゃなかったの。ハコ伝さんは上野駅から汽車へ乗せたって言ってるのよ。どうして戻ってきちゃったの。
千代　私の勝手でしょう。
りん　あんたを追い出した訳じゃないのよ。心配だから、ひとまず親御さんの所へ帰ってもらおうと思ったのよ。そんなに浅草がよければ、まっすぐうちへ来ればよかったじゃない。
千代　うるせえな。なにをしようと、あんたの指図なんか受けないよ。
りん　（刑事達に）あの、たとえ僅かの間でも、この子を預かっていたのは確かなんです。私でよければ、身元保証人になりますから、どうか穏便に……
久利　お前さんも一緒に来るんだよ。
りん　え？
浅岡　この女は、この店で働いているときにも、客を取らされたと言ってるんだ。
りん　なんですって！
玉枝　千代ちゃん！
千代　客引きを教えてくれたのはだれなんだい。筋が良いって褒めたのはだれなんだい。どうせお金が目当ての商売なら、こんな店でピン撥ねされるより、自分一人で稼いだほうがいいにきまってているじゃない。だれの世話になる訳じゃないよ。自分の体で稼いでいるんだよ。だれにも迷惑を掛けてる訳じゃないんだから、なにをしようといいじゃないか！　偉そうに説教ばかりしてるけど、あんただって、むかしは同じようなことをやってたんでしょう！
りん　馬鹿野郎！（と頰を張る）遊びの金欲しさに大事な体を売りやがって、なにが稼いでるだ！

人に迷惑掛けなきゃいいっていうけど、現にこうやって、みんなに迷惑を掛けているんだよ。若いからって、甘ったれるんじゃないよ！

久利　まあま、気持は分るが、乱暴はいかんよ。とにかく、詳しい話は署へ来てからということにしよう。

りん　済みませんでした。

浅岡　よかったら行くぞ。

玉枝　ママ。（とコートを着せてやる）

りん　有難う。あと、頼んだわね。

玉枝　なにかあったら電話を下さい。待ってますから。

市之進　俺も一緒に行こう。

久利　なんだ、お前さんは。

市之進　象潟署なら帰り道なんだ。

浅岡　関係のない人間は迷惑だよ。

市之進　俺は……この人の亭主だ。

浅岡　亭主？

りん　旦那ッ。

市之進　旦那って言っただろう。

久利　そんなに来たいのだったら一緒に来い。

りん　（玉枝達に）頼んだわね。

りんと市之進は刑事達と去る。

くみ　（桂介に）おいで。
桂介　どこへ。
くみ　象潟署へは、以前蒲団を納めたことがあるの。知ってる人がいるかもしれないから。

くみと桂介は去る。
見送っている玉枝たち。

暗転

（四）

前場に続く夜。
暗い店内で電話が鳴っている。

奥から玉枝と清子が出てくる。

玉枝　もしもし、モロッコですが……はい。ああ、折角ですが、今夜は都合で早仕舞いをしたもんですから、そうなんです。どうも相済みません。（と受話器を戻し）気になるから、やっぱり警察へ行ってくるわ。

清子　諸ちゃんがさっき行きましたよ。

玉枝　あの男は当てにならない。遅くなるようだったら、あんたは先に寝ちゃってもいいよ。

清子　今夜は帰してもらえないいんじゃないんですか？

玉枝　どうしてよ。

清子　疑われてますよ、お店でお客をとっているんじゃないかって。

玉枝　あの餓鬼、ひどいことを言いやがったね。今度会ったら締め殺してやるわ。じゃ、行ってくるから頼むわね。

清子　雪が降ってきましたよ。

玉枝　うそ！

清子　さっきから、白いものがちらちら落ちてきたんです。

玉枝　まだ十一月だよ、奥へ行って蝙蝠傘を持ってきて！

ドアが開いて諸岡が駆け込んでくる。

諸岡　あ、玉枝ちゃん。
玉枝　あんた、なにやってたのよ！　またミルクホールの女と……
諸岡　違う違う。ママが一六酒場で立ち回りをやってるんだ！
玉枝　立ち回り？
諸岡　酒飲んでいるところを見つけたから、連れて帰ろうとしたら、この前来やがった廓のやくざと
　喧嘩になったんだ。
玉枝　怪我したの？
諸岡　ビール瓶で男の頭を殴っちゃった！
玉枝　凄い！
諸岡　感心している場合じゃないよ。俺の手には負えないから一緒に来てくれ！
玉枝　清ちゃん！　蝙蝠傘持って付いてきな！

二人の後から、清子は傘を振り回して飛び出して行く。
夜の街を歩く救世軍の（信ずる者よ……）の楽隊の音が聞こえてくる。
ハコ伝が現れる。

ハコ伝　（見回して）……おりんさん、おりんさん！　ハコ伝だけど、だれも居ないのかい？　おり

んさん！　仕様がねえな、どこへ行きやがったんだろう。

ハコ伝は急いで表へ出て行く。

聞こえている救世軍の楽隊。

やがて表で男女の怒鳴り合う声。看板を蹴倒す音などがあって、酒に酔って足元も覚束ないりんが、玉枝と清子に支えられながら帰ってくる。そのうしろから弁蔵と弥七が、諸岡を突き飛ばして入ってくる。弁蔵は頭から血を流している。

弁蔵　どけ、この野郎！

諸岡　乱暴はやめろ！

弁蔵　この阿媽《あま》、よくも殴りやがったな。

りん　うるせい、糞虫野郎！

弁蔵　糞虫だと！

りん　女衒を女衒と言ってどこが悪いんだ。てめえの面なんか見たくもねえや。

弁蔵　この野郎。

りん　野郎じゃないよ、こう見えても女だよ。

弁蔵　もう勘弁ならねえ。

弥七　まあま、兄貴。（りんに）警察へ密告《さ》したのはおめえだろう。でなきゃ、調べにくる訳はねえんだ。

諸岡　そんなことをする訳はないでしょう。

弥七　てめえは黙ってろ。この女に聞いてるんだ。

りん　ああ言ったよ。なにもかも喋ってやったよ。娘を捕まえちゃ片っ端から売りとばしてるって、お巡りにそう言ってやった。それが悪いのかい！

弁蔵　ぶっ殺してやる！

矢庭に椅子を放り投げる。清子は悲鳴をあげる。りんは清子の手から傘を取ると、尖端を弁蔵に向ける。

りん　殺せるものなら殺してみろ！　やくざが怖くて、こんな商売が出来るか。一歩でも動いたら突き刺すぞ！

弁蔵　ぬかしやがったな！（と懐中から短刀を出して抜く）女だと思って大目にみてやったが、もう許せねえ！

弥七　いけねえ、いけねえ！　兄貴、そいつはいけねえ！（と手を押さえて）こんなところで血を流したら只じゃ済まねえ。

弁蔵　俺だって血を流してるんだ。

弥七　今日のところは俺に任してくれ。やい、女、このままで済むと思ったら大間違いだぞ。いずれこの店をぶっ潰してやるからそう思いやがれ。
りん　潰したけりゃ勝手に潰せ。どうせ営業停止なんだ。
玉枝　ママ。
りん　出て失せろ。どじ、馬鹿、とんちき、あんぽんたんのろくでなし。てめえなんざ犬に食われて死んじまえ。穴あきのバケツ野郎、一文銭！
弁蔵　なんだ、そりゃ。
りん　役に立たねえってことだよ。
弁蔵　くやしいなあ。（体を震わせて悔しがる）
弥七　口じゃ勝てねえんだから仕様がねえ。行こう行こう。
弁蔵　おぼえてやがれ。

弁蔵は椅子を蹴倒して弥七と去る。
りん、とたんにへたへたとその場に坐りこむ。

玉枝　ママ、大丈夫ですか。
りん　腰が抜けた。
諸岡　本当に営業停止ですか。
りん　三日間。

諸岡　ああ、よかった。
玉枝　なにがよかったのよ。あんたはそばに付いていながら、どうしてこんなに飲ましちゃったの。
諸岡　飲ました訳じゃないよ。俺が酒場を覗いたときには、コップ酒を前にして、ぐでんぐでんに酔っぱらっていたんだ。そこへあいつらが入ってきたんだ。
玉枝　清ちゃん、そっちを持って。二階へ連れて行くから。
清子　着物が泥だらけよ。
玉枝　いいかい、一、二の三！（二人はりんを椅子に坐らせる）私に摑まって。
りん　酒。
玉枝　駄目ですよ、もう。
りん　諸ちゃん。
玉枝　駄目！
りん　私の酒を私が飲むんだ。あんたらに文句を言われる筋合いはないよ。（立ち上がると、よろよろしながらカウンターに近付く）どきな、どきな、ミルクホール！（諸岡の手を振り払い、酒瓶を取ってグラスに注ぎ、一気に飲む。また注ぐ）あんたら、どこへでも好きな所へ行きな。どうせ潰れちゃうんだから。今のうちに……なんだよ、なんて顔をして見てるんだ。顔の真ん中を三社祭の神輿でも通ってるのかい。ワッショイワッショイやってるのかい。ミルクホール、目ざわりだから、お帰りお帰り。
諸岡　悪い酒だなあ。

りん　馬鹿野郎。（酒を浴びせる）あんな小娘に虚仮《こけ》にされて、うまい酒が飲める訳はないだろう。助けてやろうと思って、柄になく仏心を出したまではよかったが、相手は一枚も二枚も上だった。四十面下げて、あんな小娘に阿呆呼ばわりされたんだから、ざまあねえや。（ぐいぐい飲む）

玉枝　ママ、もうその辺にしたら。

りん　あたしゃ、止《とど》めを刺されたんだよ、警察で！　お前の前身は……前身ってことは、女郎だってことよ。なにもかも調べがついているんだから、疑われないように商売をしなきゃいけないって。ふん、こっちは堅気になって、二十年前の垢は、すっかり落としたつもりでいたのに、世間様は、そう見てはくれないんだよ。悔しいねえ。

玉枝　ママ、休んだほうがいいですよ。二階へ行きましょう。

りん　飲みに行く。

玉枝　冗談じゃありませんよ。

りん　うるさいねえ。どこへ行こうと私の勝手だろ！（と歩き出して尻餅をつく）

玉枝　ほらほら「言わないこっちゃない。清ちゃん、構わないから、二階へ連れて行くよ。諸ちゃんも手伝って。（三人は、りんを抱えるようにして連れて行こうとする）

りん　なにしやがるんだ。放せよ、放せったら！　今夜は夜明かし飲むんだ。放しやがれ！（手足をばたばたさせて、三人から離れると、またグラスの酒を飲む）

諸岡　ママ！　いい加減にしなさいよ！

りん　黙れ！（とグラスを投げる）

ドアが開いてハコ伝が駆け込んでくる。

ハコ伝　おりんさんはいるかい。おお、おりんさん！　さっきから待ってたんだよ！

りん　（酔眼朦朧）だあれ。

ハコ伝　私だよ、私！　ハコ伝だよ。

りん　今時分なにしにきたんだい。女を口説くには早すぎるよ。

ハコ伝　なに馬鹿なことを言ってるんだ。新潟から浩一君が出てきたんだよ。

りん　……

ハコ伝　ついさっき、馬道の私の家へ突然やってきたんだ。どうしてもあんたに会いたいと言うので……おりんさん、酔っぱらっているのか、私の言ってることが分るのか。

りん　分ってるよ。

ハコ伝　時間がないというもんだから、すぐそこのリスボンという喫茶店に案内して、あんたを呼びに……

りん　帰っとくれよ。

ハコ伝　おりんさん！

りん　二度と会わないと言った筈だよ。縁を切るとも言った筈だよ。耄碌しやがって、このおたんこなすめ。さっさと連れて帰れ。

ハコ伝　おりんさん！　赤紙が来たんだよ。
りん　……
ハコ伝　明後日、新発田の連隊に入営だそうだ。ほかのことなら、あんたとの約束もあるから、そっぽを向いてるつもりだったが、召集令状とあっては放っておけねえや。浩一君は、今夜十一時半の最終で新潟へ帰るんだそうだ。
りん　祝言はどうなるの？
ハコ伝　明日の夜、仮祝言を挙げるそうだ。
りん　……
ハコ伝　よっぽどここへ連れてこようと思ったんだが、店で会うのは、あんたが辛いだろうと思って喫茶店で待たしていたんだ。だが、そんなことは言ってられねえ。時間がないんだ。会ってくれるだろうね。
りん　私のこと、どこまで話したの。
ハコ伝　なんにも言ってねえよ。
りん　……いいわ、そんなことはもうどうでもいい。もし戦地へ連れて行かれたら、これっきりで会えないかもしれないから、私、会うわ。会って、あやまるわ。わざわざ来てくれたんだもの……会いたい。顔を見たい。……お願いします。
ハコ伝　じゃ、いいんだね。連れてくるよ。
りん　ハコ伝さん、有難う。

ハコ伝　あんたにそう言ってもらって、長年の肩の荷が下りた。待っててくれ。

ハコ伝は急いで店を出る。

玉枝　ママ、よかったですね！

りん　水！

諸岡がコップに水を入れて出す。りんはそれを飲むと、ふらつきながら鏡に向って化粧を落しはじめる。髪の毛を直す。泥だらけの着物の裾を手拭で落そうとするが、バランスを失って、倒れそうになる。見兼ねた玉枝が手伝おうとするのを、邪慳に手で払い、必死に泥を落す。もう一度コップに手を伸ばすが、手元が狂って、床に落す。避けようとして、今度は壁に掛けてあった熊手にぶつかる。熊手は大きな音を立てて床に落ちる。

りんは放心したように、床にべったり坐りこんでしまう。やがて、そろそろと立ち上がる。会うことを断念する。財布から鍵を取り出すと、ドアに近寄って、鍵を掛ける。

玉枝　ママ！

りん　明かりを消して。消すんだよ。

諸岡が店の明かりを消す。

りん　声を出すんじゃないよ。

りんは椅子に坐り、ドアのほうを見ている。玉枝達は頷き合って、奥へ去る。
ハコ伝が戻ってきたらしく、ドアをガタガタ開けようとする。

ハコ伝（声）　おりんさん、どうしたんだ！　どうして戸が開かないんだ。（ドアをどんどん叩く）おりんさん、なんで鍵を掛けたんだ。浩一君が一緒に来ているんだよ！　開けなさいよ。あんたは会いたいと言っただろう、どうして鍵を掛けたんだ。開けろ！　馬鹿野郎！　なんで開けないんだ！　おりんさん、居るのか？　居るんなら返事をしろ！（とドアを叩く）

浩一（声）　……お母さん、浩一です。聞こえますか？　分りますか？　是近のおじさんからお聞きになったと思いますが、明後日の朝、入隊することになりました。お母さんが、新潟の鍛冶屋の店におみえになったのは、まだ子供の時分でしたけれど、僕はよく覚えています。あのとき、お母さんは紺色の着物を着てましたよね。白い足袋を履いてましたよね。鍛冶屋の両親から追い出されるようにして、乗合バスの停留所へ歩いて行くうしろ姿を、僕は不思議に思って何時までも見送っていました。両親はなにも言いませんでしたが、おじさんからの手紙で少しずつ分ってきました。お母さんが、むかしのことに拘わっている気持はよく分ります。でも、僕だって子供じゃないから、それがどんなに辛いことか、どんなに大変だったかということぐらい、分っていました。お願いだから、どうかむかしのことなんか忘れて下さい。一切気にしないで下さい。僕はそれを言いにきたんです。本当は、結婚式に来てもらいたかったんです。来て下さったら、僕の嫁さんに、この人は僕を生んでくれた人だ、本当の母親だって紹介するつもりでしたが、それも駄目になりました。お母さん、何時か、きっとお会いできる日がくると思いますが、それまでは、どうかお元気でお暮らし下さい。時間がありませんので、これでお別れします。さようなら。

ハコ伝　馬鹿野郎！（どんどんとドアを叩き）あとで後悔するな。情なし女！

やがて二人は去ったらしく、表は静かになる。

りんは頭を垂れ、鞭打たれる思いで聞いていたが、去った気配で立ち上がり、鍵を出してドアを開ける。急いで表に出て行く。戻ってくると、床に崩れるように坐って、声を殺して泣き出した。

暗転

（五）

浅草瓢箪池。

前場の翌日。昼ちかい頃。

市之進が、中ノ島の藤棚のベンチに坐っている。

木馬館のジンタが聞こえてくる。

玉枝が急ぎ足で現れる。

玉枝　来ませんか？

市之進　ああ。

玉枝　おかしいですねえ。そこの茶店も覗いてみたんですが、だれも居ないんです。

市之進　場所が分らないいんじゃねえのか。

玉枝　瓢箪池の藤棚といったら、ここしかありませんよ。私、何度も念を押したんですから。

市之進　痺れ切らして、先に行っちゃったんだろう。

玉枝　そんなことありませんよ。聖天町まで旦那さんを迎えに行ったのは、ママも知っているんですから。私、もう一度お店を見てきます。

市之進　俺も行こう。

玉枝　行き違いになると困るから、旦那はここで待ってて下さい。きっと仕度に手間どっているんだと思います。待ってて下さいね。（と言いかけて）……来ました。

前場とは打って変って、地味な身形のりんが、小さなトランクを持って現れる。

玉枝　さっきからお待ちになっていたんです。
りん　今日は。
市之進　やあ。
玉枝　あまり時間はありませんからね、そのおつもりで。
りん　有難う。
玉枝　お気をつけて。

玉枝は去る。

りん　済みません、お呼び立てしちゃって。
市之進　びっくりしたよ。あの子が突然やってきて、これから新潟へ行くというもんだから、泡食って飛んできたんだ。
りん　私は止めたんです。これ以上旦那に迷惑はかけたくないから、行っちゃいけない、黙っててくれって。
市之進　教えてもらってよかったよ。もし知らずにいたら、俺はとんだ恥を掻くところだった。（りんがなにか言いかけるので）だってそうじゃねえか。警察から釈放されたので、やれ一安心と聖天町へ帰ってきたんだが、まさかそのあとで、倅さんがやってきたとは夢にも思わなかった。しかも赤紙がきたというんだろう。親にすりゃ、こんなせつねえことはねえや。

りん　罰が当ったんですよ。片道十時間、はるばる汽車にゆられて会いにきてくれたのに、肝心の母親は、足腰も立たないくらいに酔っぱらって、みっともないったらありゃしない。母親なんてものじゃない。人間の屑ですよ。言葉もかけてもらえずに、どんな思いで夜汽車にゆられて帰って行ったのか……それを思うと私は、なさけなくてなさけなくて、いっそ首でも括って死んじまおうかと思いましたよ。

市之進　死んじまったら会えねえだろう、新潟へだって行けねえだろう。

りん　会ってくれるでしょうかね？

市之進　会いてえんだろう？

りん　明日の朝は入隊だっていうんです。今夜しかないんです。

市之進　赤紙一枚で、若い者の命が持って行かれちまうんだ。厭な世の中になりやがったなあ。

りん　今夜は仮祝言なんです。

市之進　……

りん　私、一生会えなくてもいいから、戦争なんかに行かずに、お嫁さんとしあわせに暮らしてくれたら、どんなにいいかと……でも、そういう訳にはいかなくなっちゃった。

市之進　倅さんに会ったら、なにも言わずに、黙って抱いておやり。しっかりと抱いておやり。それだけでいいんだ。
りん　はい。
市之進　（紙包を出す）これ、少ねえけど。
りん　なんです？
市之進　餞別だ。倅に渡してやってくれ。
りん　お気持は有難いけど、旦那から頂く訳にはいきませんよ。関係ないんですから。
市之進　そんな四角行儀なことを言うなよ。俺は大家なんだから、いいじゃねえか。その代わり、たんとは入ってねえよ。
りん　そうですか。では、お言葉に甘えて頂戴します。（と受け取る）
市之進　それから、これはお前さん。
りん　なに？
市之進　白金カイロ。
りん　要りませんよ、カイロだなんて。私はまだ若いんですから。
市之進　新潟は寒いよ。役に立つから。
りん　旦那が身に着けていたものでしょう。
市之進　だから余計あったけえ。荷物になる訳じゃねえんだから、ふところへ入れておゆきよ。俺の気持だ。
りん　そうですか、ではまあ、お預かりします。（と受け取る）ほんと、あったかい。

市之進　言わねえこっちゃねえ。どれ、俺が入れてやろう。（カイロをふところへねじ込もうとする）
りん　自分でやりますよ。旦那、今日はなんだか変だわ。寝不足じゃないの。
市之進　別れが近づいてるからな。
りん　二、三日もしたら帰ってきますよ。（腕時計を見て）あら、そろそろ急がないと間に合わないわ。旦那、私、行きますから。
市之進　おりんさん。
りん　時間がないんですよ。
市之進　あのなあ……俺、三ノ輪へ戻ろうかと思っているんだ。
りん　……おくみさんとうまく行かないんですか？
市之進　あいつは苦労人だ。文句を言ったら罰があたる。
りん　じゃ、どうして。
市之進　それがだなあ……つまり、その……
りん　時間がないんです。
市之進　せかすなよ。……なあ、おりんさん。新潟から帰ってきたら、俺と一緒に暮らしちゃくれまいか。
りん　……
市之進　聖天町もいいんだが、夜になると、俺の相手をしてくれるのは琵琶だけだ。だが、琵琶は口を利いちゃくれねえからな。
りん　じゃ私は、口を利くから一緒に暮らそうって言うんですか。
市之進　そんなことは言ってねえよ。俺はお前さんと一緒に暮らしてえんだよ。好きなんだ。惚れてるんだよ。考えてみちゃくれねえか。
りん　本気なんですか。
市之進　年寄が、恥忍んで頼んでるんだ。その代わり断わられたら、もう二度と言わねえ。どうかね、おりんさん。
りん　でも、息子さんや娘さんが……
市之進　あいつらにはがたとも言わせねえ。俺達にはくみが付いているんだ。心配することはねえ。
りん　でも……
市之進　また、でもかよ。
りん　私は、むかし、人さまには言えない卑しい商売をした女ですよ。それでもいいの。
市之進　それがどうしたって言うんだ。俺はなにもかも呑みこんで頼んでいるんだ。
りん　……
市之進　お前さんが、今の商売を続けたいっていうんなら、それでもいいし、やめたいっていうんなら、そのときは、三ノ輪で煙草屋の店でも出して、二人仲良く、ひっそりと暮らすのもいいんじゃねえかなあと、俺は考えているんだ。酒屋の店ってことも考えたんだが、金魚がだんだん難しくなってきたから、やっぱり煙草屋のほうがいいんじゃねえかなあと思っているんだ。

りん　(涙ぐんで)……旦那が、そこまで考えてくれているなんて……私、嬉しい。
市之進　……
りん　ただ、今は新潟の子供のことで頭が一杯だから、帰ってきてから、ゆっくり考えさせて頂きます。
市之進　本当だね？
りん　本当です。
市之進　よし、そうと決まったら、俺も蒲団のほうは早速手を打つから。
りん　蒲団？
市之進　例の三ッ組の蒲団だよ。買手の付かねえうちに、俺は押さえちゃおうと思っているんだ。
りん　厭ですよ、あんなお化け蒲団！
市之進　お化けはねえだろう。(二人笑う)
りん　(腕時計を見て) あら大変！　急がないと乗りおくれちゃう。旦那、私はこれで。
市之進　待て待て、上野駅まで送って行くよ。
りん　いいですよ。そんな、足元よろよろしているんだから。
市之進　よろよろとはなんだ。そのために杖を持ってきてるんだ。
りん　杖突いてお見送りですか。じゃ旦那、こうしましょう。私が先を持ちますから、旦那は、うしろに摑まって付いてきて下さい。そうそう、そうやって握っているだけでいいですから。私が引っぱって行きます。しっかり摑まっててね。

市之進　電車ごっこしてるんじゃねえや。

りん　楽でしょう、このほうが。こうやって、地下鉄の田原町の駅まで歩いて行けばいいんですから。旦那、目を瞑ってたって大丈夫よ。

市之進　ふざけるな。

りん　（笑う）

木馬館のジンタ。

りん　浅草に住んでいるのに、瓢箪池に来たのは久しぶりだわ。さっきも、遊楽館の前から、この中ノ島へ渡ってきながら、前に来たのは何時だったかしらと思った。夏だったわ。すぐそこに「おまさ」っていう茶店があるでしょう。そこの床几に坐って、池の真ん中の噴水を眺めながら、ところてんを食べたのを思い出した。あら！　子供が池のほとりでしゃがみ込んで、なにしているんだろう。ああ、牛乳瓶に長い紐を付けて、蝦を捕っているんだわ。（大声で）そこの坊や！　危ないから気をつけなさい！　足を滑らしたら大変よ！　園丁のおじさんが来るわよ！　ふふふ、逃げて行っちゃった。夜の浅草もいいけど、昼間の六区も、なんとなく長閑で、けだるいくらいに長閑で、こうしていると、心が休まるわ。浅草は好いわねえ。

市之進　ああ、あったけえ町だ。いつまでも、このままで残しておきてえなあ。

りん　旦那、行きますよ。

市之進　ああ。
りん　足元気をつけて。
市之進　くどいんだよ。
りん　発車。

二人はゆっくり歩き出す。

幕

あとがき

戯曲集に収めた三編は、最近の五年間に発表した作品である。

いずれも「悲劇喜劇」に載せたあと、劇団民藝によって上演された。

五年間といっても、書くまでには、長い間あたためていた時間があった。

『かの子かんのん』は、一九六六年に上演された『かの子撩乱』（瀬戸内晴美原作）が原型になっているが、かの子と仏教の関係を私なりの視点から掘り下げてみたいと考えていたので、民藝上演の際には、全面的に書きあらためた。

『明石原人』は、発見者の直良信夫と音夫妻の物語である。

考古学は、私にとっては未知の世界であったが、発掘や鑑定をめぐって、不当に差別される民間研究者の悲哀に義憤を感じて、上演の成否は考えずに書いた。取材には時間がかかったが、明石海岸の旧発掘現場跡や岩宿遺跡など、いくつかの遺跡を歩いたのも今となっては楽しい思い出である。

『浅草物語』は、少年期を過した浅草を舞台にした作品である。

生まれた土地や家のことを書くのは、なんとも面映ゆいもので、今まで意識的に避けてきたが、戦前の下町を知る人が殆どいなくなってきたことも考えて、照れながら芝居にまとめた。私にとっては、初めての浅草ものである。

戯曲を一つ書くたびに疲労がふかまって行くので、これが最後と自分に言いきかせながら書いた。変りばえのしない私の戯曲集を快く出して下さったのは早川浩氏である。ご好意に厚く御礼を申し上げたい。

また高田正吾氏には、装幀や校正などで多くのご助言を頂いた。あらためて謝意を表したい。

二〇〇六年四月

小幡欣治

上演記録

かの子かんのん　二幕

掲載　二〇〇〇年（平成十二年）「悲劇喜劇」十月号
上演　劇団民藝公演（二〇〇〇年九月　東京・紀伊國屋サザンシアター）
スタッフ　演出＝兒玉庸作　装置＝石井みつる　照明＝山内晴雄　音楽＝日高哲英　衣裳＝貝沼正一　効果＝岩田直行　舞台監督＝中島裕一郎　制作＝菅野和子・金本和明
キャスト　岡本かの子＝樫山文枝　岡本一平＝伊藤孝雄　大貫きん＝日色ともゑ　京山志保＝津田京子・河野しずか　瓜生浩一＝宮廻夏穂・齋藤尊史　森川安夫＝横島亘　植松高久＝嶺田則夫　大沢＝米原克己・高野大　事務員＝松田典子　看護婦1＝宮川嵯蘿　瓜生五郎＝安田正利　房＝北林谷栄・別府康子　室田＝齋藤尊史・宮廻夏穂　白石＝杉本孝次　とよ＝塩谷洋子　牧村ゆき＝細川あゆみ

明石原人　ある夫婦の物語　二幕

掲載　二〇〇四年（平成十六年）「悲劇喜劇」一月号
上演　劇団民藝公演（二〇〇四年一月　東京・紀伊國屋ホール）
スタッフ　演出＝丹野郁弓　装置＝松井るみ　照明＝秤谷和久　衣裳＝前田文子　音楽＝武田弘一郎　効果＝岩田直行　舞台監督＝中島裕一郎　制作＝菅野和子・金本和明

キャスト　直良信夫＝千葉茂則　音＝日色ともゑ　美恵子＝柳沢奈津子・藤巻るも　田近せき＝南風洋子　謙三＝高橋征郎　玉枝＝細川ひさよ　夏子＝林摩理子・中地美佐子　大谷史郎＝高野大　松宮雄一＝伊藤孝雄　倉本＝境賢一　番場＝角谷栄次　冬木＝竹内照夫　弓川＝仙北谷和子　天野＝箕浦康子・津田京子　村木＝吉岡扶敏　相沢忠洋＝齋藤尊史　田辺＝神敏将・大森民生　千代＝相葉早苗　看護婦＝藤生直由・河村理恵子　学生1＝今泉悠

浅草物語　二幕

掲載　二〇〇五年（平成十七年）「悲劇喜劇」一月号

上演　劇団民藝（二〇〇四年十二月　東京・三越劇場）

スタッフ　演出＝高橋清祐　装置＝内田喜三男　照明＝前田照夫　衣裳＝貝沼正一　効果＝岩田直行　制作＝大場剛章・菅野和子

キャスト　鏑木りん＝奈良岡朋子　玉枝＝仙北谷和子　清子＝大越弥生　江村千代＝望月ゆかり　諸岡＝高橋征郎　鈴木市之進＝大滝秀治　鈴木鐵太郎＝三浦威　うめ＝白石珠江　その＝相葉早苗　ふゆ＝河野しずか　大浦くみ＝日色ともゑ　春子＝柳澤奈津美　桂介＝齊藤尊史　是近伝吉＝嶺田則夫　田所浩一＝みやざこ夏穂　和田＝小野田巧　堂本＝伊藤聡　牧野＝伊東理昭　弘美＝林摩理子　弁蔵＝松田史朗　弥七＝山本哲弥　酒場の客1＝梶野稔　同2＝塩田泰久　浅岡＝肉倉正男　久利＝大場泉　浅草の役者たち＝武田至教・荒井央・吉川真希　新澤泉・川岸紀恵・小倉恵美子

著者略歴

1928年，東京生まれ。都立京橋化学工業卒。
劇作家。1956年，「畸型児」で第二回新劇戯曲賞（岸田國士戯曲賞）を受賞。60年代以降，商業演劇の作家として多数の脚本を執筆。代表作に「あかさたな」，「横浜どんたく」，「三婆」，「喜劇 隣人戦争」，「遺書」などがある。94年，「熊楠の家」で菊田一夫演劇大賞を受賞。99年，〈山本安英の会〉記念基金を受贈。著書に『熊楠の家・根岸庵律女　小幡欣治戯曲集』（早川書房），『喜劇 隣人戦争』がある。

浅草物語《あさくさものがたり》
——小幡欣治戯曲集

二〇〇六年四月二十日　初版印刷
二〇〇六年四月三十日　初版発行

著者　小幡《おばた》欣治《きんじ》
発行者　早川浩
発行所　株式会社 早川書房
郵便番号　一〇一 - 〇〇四六
東京都千代田区神田多町二ノ二
電話　〇三-三二五二-三一一一（大代表）
振替　〇〇一六〇-三-四七七九九
http://www.hayakawa-online.co.jp
定価はカバーに表示してあります

印刷／株式会社亨有堂印刷所・製本／大口製本印刷株式会社
ISBN4-15-208721-8 C0093
乱丁・落丁本は小社制作部宛お送り下さい。
送料小社負担にてお取りかえいたします。